聚学文丛

写本杂录

谢泳 著

文匯出版社

图书在版编目(CIP)数据

写本杂录 / 谢泳著. —上海：文汇出版社，2023.9
(聚学文丛 / 周伯军主编)
ISBN 978-7-5496-4045-4

Ⅰ.①写… Ⅱ.①谢… Ⅲ.①随笔-作品集-中国-当代 Ⅳ.①I267.1

中国国家版本馆 CIP 数据核字(2023)第 159508 号

(聚学文丛)
写本杂录

主　　编 / 周伯军
策　　划 / 鱼　丽
篆　　刻 / 茅子良

著　　者 / 谢　泳
责任编辑 / 鲍广丽
审读编辑 / 姚明强
封面装帧 / 王　峥

出版发行 / 文汇出版社
　　　　　上海市威海路 755 号
　　　　　(邮政编码 200041)
经　　销 / 全国新华书店
排　　版 / 南京展望文化发展有限公司
印刷装订 / 上海颛辉印刷厂有限公司
版　　次 / 2023 年 9 月第 1 版
印　　次 / 2023 年 9 月第 1 次印刷
开　　本 / 889×1194　1/32
字　　数 / 180 千字
插　　图 / 45 幅
印　　张 / 8.5

ISBN 978-7-5496-4045-4
定　　价 / 56.00 元

自序

现在电子检索文献极方便,但我还是喜欢读书,因原始读书有阅读快感,原先记忆中存在的问题,读书过程中遇到了,发生联想,再去检索,然后解决。电子检索的先决条件是你得先产生观念或将相关问题浓缩成词语,但有趣的文史问题,常常和原始材料表面没有直接关系,一望而知则无研究必要,如何建立这个关系才见研究者的能力。也就是你产生的问题是不是有研究价值、是不是有趣味,能不能成为一个智力问题。直接的问题易于使用电子检索,知识性的问题最适合机器,但缺少趣味,它更接近技术工作,而原始阅读仿佛艺术活动。

文史工作还是原始阅读为上,早年记忆优先,电子检索靠后,通过机器产生的发现乐趣,对记忆和联想力的要求相对较低。敦煌卷子发现后,王国维他们因为有早年深厚的知识基础,一看就能与过去的记忆建立关系,很快就有新的发现。陈寅恪总结王国维治学方法的"二重证据"经验,就是早年记忆的旧知识和新出史料会面。

近年的中国文史研究中,辑佚工作的收获很多,中国现代文学尤甚,但我们都知道,这其中的许多工作是通过机器来的,不是读书多见广识的结果。文史研究,毕竟是智力活动,过去文人学者,多有逞才炫博的毛病,陈寅恪、钱锺书也不例外,这固然是特殊偏好,但也不能完全否定这个过程中展现的智力乐趣,文史知识要瞬间联想和脱口而出才有意思，翻手机最便捷，也能解决问题，但无趣味。

文史工作和严格的社会科学研究还有区别，它一定要有"闲"的那一面，要有"趣"的那一面，要有"曲"的那一面，过分直接，易索然无味。习见知识，机器时代，实在无必要再说一遍。文史研究要求真求实，但求"趣"，也是题中应有之义，梁启超、胡适他们总强调学术研究的趣味，就是这个意思。

网络时代，机器瞬间能找到的史料，严格说就不是史料，是现成知识，现成知识只能是解决新问题的辅助史料，其间，找什么史料比能不能找到重要得多，知道找什么史料是研究，能不能找到是技术，而知道找什么史料包含了学者的趣味。文史研究应当考据优先，诠释靠后，考据的生命力长久，诠释则见仁见智。史料新旧虽是一个相对问题，但新史料一定是在有新问题前提下才产生的，能开新局面的学者多是直接阅读文献，在阅读过程中遇到了难点，再去寻求机器解决。

人们会有这样的感觉，有些学者，总能长篇大论，但细心的读者会发现，那些长篇大论和高头讲章，总是在别人已见史料或者原创结果上的延伸，如果别人不开这条路，他们便不知世上还有这条途径，他们只会顺着讲，或反着讲，而不能从头讲，不能破题。不能开新领域，自然也就谈不到原创力。陈寅恪研究《再生缘》，结论对错不重要，他能发现这个问题、研究这个问题，这就是真正的学术工作，如果没有他的工作，后来关于陈端生和《再生缘》的所有文章，自然也就不会有了，或者要晚很多年才会有。《柳如是别传》也是同样的情况。他愿意把精力放在这方面，这就是远大的眼光。他晚年是一个盲人，还能做这样的研究，可见早年记忆和联想力是如何发达。近年来，在中国民间文学研究中，宝卷研究很热，但这个工作的第一功要记在郑振铎头上，是他最早看出了宝卷的复杂性及丰富性，后来的研究，严格来说，都是在他的基础上才有的。现在写本研究越来越受重视，这是机器时代文史研究的新出路。因为凡印本在逻辑上都不可能有唯一性，无论是雕版、珂罗版、石印或现代印刷，而写本一般都具唯一性（特殊情况下少量抄本例外），印本最适合机器时代的检索，而写本（正式抄本或民间抄本）在未经研究者重视前，不可能使用机器检索，所以写本研究的第一要求是必须最早发现原抄本，进入图书馆和收藏机构的抄本逻辑上均有记录，有记录的东西对机器来说都不是问题，而文史研究的趣味则在发现，特别是散落在民间的抄本，如古代戏曲、古代小说、宝卷、杂字、蒙书、契约及其他民间文书等。如果研究者能将眼光投向这些未经注意的东西，就会产生知识增量，才是有意义的学术积累。

机器时代，靠检索辑佚，不能说没有价值，但它让传统文史研究的趣味大为减少，这也是一个问题，所以我一向的认识是顶级作家才辑佚，普通作家多数没有必要专门辑佚，应当取"大年三十逮个兔子"的态度，阅读过程中遇到了，随手解决就好，不必专门刻意为之。

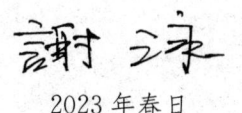

谢泳

2023 年春日

目 录

001　关于陈寅恪的晚年诗
004　陈寅恪晚年诗笺证七则
026　陈寅恪与宝卷
034　陈寅恪与中国小说
044　冼得霖《双璧楼吟草》
061　王国维纪念碑铭与陈寅恪原稿略异
063　顾廷龙记陈寅恪失书事
065　黄萱笔记掇琐
077　循园《唐三藏圣教序旧拓高阳未断本》观后
085　陈乃乾记鲁迅寄书
087　施蛰存先生藏书四种
091　刘大鹏的一篇寿序
095　乾隆刻本《资敬堂诗合抄》
103　常赞春与张友椿论文书
109　敦煌曲《十二时》变体遗存二例
119　越剧《泪洒相思地》源出《再缘宝卷》
127　高平秧歌《打酸枣》
133　清代《绣荷包》山西变体一例
139　补说《西厢记》中一个字

I

142 永福堂《西厢全图》发现记
157 新见清抄本《琵琶记》绣像
170 稀见宝卷经眼录

关于陈寅恪的晚年诗

陈寅恪的晚年诗，主要指他到岭南大学后的诗。关于这部分诗，从余英时、胡文辉到刘斯奋、陆键东等，均各有解释，虽多有争议，但彼此也有一个共识，即每种解释都是个人理解，没有对错之分，不同的理解只是为了更切近陈先生丰富的内心世界，从而在整体上把握他的思想状态。每个人都可以在不同选择中比较，接受自己感觉较为合情合理的解释；不接受是正常的，也是合情合理的，无非一首诗，虽然陈先生足够伟大，但晚年一首诗，也不至于重要到什么程度。

对陈先生晚年诗的不同理解，其实也有一些前提是大家公认的：一、晚年陈诗确有寓意；二、陈先生明确对黄萱说过"诗若不是有两个意思，便不是好诗"；三、时间空间相合，具"闻见之可能"；四、人事一定要有交集；五、陈先生有今典意识。现在解陈诗的人，都没有违背这个前提，而将陈诗寓意与完全无关的人事穿凿附会。陈诗今典，可能涉及郭沫若、冯友兰、章士钊、岑仲勉、高亨、陆侃如夫妇等，这个大判断与他们新时代出处完全相合，其他只是联想和理解的差异，是见仁见智的事。

诗无达诂，过去有千家注杜，今天有多人解陈，应当说都是正常现象。对一首诗的理解，保留不同意见是好事，在各种解释中，努力寻找今典，是我们共同的愿望，多种声音才好听，我再举一例说明。

1961年9月3日，陈寅恪有四首《赠吴雨僧》绝句，其中最后一首是："弦箭文章那日休，蓬莱清浅水西流。讵公漫诩飞腾笔，不出卑田院里游。"

此诗余英时认为指最高当局，胡文辉寻出的今典是郭沫若，我后来注意到冯友兰一首诗中语词与陈诗的关联，以为是指冯友兰。这几种意见，都注意到了陈诗可能的寓意，各自都有一点儿根据，接受哪一种并不重要，重要的是它为理解陈诗提供了多种角度，以后根据更多新史料或偶然联想，再出新方向，也完全在情理之中。"蓬莱清浅水西流"一句，胡文辉从《神仙传》到苏东坡、王国维诗，查证古典非常详备，意谓"要等到天翻地覆，谓遥遥无期"，完全可以讲通。我后来偶然看到黄云眉《韩愈柳宗元文学评价》（山东人民出版社，1957年），才知道书中有一篇《读陈寅恪先生论韩愈》，此文原刊山东大学1955年第8期《文史哲》，黄文完全不同意陈寅恪《论韩愈》的观点。虽然过去了好几年，但吴宓、陈寅恪是老友相会，必言私事，说起近年的感受，涉及黄云眉文章，在情理上不无可能。单说黄文是"弦箭文章"，似稍嫌过重，但在那几年批判陈寅恪的文章中包含黄文则是可能的；"蓬莱清浅水西流"一句，过去解释，似与全诗意味稍感隔膜，如结合黄云眉文章，认"蓬莱"借指山东或山东大学教授，吴宓定能会意，流露陈寅恪对黄文或山东大学教授的不满情绪，陈寅恪在此前后，曾有《贫女》和《高唱》二诗，我认为均指山东大学教授。此处用《神仙传》里麻姑语"向到蓬莱，水乃浅于往者略半"，感觉语义双关，似更近诗意，符合私人情绪表达。"不出卑田院里游"的感慨，放在郭沫若、冯友兰或黄云眉身上，都合适。至于"讵公漫诩飞腾笔"之"讵公"，似也不必拘泥于非大人物方能适用，或只是一种夸张的代称，如再将"飞腾"与"云"字关联，那就更会被认为是"匪夷所思"了，但有黄云眉文章一事，如此联想，不过增加一点儿阅读趣味，似也不必太认真。陈寅恪多年后回忆旧句"南渡自应思往事，北归端恐待来生"时，曾特别感慨"十六年前作此诗，句中竟有端生之名"，这"端生"二字在句中还不相连，若非夫子自道，而为外人解出，则无疑是穿凿附会了。

寻找晚年陈诗今典，不是要所有人都接受，只是提供一种理解陈诗的思路。我多次说过，解陈诗一定要试错，知道方向错了，别人就不再往这方面思考，也许就能找到其他更合情合理的解释方向。我们不能起陈先生于地下，只能依靠各自的猜想判断。陈诗今典很重要，如不寻出陈诗本事，有些就成打油诗了，我想陈先生还不至于无聊到那个程度。

（原载《今晚报》2022年4月2日）

陈寅恪晚年诗笺证七则

一、吕步舒

1952年，陈寅恪有两首绝句，第一首《吕步舒》，全诗如下：

> 证羊见惯借雏奇，生父犹然况本师。
> 不识董文因痛诋，时贤应笑步舒痴。

第二首《春秋》，全诗如下：

> 石碏纯臣义灭亲，祭姬一父辨人伦。
> 春秋旧说今皆费，独讳尊贤信是真。

北京三联版《陈寅恪集·诗集》（第90页）二诗顺序接排，可知作于同时。胡文辉《陈寅恪诗笺释》下册（第672页）对两首诗的古典今典解释详备，此不备引。明示诗旨是"儿子、学生批判胡适"，可成定论，但断语稍宽，现略作补充。此诗今典是指陆侃如《纪念五四，

《陈寅恪集·诗集》书影

批判胡适》，文辉兄注释已列陆文标题，但未引原文。

两首陈诗均未列具体写作时间，仅注明作于"1952年"。

陆侃如《纪念五四，批判胡适》刊于1952年5月号《文史哲》杂志。这本杂志在陈寅恪阅读范围，陈诗应作于陆文之后，在同一年，今后如发现陈诗具体时间，也只是月日差别，符合时间限断，具闻见之可能。

陆侃如北大毕业，是胡适的学生，也是陈寅恪在清华国学院的学生，与陈寅恪有交集。当时，顾颉刚、沈尹默虽也写文章批判胡适，但陆侃如文章最为严厉，他在回忆了自己五四时期爱读胡适文章、崇拜胡适的思想状态后说："三十多年来，在文化教育界传播资产阶级反动思想最厉害而至今还保存一定程度的坏影响的，就是那个冒充'五四运动''领袖'、甘心做帝国主义和蒋匪的走狗、一贯出卖祖国人民利益的战犯胡适。在'三反''五反'运动中间纪念五四，批判胡适是完全必要的工作。"（第297页）

陆侃如和冯沅君早年著作如《中国诗史》等，受胡适《白话文学史》影响很深，胡适曾经帮助过他们夫妇。胡适早年作《白话文学史》，书中称陆侃如为"我的朋友"，非常亲切。陈诗用典明显，吕步舒本为董仲舒弟子，读董氏文字而不知为师所著，诋为"大愚"，差点儿送了老师的命。"不识董文因痛诋，时贤应笑步舒痴"两句，最合陆侃如身份出处，顾颉刚虽也是胡适学生，也批判了胡适，但顾的出处和陆比起来，陆似更近陈诗所指。此今典坐实，陈诗《春秋》自然也不难理解了。

1954年，陈寅恪又作《贫女》，有"幸有阿婆花布被，挑灯裁作入时衣"句，讽刺陆、冯应时删除《中国诗史》中关于胡适的引文。

此诗文辉兄解释相当完备，似无必要再费时间，但因此诗曾被许多文章误认为是指程曦或另有所指（文辉兄早指出，程当时没有写过批判老师的文章），所以坐实今典，还不能说没有一点儿意义。

二、贫女

陈寅恪《贫女》诗，作于1954年季秋，全诗四句：

> 绮罗高价等珠玑，白叠虽廉限敢违。
> 幸有阿婆花布被，挑灯裁作入时衣。

此诗今典，我曾认为是指陆侃如、冯沅君夫妇1954年修改旧作《中国诗史》，诗题《贫女》命意，是由冯引出陆。"幸有阿婆花布被"之"阿婆"，指冯沅君，"花布"指早年两本旧作。"挑灯裁作入时衣"，指陆冯夫妇及时删改旧作迎合时代（拙著《陈寅恪晚年诗笺证稿》，台湾秀威资讯科技股份公司，2019年）。

近年无所事事，我把早年收集的一些宝卷略为翻检，因涉及唐代"变文""俗讲"一类文献，也借此参观了一些早年的同类研究著作，其中即有刘开荣的《唐代小说研究》。

刘开荣是湖南衡阳人，曾留学美国，后任南京师范学院教授。她是陈寅恪1943年在成都燕京大学历史研究所短暂停留时指导过的研究生，论文题目是《唐代小说研究》，此书1947年由商务印书馆出版，在中国唐代小说研究中，是一本名著，1949年后重印过一次；1955年的修订本；到1957年3月，先后印过三版。刘开荣1973年在苏州病逝，除专门研究唐代文学的人外，较少为人提起了。她的女婿董宝光曾撰《学贯中西的湖南才女刘开荣》(《纵横》杂志，2006年第2期)，详细介绍过她的经历及学术。董宝光文中说，据王钟翰晚年回忆，刘开荣毕业论文的答辩组成员是陈寅恪、李方桂和林耀华。陈因身体原因，未能出席，由王钟翰代为陈述意见，结论是"通过"。

刘开荣此书无疑受到陈寅恪学术观点的影响，或者说此书的基本研究思路和方法均来自陈寅恪。在旧版《唐代小说研究》后记中，刘开荣说："在此过程中，承陈寅恪、吴宓及研究院院长马季明诸师之指导与督促甚多。陈寅恪先生系国内专攻唐史之权威，作者得时趋聆教，于本书之社会及政治背景，获益良多。"（第159页）刘著常引陈寅恪论文，如评价《莺莺传》时说："自从宋赵德麟《侯鲭录》五以一全卷讨论以后，历代考证者颇不乏其人，说来说去，依然没有定论。但陈寅恪先生的《读〈莺莺传〉》一文出，仿佛满天云雾，一扫而空，而历来没有解决的悬案，也一下便毫不费力地迎刃而解了似的。初读之时，颇觉将信将疑，及至两年来把唐史及一切唐人有关笔记都看过一遍以后，愈觉得唐人社会、生活、思想、举动，与宋以后的都大不相同，而看法也得设身处地如生活于唐人社会中的一分子来判断一切方对。近几月来，又读唐人传奇小说，并研究小说后面的背景，与史料对照，渐觉得陈寅恪先生的议论，确有见地。"（第4页）刘著谈唐传奇小说兴盛原因："但此中有一不谋而合的铁的事实，就是正当古文运动奔腾澎湃之时，也恰是传奇小说风流云涌之期，同时文坛上一般古文巨子，又几无例外的都是一时闻名的传奇小说家，所以说唐代的古文运动，必然与传奇小说之勃兴有着极密切的联系（陈寅恪先生语），的确不是没有根据的话。"（第1页）论《李娃传》时，又转引过陈寅恪《读〈莺莺传〉》中的一则史料（第57页），论及白行简身世，引过陈寅恪《唐代政治史述论稿》（第59页）。讲《莺莺传》，刘著认为："另一方面最初把自己写成一个始乱终弃的负情者，后来又自诩能战胜妖孽，被誉为'善补过者'。前后矛盾，令读者莫名其妙。不知他这种始乱终弃的行为，何以反而会受到社会的赞扬（此谜已被陈寅恪先生《读〈莺莺传〉》所揭穿了）。"（第73页）刘著引陈寅恪《读〈莺莺传〉》多次。论《游仙窟》时，刘著认为："陈寅恪先生《读〈莺莺传〉》一文，对于唐人所谓'仙'的意义，有充分的解释。"（第135页）

1955年6月，刘开荣对旧著做了较大修改，仍由商务印书馆出版。新版依时代风气，对原作有较大修改，删除了下篇《"俗文"小说》，"后记""序论"也全部删除。旧著所列早期中国文学史著作甚多，再版后仅保留了少数，旧著所引胡适《白话文学史》内容全部删除，陈著虽保留在参考书目中，但新版只有两处简单提及陈寅恪，与原书多引陈文习惯大异。

陈诗《贫女》写作时间，作者自注为"甲午季秋"，应是阳历1954年10月左右了。刘开荣新版《唐代小说研究》出版时间是1955年6月，从时间上来说，陈诗在前，刘著在后，陈诗感慨，似不能针对刘著。但刘著在两次重印"后记"中，先后列名感谢过陈中凡、金启华、汪辟疆、赵景深、岑家梧、李长之、孙望诸先生，没有提陈寅恪的名字。1955年版"后记"中，专门感谢了中山大学的王季思。刘开荣说："又承中山大学系主任王起先生，从远道以书面提出许多对本书修改的宝贵意见，帮助很大，其诚恳负责的态度，尤令人感奋，一并在此致谢。"

依师生关系论，陈寅恪是刘开荣最应感谢的师长，著作又完全在陈寅恪专业范围内，但刘修改旧作，新版虽仍称陈寅恪为先生，但旧著中肯定陈著的话，多数删除了。可以推测，如刘与陈保持师生关系，则刘修改旧著陈应知悉，而陈明确反对（这是陈的一贯态度）。刘未听陈言，则陈也就不再认这个师生关系了。如当时陈刘已断绝来往，也从侧面说明二人思想倾向完全不同。刘与同在中山大学的王季思通信，讨论旧著修改，依常识推断，不可能不想到她论文的指导老师就在同一大学同一楼，感觉似有隐情，现在虽未见陈刘交往材料，但陈的态度可以推知。

虽然陈诗《贫女》写作时间不合新版《唐代小说研究》出版时间，似无"闻见之可能"，但二者的时间非常接近，陈诗的感慨难说与刘修改旧著没有丝毫关联。有可能陈在出版前即知刘修改旧著事（通过朋友交谈、通信或其他方式）。联系当时王季思与陈寅恪同居一楼，虽思想倾向有较大差异，但一般交往应属正常，存在知刘著修改的前提。如此推论成立，则陈诗《贫女》今典，或与刘开荣修改旧作事相关。《贫女》虽是唐诗旧题，但"阿婆布被""挑灯入时"暗喻，与刘开荣身份及修改旧作事相合。若日后有私人通信、日记披露，直接或间接涉及此事，当能得到确解。聊备一说，以资谈助。

黄萱曾回忆，陈寅恪说过："诗若不是有两个意思，便不是好诗。"《贫女》今典，余英时解为新政权逼陈为文，胡文辉释为"统购统销"政策，我解为陆侃如、冯沅君修改《中国诗史》，今再添一解。

三、从化温泉口号二首

陈诗《从化温泉口号二首》全诗如下:

火云蒸热涨汤池,待洗倾城白玉脂。
可惜西施心未合,只能留与浴东施。医言患心脏病者不宜浴此泉

曹溪一酌七年休,冷暖随人腹里知。
未解西江流不尽,漫夸大口马禅师。余日饮温泉水一盏

此诗见北京三联版《陈寅恪集·诗集》第 121 页,注明作于 1956 年。

胡文辉《陈寅恪诗笺释》下册解此诗,并转述余英时观点,认为二诗是典型的"双关两意诗"。文辉兄判断"余说在细节上可商,但整体思路可从"。余、胡判断此诗别具深意,应是敏锐阅读感受,但求之过深,去诗意较远。

此诗的字面意思极易让人产生游戏笔墨之感,但如果引入章士钊南游背景,则此诗深意,似不难理解,此诗是针对章士钊诗而发的感慨。

众所周知,1956 年 3 月,章士钊受命赴港,为两岸和平奔走,经广州时曾受到广东省长陶铸和负责秘密工作的饶彰风接待。1957 年,香港印行的《章孤桐先生南游吟草》中即有《大同酒家会食后呈陶铸省长》《饶彰风约在太平馆食烧鸽》二诗,集中最广为人知的是章士钊写给陈寅恪夫妇的诗《陈寅恪以近著数种见赠论再生缘尤突出酬以长句》《和寅恪六七初度谢晓莹置酒之作》。

《章孤桐先生南游吟草》共三部分,即"广州集""香港集""怀人集"。"广州集"集尾收五古《从化温泉》,全诗如下:

久闻从化泉,笃老始一游
凌晨发东山,亭午抵灵湫
灵湫不可见,峰峦殷四周
高馆从下上,吾宁择岩幽
开轩敞圃大,荔枝丹可求
逡巡入浴房,白石讶新甃
地中煽阴火,池上张狮头
一摄混混来,源泉难遽收
泉品吾不解,非磷复非硫
人言是苏打,疲病无形瘳
澡浴既绝胜,服食亦云优
仰攀刘安仙,鸡犬行不留
杜公访汤东,常怀宫殿忧
开口龙用壮,百官身且抽
何须说小民,侧目愁胡愁
昭阳第一人,独为凝脂谋
此老赴奉先,垢腻荡无由
赐浴皆长缨_{用句},一叹天地秋
于今大翻覆,民听接天休
同乐靡不得,何况源泉流
佗城吾屡至,玉液耻冥搜
既谢主人惠,更喜民意遒
陆贾千金装,未闻甘露酬
华清池畔客,定无长庆叟
吾与时际会,先哲谁能俦

临风一拂拭，聊洗诗人羞

此诗仿杜甫《奉同郭给事汤东灵湫作（骊山温汤之东有龙湫）》，用韵亦同；"昭阳第一人……"用杜诗《哀江头》典故；"赐浴皆长缨"是杜诗《自京赴奉先县咏怀五百字》成句。

此诗并不难理解，全诗借游从化温泉感受，抒发自己当时心迹。"陆贾千金装，未闻甘露酬"，指陆贾出使南越，完成说服赵佗接受册封，是章士钊借此典表达香港之行志向。全诗寓意多借杜诗，暗用《长恨歌》诗意，表明自己难得有为国家效力的机会，愿意"临风一拂拭，聊洗诗人羞"。

陈寅恪1951年诗《有感》中曾见"赵佗犹自怀真定"句。细读章诗，感觉此诗有特定阅读对象，结合他与陈寅恪夫妇会面事实，推测陈寅恪应当知道此诗。理解了这个背景，陈诗寓意应当说相当显豁了。陈诗"待洗倾城白玉脂"，章诗"独为凝脂谋"，通用白居易《长恨歌》"温泉水滑洗凝脂"典，借伴君王，浴温泉，咏美人，暗示章士钊特殊之命。陈寅恪对两岸关系的判断是"可惜西施心未合，只能留与浴东施"。

陈诗作于何时？文辉兄认为是1956年2月，依据是当时陶铸曾邀广州部分教师到从化温泉参加知识分子座谈会，陈寅恪夫妇出席，这是陈氏居留广州后唯一的远足。章士钊香港行在1956年3月，陈诗亦作于同年，在不确定具体月日的情况下，其间，有几个月的时差，推测陈诗作于陈、章会面后，应在合情合理范围之内。章诗《从化温泉》排在《章孤桐先生南游吟草》"广州集"尾，应作于赠陈氏夫妇二诗之后，陈诗章诗同题，很难说是偶然巧合。我推断章、陈会面时，先有章诗抄示，后有《从化温泉口号二首》，时地相合，具"闻见之可能"。陈诗两处自注，是障眼法或别具深意。

四、春尽病起宴广州京剧团并听新谷莺演望江亭所演与张君秋微不同也七律三首

陈寅恪《春尽病起宴广州京剧团并听新谷莺演望江亭所演与张君秋微不同也七律三首》，全诗如下：

兼旬病过杜鹃花陆务观新夏感事诗云："病起兼旬疏把酒，山深四月始闻莺。"
强起犹能迓客车。天上素娥原有党钱受之中秋夕效欧阳詹玩月诗云："天上素娥亦有党。"
人间红袖尚无家谓坐客之一。
关心曲艺休嫌晚，置酒园林尽足夸。
世态万端同是戏，何妨南国异京华。

江郊小阁倚轻寒，新换春妆已着襌。
青镜铅华初未改，白头哀乐总相干。
十年鲑菜餐能饱，三月莺花酒尽欢。
留取他时作谈助，莫将清兴等闲看。

葵羹桂醑足风流，春雨初晴转似秋。
桑下无情三宿了见后汉书襄楷传及东坡别黄州诗。
草间有命几时休。
早来未负苍生望，老去应逃死后羞。
传语朋侪同一笑，海南还胜海西游。

此诗作于1959年4月，据北京三联版《陈寅恪诗

集》编者注，录自吴宓存稿，诗后有吴宓附记，认为是"借闲情以寓意，虽是娱乐事而寅恪精神怀抱悉全部明白写出，为后来作史及知人论世者告"（该书第131页，2009年）。吴宓并有详细解释，文繁不具引。对第一首第三句"天上素娥原有党"，吴宓的判断是"钱诗如不引原句，则读者将谓此句为妄谈政治"。陈诗的编者是陈家后人，在此句后特别加了一句"想雨僧伯父亦知第一首第三句尚具体有所指"，由此判断，似乎陈家后人知道此句所指，只是碍于其他原因没有明示。

全诗似并不难理解，胡文辉《陈寅恪诗笺释》判断此诗主旨为"晚节不亏"，寓意已现，但此诗今典，余英时、胡文辉未能明确释出，释证稍嫌曲折。倒是胡文辉否认的汪荣祖所持"陈垣入党"说，虽史实不符，但思路方向不无道理。

此诗今典，事涉郭沫若。1949年后，郭沫若和陈寅恪的关系，最重要的史料是《给科学院的答复》，其中提道："碑文你带去给郭沫若看。郭沫若在日本曾看到我的王国维诗。碑是否还在，我不知道。如果做得不好，可以打掉，请郭沫若做，也许更好。郭沫若是甲骨文专家，是'四堂'之一，也许更懂得王国维的学说。那么我就做韩愈，郭沫若就做段文昌，如果有人再做诗，他就做李商隐也很好。我的碑文已流传出去，不会湮没。"由信中语气，不难判断陈寅恪的态度。

近年来，新发现的黄萱丁酉笔记中，保存了一些当年陈寅恪和黄萱的交流史料，其中有黄萱诗一首《奉和寅恪师丁酉五日客广州作》，同时，抄录宋杨亿《咏傀儡》，黄萱全诗如下：

> 老大谁宜时世妆，是非纷泊任评量。
> 闲看急水舟争渡，难补青天手不忙。
> 续命缕丝怜断缦，当筵舞袖笑郎当。
> 随人未敢论长短，辜负平生戏几场。

原诗题后有"依原韵"三字，已涂抹。另纸录《杨亿〈傀儡诗〉》如下：

> 鲍老当筵笑郭郎，笑他舞袖太郎当。
> 若教鲍老当筵舞，还（转）更郎当舞袖长。

黄萱诗和杨亿诗对读，诗意自现，陈寅恪《丁酉五日客广州作》的今典是郭沫若（拙作《黄萱笔记零拾》，《南方周末》2022年1月17日）。

1958年6月10日，郭沫若在《光明日报》发表《关于厚今薄古问题——答北京大学历史系师生的一封信》，信中说："在史学研究方面，我们在不太长的时间内，就在资料占有上也要超过陈寅恪。这话我就当着陈寅恪的面也可以说。'当仁不让于师'。陈寅恪办得到的，我们掌握了马克思列宁主义的人为什么还办不到？我才不相信。一切权威，我们都必须努力超过他！这正是发展的规律。"

《人民日报》《光明日报》是陈寅恪经常听读的报纸，郭沫若对他的态度，他一定知悉。这些情况均发生在陈寅恪作诗之前。他对郭沫若的出处，明显反感，而"天上素娥原有党"的生发，直接感受，或是源于下面这件事。

1958年12月27日《人民日报》右上角刊出一则消息《中央国家机关党组织增添新力量：三百余优秀分子

光荣入党　郭沫若李四光李德全钱学森等同志入党开始过党的生活》，其中，提到郭沫若等同志"他们中有的在全国解放以前，很早就参加革命斗争，或者在政治上表现进步，热心社会进步事业和科学研究工作，积极参加民主运动。解放后他们坚决拥护和执行党的各项方针政策，对党所领导的历次政治运动都积极参加……他们在整风和反右派斗争中都表现立场坚定，能够同反共、反人民、反社会主义的右派分子斗争，维护工人阶级、维护社会主义的利益，具备了入党条件。他们已经由机关支部党员大会讨论通过加入了中国共产党，并且经过上一级党的委员会的批准。现在他们已经编入党的组织，开始过党的生活"。

1959年3月，郭沫若又在《中国青年报》上发表文章说："现在党组织审查批准了我和其他一些同志入党，这是我终身的幸福。"文章还说："党中央和毛主席提出了又红又专的口号。这是我们每个人的前进方向和奋斗目标……我们要努力学习，学习马克思，学习列宁，学习毛泽东。"（林甘泉、蔡震主编《郭沫若年谱长编》，第1724页，中国社会科学出版社，2017年）

1949年后，郭沫若虽以党外人士身份参与政事活动，但熟悉郭历史的人，一般都知道他早就是秘密党员，这次算是重新入党。以陈寅恪当时交往推断，他对郭的身份应当了解，陈诗作成时间在郭沫若入党之后，距离很近，容易产生感慨。余英时曾认为陈诗自注是障眼法，有意转移读者视线，但吴宓看出其中寓意，碍于时局关系，没有直接讲出来。此典释出，此诗前后诗意贯通，"世态万端同是戏""留取他时作谈助""传语朋侪同一笑"等句，也有着落，时地及人物交集史实，符合陈寅恪当时心境和一贯思想，借戏寓意，也是陈诗习见手法。

五、甲辰天中节即事和丁酉端午诗原韵

1964 年 6 月，陈寅恪有《甲辰天中节即事和丁酉端午诗原韵》一首，全诗如下：

> 争传飞燕倚新妆，看杀风流赵燕娘。
> 林邑驯犀劳远使，昆仑贵客满高堂。
> 青蛇白蟒当年戏，绿粽红花此日忙。
> 节物不殊人事改，且留残命卧禅床。

此诗胡文辉《陈寅恪诗笺释》下册，释为"刘少奇出访东南亚"。刘少奇访问东南亚在 1963 年 4 月，似嫌曲折，求之过深，不符"天中节即事"，或可再解。

由诗题可知，此诗作于 1964 年，天中节即端午节，具体日期为 6 月 14 日。"和丁酉端午诗原韵"，指 1957 年《丁酉五日客广州作》，此诗有黄萱和诗及抄录当时陈寅恪记忆的杨亿诗，今典已释出（见拙作《黄萱笔记零拾》，《南方周末》2022 年 1 月 17 日），此处不赘。

诗题谓"天中节即事"，则此诗作于 1964 年 6 月 14 日后（包括当日，那时北京报纸不可能当天到达广州，如广州有纸型自印，则当天见报也有可能），陈寅恪诗兴由当天新闻引起，应属合情。黄萱回忆说，陈寅恪非常关心国家大事，主要方式是听广播和听读当时报纸，《人民日报》《光明日报》自在其中。"天中节即事"中的"即事"源于当天报纸，应属合理。

查 1964 年 6 月 14 日《人民日报》头版，下方刊有一则《国防部欢宴越南人民军歌舞团——贺龙罗瑞卿陈子平大使出席宴会》的消息，歌舞团演出了《义静烈火》，陈诗应是有感而发。消息上方是当时国家文化部

和中非友协举行文艺演出,欢迎坦桑尼亚卡瓦瓦副总统来访,董必武、周恩来出席,同时,配发大幅剧照,可见演员盛妆。陈诗前两句,借咏演出寓深意。当天《人民日报》第七版刊有郭沫若歌颂新时代的长诗《黄山之歌》,其中说黄山的温泉足比华清池,诗曰"平均四十八吨每小时,温度摄氏四十一,泉含矿质可饮可疗医",此诗口语文言杂糅,新旧典故混用。陈诗标题"和丁酉端午诗原韵"似有所指示,此诗今典前已释出。"飞燕倚新装"寓意明显;"风流赵艳娘",用唐玄宗嫔妃赵元礼之女赵丽妃作比,表示离奇惊讶。"林邑驯犀劳远使,昆仑贵客满高堂"句,"林邑"为东南亚古国名,即今越南。"驯犀"也是古典,白居易《新乐府》有同题诗,陈寅恪《元白诗笺证稿》中有专论,此处可借指为"政事","劳"似可作"慰劳"解,切合当时情景。"昆仑"是古代国名,即今中印半岛南部及南洋诸岛至东非一带,此处可理解为亚非各"小国",因同版《人民日报》上,刊有多则当时政要会见外宾的消息,如彭真会见印尼共产党代表团、欢迎卡瓦瓦副总统等,此谓"昆仑贵客满高堂"。当天《人民日报》头版头条消息是"我国强烈抗议美机轰炸我驻老挝代表团",另有陈毅外长写信给日内瓦会议两主席,呼吁"必须制止美国侵略和挑衅"等消息。

因陈诗明示"天中节即事",所以后面四句"青蛇白蟒当年戏,绿粽红花此日忙。节物不殊人事改,且留残命卧禅床",全用端午节事(白蛇传、粽子)发感慨(当天《人民日报》第二版下方还刊有一篇总结1964年京剧现代戏观摩的文章《让京剧革命新花开得更灿烂》)。结合陈寅恪对新时代的感受,于时于地完全相合。陈寅恪1949年后与郭沫若交集的重要史实有四。

一是陈给科学院的答复，主要针对郭沫若。二是1958年6月10日，郭沫若在《光明日报》发表《关于厚今薄古问题——答北京大学历史系师生的一封信》。他在信中说过，在史学研究方面，在不太长的时间内，就在资料占有上也要超过陈寅恪。这话就是当着陈寅恪的面也可以说。陈寅恪办得到的，掌握了马克思列宁主义的人为什么还办不到？"我才不相信。一切权威，我们都必须努力超过他！这正是发展的规律。"三是20世纪60年代初，郭沫若对《再生缘》发生兴趣，针对的主要对象是陈寅恪，郭对陈的考证，多有否定；此事在1964年11月，陈寅恪作《论再生缘校补记》时，已委婉表达了自己的看法。陈寅恪行文中未提郭沫若的名字，只以"论者"代称。他说："夫一百五十余年前同时同族之人，既坚决不认云贞、端生为一人，而今日反欲效方密之'合二而一'，亦太奇矣！"（《陈寅恪集·寒柳堂集》，第87页，生活·读书·新知三联书店，2009年）陈寅恪此处提到"合二而一"，直接针对郭沫若《再谈〈再生缘〉的作者陈端生》一文。郭沫若在文章中说，"姓陈的嫁给姓范的，这是一合"；"陈端生的丈夫应该是范荑，荑是荻的别名……故名荑可字（或号）秋塘。这是二合"；对于陈云贞的身世，郭沫若还认为"这些情况和陈端生的身世太相似了。这是三合"（《郭沫若古典文学论文集》，第893页，上海古籍出版社，1985年）。四是关于李德裕归葬地的辨证。《李德裕贬死年月及归葬传说辨证》是陈寅恪20世纪30年代的一篇旧文，陈寅恪的结论是李德裕"大中三年12月10日卒于崖州"（《陈寅恪集·金明馆丛稿二编》，第48页）。郭沫若不同意这个看法，他在1962年3月16日《光明日报》发表《李德裕在海南岛上》长文，认为李德裕死在振州。为写这篇文章，郭沫若到广州时，曾专门到中山大学图书馆"找到陈寅恪有关李德裕死亡岁月的考辨，查到'李卫公帖'"（见林甘泉、蔡震主编《郭沫若年谱长编》，第 1879 页）。这个学术问题，目前学界及海南地方史研究者多认同陈寅恪的考证。对郭沫若的意见，陈寅恪没有正面回答，但在《李德裕贬死年月及归葬传说辨证》"附记"中，也作了委婉回应。陈寅恪说："寅恪昔年于太平洋战事后，由海道自香港至广州湾途中，曾次韵义山万里风波无题诗一首，虽辞意鄙陋，殊不足道，然以其足资纪念当日个人身世之感，遂附录于此。

> 万国兵戈一叶舟，故丘归死不夷犹。
> 袖中缩手嗟空老，纸上刳肝或稍留。
> 此日中原真一发，当时遗恨已千秋。
> 读书久识人生苦，未得崩离早白头。"（《金明馆丛稿二编》，56 页）

陈寅恪此段感慨"故丘归死不夷犹"一句，意味非常明确，陈寅恪特别记录的时间是"一九六四年甲辰五月五日"，这天正是天中节，恰是公历 1964 年 6 月 14 日，如此巧合，很难说是偶然。

六、解嘲

黄萱笔记出现后，陈寅恪 1964 年绝句《解嘲》，似可作如下理解。全诗如下：

> 此生未学种花农，惭听阇黎饭后钟。
> 觅得哀家梨一树，灌园甘任郭驼峰。

此诗古典，胡文辉《陈寅恪诗笺释》训释详备。今典，胡文辉怀疑此诗本事为"当时通行的种植果树运动"，意谓陈诗借题发挥，批评当时以运动为手段的政策（详见该书下册，第1253页，广东人民出版社，2008年）。因胡文辉将此诗古典解释得相当完备准确，就字面理解本诗似乎并不难懂，大体可以感觉到这是陈寅恪于当时处境的一种无奈感慨，但陈寅恪何以会发出如此感慨，我以为还是要寻找此诗的今典。

此诗今典关键在"种花农"。胡文辉认为此处"种花农"是由陈宝琛《感春四首》一句中的"种花翁"而来，比喻当政者。我猜测此处"种花农"是陈寅恪自造的说法，别有所指，指的是郭沫若。

1958年前后，郭沫若在《人民日报》上发过许多咏花诗，大约有一百首，后结集为《百花齐放》出版，此集现在很容易见到。郭诗风格"颂圣"无疑。按陈寅恪对时势的关心推断，《人民日报》或者后来郭沫若诗集出版，陈寅恪应当知悉。郭沫若一口气写百首咏花诗，迎合当时所谓"百花齐放"形势，在陈寅恪看来，这样写诗，什么花都写，无异于一个"种花农"了。陈寅恪反感这样的做法，所以他感慨"此生未学"。

此诗题为《解嘲》，大体可以推测为是当时有人和陈寅恪见面聊天时谈起过此类事，或者有将陈、郭相比的言论，所以引发了陈寅恪的感慨，不然他何以会将此诗命题为"解嘲"并在诗题后加一小注："一绝"。这个小注可理解为陈诗标题是一首绝句，但在陈诗习惯中绝句两首以上一般才提示，而此诗孤立一首绝句，何以要再明示"一绝"？显然此处的"一绝"不是"一首绝句"之意，而是此诗所咏之事堪称"一绝"的意思，或是对自造"种花农"一语的自赏？陈诗诗题多有深旨，这是熟悉陈诗者多数认同的判断。

"饭后钟"借用唐朝王播旧事，有曾经贫困而后发达的意味。这个典故通常是指王播，但有时也被认为是段文昌的事。陈寅恪1953年在《对科学院的答复》中曾说过："那么我就做韩愈，郭沫若就做段文昌，如果有人再做诗，他就做李商隐也很好。"如果将陈诗"饭后钟"移到段文昌身上，联想郭沫若，再想"灌园甘任郭驼峰"，明出"郭"字，似亦可通，虽稍嫌曲折，但可聊备一说。

也许有人会说，郭沫若1958年前后写"百花齐放"，而《解嘲》诗作于1964年，时过境迁，陈寅恪再来诗兴的可能不大，除非这一年再有与郭沫若相关的事引起陈寅恪的感慨。

《陈寅恪诗集》将《解嘲》写作时间定为1964年，没有注明具体月日，排在1964年12月后。而1964年11月，恰是陈寅恪撰《论再生缘校补记》的时间，此文主要是针对郭沫若的，陈寅恪行文中未提郭沫若名字，只以"论者"代称。1964年夏天，哲学界恰好发生了著名的批判杨献珍与"合二而一"事件，陈寅恪在"校补记"中说："夫一百五十余年前同时同族之人，既坚决不认云贞、端生为一人，而今日反欲效方密之之'合二而一'，亦太奇矣！"（《寒柳堂集》，第87页）陈寅恪此处提到"合二而一"，直接针对郭沫若《再谈〈再生缘〉的作者陈端生》一文。陈寅恪明面是针对郭文，但同时也暗讽了当时哲学界的"合二而一"事件。

以目前《解嘲》写作时间推断，可确定与陈寅恪《论再生缘校补记》在同一年。从全诗意味判断，此诗由郭沫若出处引发感慨，与诗意较为相合，也符合陈寅恪对他同时代知识分子的一般评价。

七、闻甲辰除夕广州花市有卖牡丹者戏作一绝

1965年2月初，陈寅恪有一首绝句《闻甲辰除夕广州花市有卖牡丹者戏作一绝》，全诗如下：

> 争看魏紫与姚黄，孤负寒梅媚晚妆。
> 易俗移风今岁始，鬼神不拜拜花王。

胡文辉《陈寅恪诗笺释》下册，释为"移风易俗与花市"。去诗意较远，可另寻今典。

郭诗全为白话，风格"颂圣"无疑。周作人1965年4月5日日记载"上午阅《百花齐放》，此书只是图尚佳耳"（周吉宜等整理《周作人一九六五年日记》，《现代中文刊》2000年第1期，第100页，华东师范大学出版社）。以陈寅恪对时事的关心推断，他知悉此事。1958年，郭沫若在《人民日报》上发过许多咏花诗，十多天时间，写百首咏花诗，迎"百花齐放"形势，无异于"种花农"了，陈寅恪写《解嘲》绝句，《黄萱笔记零拾》已详释。

《闻甲辰除夕广州花市有卖牡丹者戏作一绝》，应是《解嘲》的延续，二诗同作于1964年。由"广州花市卖牡丹者"引发联想，再发感慨。郭诗《百花齐放》第一首即是《牡丹》，全诗如下：

> 我们并不是什么"花中之王"，
> 也并不曾怀抱过"富贵之想"，
> 只多谢园艺家们的细心栽培，
> 便抽出了碧叶千张，比花还强。
> 我们的花叶只有色，没有香

不管是什么魏紫,或者姚黄,
花开后把全部花瓣洒满田园,
真有些败坏风光,让人惆怅。

陈诗"争看魏紫与姚黄,孤负寒梅媚晚妆",出"不管是什么魏紫,或者姚黄"句,第二句"媚晚妆"即无气节之意;"易俗移风今岁始,鬼神不拜拜花王"句,可理解为新风气,亦可理解为郭全用白话改变诗风。"牡丹"诗中有"花中之王"句,陈诗"拜花王"由此而来,"鬼神不拜"倒装,即"不拜鬼神"。《楚辞·九歌》中有《山鬼》,郭写话剧《屈原》也译过部分《楚辞》,陈诗明示"戏作一绝",应有寓意无疑。1952年陈诗《咏校园杜鹃花》有"南方亦有牡丹王"句,也是借花感事咏人。

(原载《社会科学论坛》2022年第6期)

陈寅恪与宝卷

陈寅恪平生没有专门写过关于宝卷的文章，也从没有在专门文体的意义上使用过"宝卷"一词，但陈寅恪关于佛经翻译的文章中，又处处涉及宝卷起源及宝卷演变的规则问题。周绍良、白化文编《敦煌变文论文录》（上海古籍出版社，1980年）收陈寅恪相关文章五篇，较早关注到陈寅恪在此方面的贡献，但因当时陈寅恪著作尚未完整出版，他关于宝卷的言论还不能全面呈现，现略述陈寅恪与宝卷的相关言论，为宝卷研究引一史料方向。

陈寅恪是现代学者中较早意识到佛经体制对中国文学形式产生影响的学者。他在所有关于佛经翻译研究中或谈及敦煌文献时，总不忘强调两种语言转化过程中可能发生的变化，例如原典内容为适应接受环境，译者有意改造或舍弃部分内容，见《莲花色尼出家因缘跋》；名著故事演变受佛经影响的几种变化规律，见《西游记玄奘弟子故事之演变》；佛经流行风尚痕迹对中国冥报故事的影响，见《敦煌本唐梵翻对字音般若波罗蜜多心经跋》等。陈寅恪关于佛经翻译的文章中，有多处涉及敦煌变文、俗曲及唐代俗讲的言论，对研究宝卷有非常重要的启发意义，如《敦煌本〈维摩诘经文殊师利问疾品〉演义跋》《敦煌本〈维摩诘经问疾品〉演义书后》《〈有相夫人生天因缘曲〉跋》《〈莲花色尼出家因缘〉跋》《〈须达起精舍因缘曲〉跋》《西游记玄奘弟子故事之演变》《陈垣敦煌劫馀录序》《大千临摹敦煌壁画之所感》《敦煌本唐梵翻对字音般若波罗蜜多心经跋》等文，可说是宝卷研究的必读文献。

1. 宝卷名称

1928年，郑振铎在当时的《小说月报》十七期号外发表《佛曲叙录》，十年后出版《中国俗文学史》，其中单列"宝卷"专章，宝卷作为通俗文学的一种体裁，相对固定并得到许多学者的认同，虽然"佛曲"一词所指内容，后经向达研究，作了音乐与文词的区别，但早期提到"佛曲"多以文本为内容。"宝卷"难说是一个历史名称，即当时人习惯的说法，而是后来研究者依据相关史料定义的一个称谓。郑振铎对这个名称的认定除了文字史料外，还有大量收藏作史料基础，因为他所见到的那些说唱脚本，真真切切是以"宝卷"名称书写在文本上的。几乎同时或者还要稍早，陈寅恪也注意到了这个问题，但陈寅恪没有使用"宝卷"一词，他多使用"弹词"，或直接称为"演义"，他的关注点在俗讲、变文等佛经传播形式对后世文学体裁的直接影响。

1927年，陈寅恪在《〈有相夫人生天因缘曲〉跋》中即认为："可知有相夫人生天因缘，为西北当日民间盛行之故事，歌曲画图，莫不于斯取材。今观佛曲体裁，殆童受喻鬘论，即所谓马鸣大庄严经论之支流，近世弹词一体，或由是演义而成。此亦治文化史者，所不可不知也。"(《陈寅恪集·金明馆丛稿二编》，第192页)这里陈寅恪已非常明确将"佛曲体裁"与后世弹词体裁联系，直到今天，在广义的通俗文学范围内，佛曲、押座文、变文、俗讲、宝卷、弹词、善书、鼓词、回文等形式，均是研究宝卷时必要涉及的体裁，因为它们之间的演变关系非常密切。郑振铎关于宝卷的研究，虽未见陈寅恪提及，但他无疑知悉这方面的情况，他不使用"宝卷"一词，似可判断为他对这一称谓有所保留，他倾向于使用"演义"一词，可惜未及细论。

1930年，陈寅恪在《敦煌本〈维摩诘经文殊师利问疾品〉演义跋》中更进一步指出："佛典制裁长行与偈颂相间，演说经义自然集仿效之，故为散文与诗歌互用之体。后世衍变既久，其散文体中偶杂以诗歌者，遂成今日章回体小说。其保存原式，仍用散文诗歌合体者，则为今日之弹词。此种由佛经演变之文学，贞松先生特标以佛曲之目。然《古杭梦余录》《武林旧事》等书中本有说经旧名，即演说经义，或与经义相关诸平话之谓。《敦煌零拾》之三种佛曲皆属此体，似不如径称之为演义，或较为适当也。今取此篇与鸠摩罗氏译维摩诘所说经原文互勘之，益可推见演义小说文体原始之形式，及其嬗变之流别，故为中国文学史绝佳资料。"(《陈寅恪集·金明馆丛稿二编》，第203页)证之后来宝卷演变轨迹，确如陈寅恪所言，佛教宝卷发展到后期，"偈颂相间""散文与诗歌合体"已是宝卷的基本形态，甚至有些宝卷已明显借鉴章回小说的写法，散文为主，韵文部分基本消失了。

2.《销释真空宝卷》公案

关于《销释真空宝卷》的年代限断，曾是中国宝卷研究界的一桩公案，此事涉及宝卷文本起源，陈寅恪的看法值得注意。

1931年3月30日,陈寅恪有一信给胡适,全文如下:

> 适之先生:
>
> 倾偷读大著销释真空宝卷跋,考证周密,敬服之至。柏林图书馆藏甘珠尔为德税务司购自中国者,据云为万历时写本。弟见其上有西夏字,而公谓此卷为万历时所书,适与西夏文书同地发现,则彼时西夏文或尚有人通解,此重公案,尚待勘定也。弟昨日始得读宝卷之全文,匆匆一过,无所发明,唯见其中字体明神宗以前之讳皆不避。明自万历后,避讳始严,此卷何故不避。但明代避讳之制实较宽,此卷为边地写本,或不足深论。但中有二句"正观殿上说,唐僧发愿西天去取经",则正观乃贞观,指唐太宗而言,正字代贞,如文正之代文贞,本避宋仁宗讳。元代无讳,此卷或是元代西北方汉人关于联缀语词,狃于习惯,不复知其本字。如民国无讳,而今日人书万历(曆)犹多作万历(歷)者,盖其人不必为清室遗老犹避旧朝之庙讳,不过因沿旧习,尚未改用本字耳。佛经云不避讳,却见宋本仍有避者,此卷为民间文字,自不能与佛经正文同科并论也。此节欲求教于专家。又卷中讹别之字颇多,若正观之代贞观,亦如功案之代公案,则此疑问自不成立。然亦无证据可决其为误书而非避讳也。匆叩
>
> 著安　寅恪　顿首(1931年)3月卅日。(《陈寅恪集·书信集》,第138页)

胡适《跋销释真空宝卷》写于1931年3月15日,公开发表于当年《北平图书馆馆刊》第五卷第三号,杂

志发行在当年6月左右。胡适此文刊出两年后，1933年4月，俞平伯在《文学》杂志创刊号上发表《驳〈跋销释真空宝卷〉》，第二年，郑振铎在《文学》二卷六号发表《三十年来中国文学新资料发现史略》。简单地说，胡适认为此卷不是元代作品，是明晚期的宝卷。俞平伯、郑振铎不同意胡适的看法，坚持是元代宝卷。此事为宝卷研究界习知，原文易得，此不备引。

陈寅恪信是私信，当时俞郑及后来研究此案的学者无缘得见。由信内容可明确知晓，陈寅恪赞成胡适的看法，说明他们二人思路和逻辑大体一致，而俞平伯和郑振铎的判断却失误了。几十年以后，喻松青《〈销释真空宝卷〉考辨》一文，结合多种文献，特别是由宝卷内容所受《五部六册》影响，指出它与罗教的密切关系，认为该宝卷出自印宗（俗名李元）之手。印宗是万历时期人，该宝卷产生年代应在万历四十八年，即万历朝的最后一年（《中国文化》1995年第一期，第109页，中国艺术研究院），该论已得学界公认，此公案已画上句号。

需要注意的是俞平伯、郑振铎驳论之后，胡适没有再写文章回应，可以推断为已知陈寅恪认同，不必再辩了。陈寅恪看到胡适的跋语，不是在公开的杂志上，而是直接见到原作，此点从陈寅恪写信的时间可以明确判断，陈寅恪说"偷读"，意谓未经胡适主动邀请在朋友处看到，在当时情况下，陈寅恪和袁同礼、赵万里、俞平伯时相过从，他的交往和学术地位，完全具备这个条件。陈寅恪信里所言"卷中讹别之字颇多，若正观之代贞观，亦如功案之代公案，则此疑问自不成立"，也是后来宝卷抄本中常见的现象，属同音讹写，一望而知，似不必求之过深。

另外，信中所引"正观殿上说唐僧，发愿西天去取经"两句，北京三联书店版陈寅恪《书信集》断为"正观殿上说，唐僧发愿西天去取经"，应属笔误，再版须改。

1932年，陈寅恪在《西夏文佛母大孔雀明王经夏梵藏汉合璧校释序》中再提此事："柏林国家图书馆所藏藏文甘珠尔，据称为明万历时写本。寅恪见其上偶有西夏文字。又与此佛母孔雀明王经及其他西夏文字佛典同发现者，有中文《销释真空宝卷》写本一卷。据胡君适跋文考定为明万历以后之作。"（《陈寅恪集·金明馆丛稿二篇》，第225页）此文在1932年《历史语言研究所集刊》第二本第四分刊出，在俞平伯、郑振铎文章发表之前，陈寅恪已公开支持胡适的考证了。

3.《论再生缘》《柳如是别传》文体

1957年初，陈寅恪给刘铭恕的信中说："近年仍从事著述，然已捐弃故技，用新方法，新材料，为一游戏试验。"（《陈寅恪集·书信集》，第279页）这个游戏结果即后来的《论再生缘》和《柳如是别传》。虽然陈寅恪说这两部作品的主要方法是用"明清间诗词和方志"等，但著述体例却来源于他早年接触佛经及敦煌文献的经验，大体说就是议论、叙事和诗杂糅的一种文体。《论再生缘》开始即说："中岁以后，研治元白长庆体诗，穷其流变，广涉五代俗讲之文，于弹词七字唱之体，益复有所心会。"（《陈寅恪集·寒柳堂集》，第1页）陈寅恪"有所心会"的感想，其实均散落在他早年的文章里，这些言论是研究宝卷时需要特别留意的。

1927年，陈寅恪在《童受喻鬘论梵文残本跋》中强调："寅恪尝谓鸠摩罗什翻译之功，数千年间，仅玄奘可以与之抗席。今日中土佛经译本，举世所流行者，如金刚法华之类，莫不出自其手。若言普及，虽慈恩犹不能及。所以致此之故，其文皆不直译，较诸家雅洁，应为一主因。但华梵之文，繁简迥不相同，道安摩诃钵罗若波罗蜜经抄序所谓'胡经尚质，秦人好文'及'胡经委悉，叮咛反复，或三或四，不嫌其烦'者是也。"（《陈寅恪集·金明馆丛稿二编》，第236页）这是陈寅恪对鸠摩罗什译经的总体评价，核心是"不直译"而文字追求"雅洁"。佛经翻译对后世中国文学的影响，始终是陈寅恪的关注重心。他在《论再生缘》中说："然观吾国佛经翻译，其偈颂在六朝时，大抵用五言之体，唐以后则多改用七言。盖吾国语言文字逐渐由短简而趋于长烦，宗教宣传，自以符合当时情状为便，此不待详论也。"（《陈寅恪集·寒柳堂集》，第71页）陈寅恪同时指出，白居易《新乐府》则改用七言，且间以三言，"蕲求适应于当时民间历史歌咏，其用心可以推见也"。

陈寅恪晚年将自己对佛经翻译研究的感悟，具体应用在《论再生缘》和《柳如是别传》中，突出的现象是将自己历年所写旧诗尽可能放进书中，考证时有感而发，夹叙自己的经历，特别是《柳如是别传》用"咏红豆"诗开篇，用"合掌说偈"结尾，诗笔、议论和小说笔法并用，成一种学术著作的创体。开篇"缘起"二字本是变文的另一称谓，郑振铎、傅芸子、关德栋等前辈学者都认为这是较"押座文"更长的一种变文开篇文词，相当于后来的"引子"或"序"一类的文字。《论再生缘》《柳如是别传》和清代一些长篇宝卷，在深层结构上均有相似之处，主体是借用章回小说笔法，《红楼梦》开篇即用过"缘起"一词，不过陈寅恪是以考证为中心推进叙述，他的考证过程，其实也是一种故事的推进。1930年，陈寅恪在《西游记玄奘弟子故事之演变》中就说过："观近年发现之敦煌卷子中，如维摩诘经文殊师利问疾品演义诸书，益知宋代说经、与近世弹词章回小说等，多出于一源，而佛教经典之体裁与后来小说文学，盖有直接关系。此为昔日吾国之治文学史者，所未尝留意者也。"(《陈寅恪集·金明馆丛稿二编》，第217页）陈寅恪又说："至乐天之作，则多以重叠两三字句，后接以七字句，或三字句后接以七字句。此实深可注意。考三三七之体，虽古乐府中已不乏其例，即如杜工部《兵车行》，亦复如是。但乐天《新乐府》多用此体，必别有其故。盖乐天之作，虽于微之原作有所改造，然于此似不致特异其体也。寅恪初时颇疑其与当时民间流行歌谣之体有关，然苦无确据，不敢妄说。后见敦煌发现之变文俗曲殊多三三七句之体，始得其解。"(《陈寅恪集·元白诗笺证稿》，第125页）

宝卷经典句式即三三四体，"重叠两三字句"后接四字最为常见，陈寅恪认为这是"当时民间流行歌谣之体"，此论对后世研究宝卷极富启发意义。由三三七体到三三四体，符合陈寅恪"盖吾国语言文字逐渐由短简而趋于长烦，宗教宣传，自以符合当时情状为便"的观察。宝卷三三四句式的固定，实际是早期变文句式遗存，因四字较七字为简，更符合当时宗教宣传情状，后变为三三七字句式，应是文人改造，以追求雅洁之故。孙楷第在研究唐代俗讲和变文体裁时曾指出，元杂剧凡判断、命令及论赞之词，所以檃栝事理者，例用偈赞体，句法有三四、三五或三三四体式（《敦煌变文论文录》上册，第98页，上海古籍出版社，1980年），应当也是变文遗迹。宝卷主要句式最后稳定在三三四体上，应是宗教宣传的经验积淀，此种句式较为便捷，易记易诵，而又不失韵文意味。

（原载《关东学刊》2021年7月27日）

陈寅恪与中国小说

上 陈寅恪的小说阅读史

陈寅恪著述中,关于中国旧小说,提到最多的是《红楼梦》和《儿女英雄传》,相关论述,刘梦溪、刘克敌和笔者曾有专文论述(见刘梦溪《陈寅恪与红楼梦》,第1~29页,中央编译出版社,2006年;刘克敌《陈寅恪与中国文化》,第166—169页,上海人民出版社,1999年;谢泳《陈寅恪与〈儿女英雄传〉》,《文艺研究》2013年第11期),此处不赘。

陈寅恪特别喜欢阅读小说,《论再生缘》一开始,陈寅恪即说他对小说"虽至鄙陋者亦取寓目",还特别提到自己喜读林译小说(《陈寅恪集·寒柳堂集》,第3页)。

1944年10月3日,陈寅恪在给傅斯年的一封信中说:"知将有西北之行……此行虽无陆贾之功,亦无郦生之能,可视为多九公、林之洋海外之游耳。"多九公、林之洋是《镜花缘》中周游海外的人物。陈寅恪随手写出,可见对小说《镜花缘》非常熟悉。

1945年,陈寅恪在病中,吴宓曾"以借得之张恨水小说《天河配》送与寅恪"(《吴宓日记》第9册，生活·读书·新知三联书店，1999年，第395页)。同年夏天，陈寅恪有诗《乙酉七七日听人说水浒新传适有客述近事感赋》一首。《水浒新传》是张恨水1940年初在重庆创作的长篇小说，说明陈寅恪对张恨水的小说很有兴趣。

1945年秋冬两季，陈寅恪在英国得熊式一所赠英文小说《天桥》后，曾写有七绝两首、七律一首。第一首七绝中首句"海外熊林各擅场"，说明陈寅恪同时熟悉林语堂的小说(《陈寅恪集·诗集》，第54—55页)。

陈寅恪认为林译小说结构精密，即举哈葛德（Henry Rider Haggard）小说为例。陈寅恪说："哈葛德者，其文学地位在英文中，并非高品。所著小说传入中国后，当时桐城派古文名家林畏庐深赏其文，至比之史迁。能读英文者，颇怪其拟于不伦。实则琴南深受古文义法之熏习，甚知结构之必要，而吾国长篇小说，则此缺点最为显著，历来文学名家轻小说，亦由于是（桐城名家吴挚甫序严译天演论，谓文有三害，小说乃其一。文选派名家王壬秋鄙韩退之、侯朝宗之文，谓其同于小说）。一旦忽见哈氏小说，结构精密，遂惊叹不已，不觉以其平日所最崇拜之司马子长相比也。"(《陈寅恪集·寒柳堂集》，第67页)

此段议论表明陈寅恪对中国长篇小说的结构非常敏感。陈寅恪还说："综观吾国之文学作品一篇之文，一首之诗，其间结构组织，出于名家之手者，则甚精密，且有系统。然若为集合多篇之文多首之诗而成之巨制，即使出自名家之手，亦不过取多数无系统或各自独立之单篇诗文，汇为一书耳……至于吾国小说，则其结构远不如西洋小说之精密。在欧洲小说未经翻译为中文以前，凡吾国著名之小说，如《水浒传》《石头记》与《儒林外史》等书，其结构皆甚可议。生之天才卓越，何以得至此乎？总之，不支蔓有系统，在吾国作品中，如为短篇，其作者精力尚能顾及，文字剪裁，亦可整齐。若是长篇巨制，文字逾数十百万言，如弹词之体者，求一叙述有重点中心，结构无夹杂骈枝等病之作，以寅恪所知，要以《再生缘》为弹词中第一部书也。"（《陈寅恪集·寒柳堂集》，第67页）陈寅恪察觉中国长篇小说结构的弱点，建立在他对中国文学文体的基本判断上。陈寅恪一向认为，中国文学与其他世界诸国文学最大的不同是中国文学"为骈词俪语与音韵平仄之配合"，因为"对偶之文，往往隔为两截，中间思想脉络不能贯通。若为长篇，或非长篇，而一篇之中事理复杂者，其缺点最易显著，骈文之不及散文，最大原因即在于是"（同前）。陈寅恪一生文史研究，极重文体，对文体的敏感和自觉是陈寅恪学术中的一个重要关节点。他对中国小说情感的表现方式，特别是对男女情爱表达与文化间关系，也有极为细致的观察。陈寅恪说："吾国文学，自来以礼法顾忌之故，不敢多言男女间关系，而于正式男女关系夫妇者，尤少涉及。盖闺房燕昵之情意，家庭米盐之琐屑，大抵不列载于篇章，唯以笼统之词，概括言之而已。此后来沈三白《浮生六记》之闺房记乐，所以为例外创作，然其时代已距今较近矣。"（《陈寅恪集·元白诗笺证稿》，第103页）此段议论表明陈寅恪熟读《浮生六记》并对其叙闺房私情的表达方式有很高评价。

在《柳如是别传》"缘起"中，陈寅恪感慨："寅恪以衰废余年，钩索沈隐，延历岁时，久未能就，观下列诸诗，可以见暮齿著书之难有如此者，斯乃效《再生缘》之例，非仿《花月痕》之体也。"（《陈寅恪集·柳如是别传》,第4页)随口提到清代以妓女为主角的小说《花月痕》,足证陈寅恪对清代小说的熟悉。

1957年5月,陈寅恪在《丁酉首夏赣剧团来校演唱牡丹对药梁祝因缘戏题一诗》"金楼玉茗了生涯"后有一自注:"年来颇喜小说戏曲"(《陈寅恪集·诗集》,第126页),"年来除从事著述外,稍以小说词曲遣日"(《陈寅恪集·柳如是别传》,第6页)。这说明小说是陈寅恪晚年主要听读的体裁,表明陈寅恪由少年到晚年,对小说的兴趣始终未减。但在陈寅恪小说阅读史中,有一个奇怪的问题需要注意,就是在中国现代小说中,目前所见史料,只发现了他读过张恨水、林语堂和熊式一的长篇小说,而这几部长篇小说大体是一般认为的通俗小说,五四以后中国新文学运动中产生的小说,陈寅恪从未提及。陈寅恪少年时期曾随其兄陈衡恪在日本读书并与鲁迅相识,后鲁迅曾将译作《域外小说集》寄给过陈寅恪(顾农《陈寅恪与鲁迅》,《鲁迅研究月刊》2002年第5期),揆之常理,喜读小说的陈寅恪应当对新文学运动以来产生的小说有所措意,但陈寅恪文字中未见提及,此种从未提及或许也表明了陈寅恪的一种态度,而这种态度,我个人猜测大体是一种否定评价,也就是说,陈寅恪可能认为新文学运动以来的中国小说创作没有产生好作品。

中 陈寅恪的小说观

作为历史学家的陈寅恪,不但喜欢"以诗证史",还喜欢以"小说证史",如在《长恨歌》《莺莺传》研究中,论及杨玉环入宫事实及崔莺莺身世及《虬髯客传》暗指唐太宗等(《陈寅恪集·读书杂记二集》,第277页),均大量使用了小说史料。他早年研究佛经翻译文学,曾撰写《西游记玄奘弟子故事之演变》,用佛经故事中土流传事例，考证《西游记》故事最初来源曾受佛经故事影响，并提出了小说故事构思演变的几个公例。陈寅恪对小说在历史研究中的价值有非常清晰自觉的认识。他讲《太平广记》史料时曾说过："小说亦可作参考，因其虽无个性的真实，但有通性的真实。"（《陈寅恪集·讲义及杂稿》，第492页）陈寅恪所谓"通性真实"，其实与恩格斯评价巴尔扎克小说时的名言表达的是一个意思。恩格斯说："他的作品汇集了法国社会的全部历史，我从这里，甚至在经济细节方面所学到的东西，也要比从当时所有职业的历史学家、经济学家和统计学家那里学到的东西还要多。"（《马恩选集》第四卷，人民出版社，1995年，第682页）巴尔扎克小说对时代反映的真实性，就是陈寅恪所说的"通性真实"，即对时代精神的把握达到了高度真实。

陈寅恪只写过一篇专门讨论中国小说的文章，但他关于中国小说叙述方式的观察却散见于很多学术论文中，这些对中国小说的片言只语，处处体现陈寅恪对小说文体的深刻认识。他认为小说人物一定要描写详细，不避繁杂。陈寅恪说："夫长于烦琐之词，描写某一时代人物妆饰，正是小说能手。后世小说，凡叙一重要人物出现时，必详述其服妆，亦犹斯义也。"（《陈寅恪集·元白诗笺证稿》，第96页）这个判断是建立在广泛阅读基础上得出的结论。陈寅恪还指出中国小说不善于叙述正式男女关系，主要是"以礼法顾忌之故……而于正式男女关系夫妇者，尤少涉及。盖闺房燕昵之情意，家庭米盐之琐屑，大抵不列载于篇章，唯以笼统之词，概括言之而已"。这个观察相当细致，值得研究中国小说创作者特别注意，以此角度切入，可以观察中国小说叙述方式的诸多特征。在陈寅恪的小说观中，正式男女关系与婚外私情恰是小说中最须详细铺陈叙述之处。他评价元稹悼亡诗时，对元稹的叙事才能有这样的概括："微之天才也。文笔极详繁切至之能事。既能于非正式男女间关系如与莺莺之因缘，详尽言之于会真诗传，则亦可推之于正式男女间关系如韦氏者，抒其情，写其事，缠绵哀感，遂成古今悼亡诗一体之绝唱。实由其特具写小说之繁详天才所致，殊非偶然也。"（同前，第103页）陈寅恪认为小说叙述中最重要是作者的"繁详"之才。陈寅恪同时指出，元稹能用古文试作小说而成功，因为《莺莺传》是自序之文，有真情实事。韩愈《毛颖传》则纯为游戏之笔，其感人之程度本应有别。陈寅恪总结道："夫小说宜详，而韩作过简。"（《陈寅恪集·元白诗笺证稿》，第119页）

陈寅恪早年写《韩愈与唐代小说》，他的一个敏锐观察是：唐代贞元时期是古文的黄金时代，同时也是小说的黄金时代。此时代里小说最明显的一个特点就是"驳杂"，这是因为"唐代小说之所取材，实包含大量神鬼故事与夫人世所罕见之异闻"。（《陈寅恪集·讲义及杂稿》，第411页）这个判断同样可以理解为是陈寅恪对小说题材来源的一个见解。当代小说家颇重加西亚·马尔克斯（Gabriel José de la Concordia García Márquez）《百年孤独》人鬼异闻相互交织的写法，其实，中国小说起源中即包含了这样的叙述。

陈寅恪学术论文中最常引的一则笔记是宋代赵彦卫《云麓漫抄》中关于唐代举子"温卷"的记载。（《陈寅恪集·元白诗笺证稿》，第2页）所谓"温卷"即是举子应试前将自己所写文章投献给当世名人，以求得他们了解。这些举子为让名流了解自己多方面的才能，常在一篇文章中要使用多种文体，因为"此等文备众体，可以见史才、诗笔、议论"。陈寅恪由此判断，唐代小说起于贞元元和之世，与古文运动实同一时间，而其时最佳小说之作者，也即是古文运动中的中坚人物。因此，唐代贞元元和间的小说，乃是一种新文体，不独流行当时，更辗转为后来所仿效，它与唐代古文为同一源起、同一体制。任何文体的变革均有现实原因，陈寅恪对文体变革的敏感是他注意到了文体变革的现实原因与文体变革以适于接受为基本指向，非如此不易收到实际的宣传效果。他后来讲韩愈文学贡献时，也特别强调文体变革与宣传功效间的关系。因为文体变革的实际动因来源于改变僵硬既成文体，所谓公式文字。文体变革一定要适于现实的接受习惯，这也是陈寅恪研究元白诗时，为什么要首先强调必须了解当时文体关系和文人关系的原因。陈寅恪指出："小说之文宜备众体。莺莺传中忍情之说，即所谓议论，会真等诗，即所谓诗笔，叙述离合悲欢，即所谓史才，皆当日小说文中不得不备具者也。"（《陈寅恪集·元白诗笺证稿》，第120页）

下 陈寅恪自创文体

陈寅恪是有创造性的史学家，既然对小说文体有如此清晰的认识，那么他会不会在自己的史学著作中尝试文体创新呢？我认为有这种可能。陈寅恪认为，唐代古文运动巨子，虽以古文试作小说而能成功，但后来的公式文字，六朝以降，还是以骈体为正宗。可见文体变革之难。陈寅恪说："唯就改革当时公式文字一端言，则昌黎失败，而微之成功，可无疑也。"（同前，第120页）这个判断说明陈寅恪对小说文体适于产生更大影响有过自己的考虑。陈寅恪以为，古往今来，有创造性的作家总是在追求文体的变革。他曾指出，白居易的新乐府，虽然仍用毛诗、乐府古诗及杜诗体制改进当时民间流行歌谣，实与贞元元和时代古文运动巨子如韩愈、元稹以太史公书、左氏春秋之文体试作《毛颖传》、石鼎联句诗序、《莺莺传》等小说传奇，其所持的旨意及所用的方法适相符同。差异处，仅是一在文备众体小说之范围，一在纯粹诗歌之领域。陈寅恪认为，白居易的新乐府，实是扩充当时古文运动而推及于诗歌，白居易的追求是"以改良当日民间口头流行之俗曲为职志，与陈李辈之改革齐梁以来士大夫纸上摹写之诗句为标榜者大相悬殊。其价值及影响或更较为高远也。此为吾国中古文学史上一大问题，即'古文运动'本由以'古文'试作小说而成功之一事"（《陈寅恪集·元白诗笺证稿》，第120页）。陈寅恪的观察是"古文家以古文试作小说而能成功"实因为"古文乃最宜作小说"（同前，第3页）。

陈寅恪晚年撰写的《柳如是别传》，一向被认为是陈寅恪晚年最重要的学术著作。但本书在文体上的变革似没有引起过研究者的特别注意。本书与一般的学术著作不同，明显特点是在著作中大量夹入陈寅恪自己旧诗，而考证钱柳诗，时时不忘夹叙自己的经历和抒发自己的情感，甚至有些笔墨，我们可以判断为是陈寅恪以小说笔法虚构的细节，这可能就是陈寅恪自己所说的"忽庄忽谐，亦文亦史"。

陈寅恪元白诗研究中一个持续的判断是建立在"文备众体"，非此不足以显示"史才、诗笔、议论"。《柳如是别传》恰是这个思想延续的结果。陈寅恪说："唐人小说例以二人合成之。一人用散文作传，一人以歌行咏其事。如陈鸿作《长恨歌传》，白居易作《长恨歌》。元稹作《莺莺传》，李绅作《莺莺歌》。白行简作《李娃传》，元稹作《李娃行》。白行简作《崔徽传》，元稹作《崔徽歌》。此唐代小说体例之原则也。"（《陈寅恪集·

元白诗笺证稿》,第 45 页。《陈寅恪集·构建如是别传》,第 3 页)以陈寅恪研究元白诗时的心理推测,可以认为《柳如是别传》的文体正是陈寅恪"史才、诗笔、议论"三者合一的集中体现。"忽庄忽谐,亦文亦史"中的"庄"是考证,"谐"是小说,"文"是自己的诗,"史"即是"议论"。

《柳如是别传》是以"咏红豆诗并序"开篇的。"红豆"是《柳如是别传》中故事推演的主要意象,类似于《红楼梦》中的"石头"。关于"红豆",陈寅恪有这一样一段叙述:

> 丁丑岁卢沟桥变起,随校南迁昆明,大病几死。稍愈之后,披览报纸广告,见有鬻旧书者,驱车往观。鬻书主人出所藏书,实皆劣陋之本,无一可购者。当时主人接待殷勤,殊难酬其意,乃询之曰,此诸书外,尚有他物欲售否?主人踌躇良久,应曰,曩岁旅居常白茆港钱氏旧园,拾得园中红豆树所结子一粒,常以自随。今尚在囊中,顾以此豆奉赠。寅恪闻之大喜,遂付重值,借塞其望。自得此豆后,至今岁忽忽二十年,虽藏置箧笥,亦若存若亡,不复省视。然自此遂重读钱集,不仅借以温旧梦,寄遐思,亦欲自验所学之深浅也。盖牧斋博通文史,旁涉梵夹道藏,寅恪平生才识学问固远不逮昔贤,而研治领域,则有约略近之处。(《陈寅恪集·柳如是别传》,第 3 页)

考陈寅恪生平事迹,再细查陈寅恪关于"红豆"来历的叙述,我们虽不能说陈寅恪绝无此种经历,但如此巧合确实近于小说家笔法。当时陈寅恪一家匆忙离开北平,到昆明之后陈寅恪身体已大坏,以当时情景推测,陈寅恪似无此闲情"买旧书而得红豆",如此有趣经历,我们也没有在陈家后人或当年与陈寅恪有交往密友的回忆中看到记载,判断为是陈寅恪用了小说笔法照应《柳如是别传》起始"咏红豆"并以此寄寓自己的情感,似不无可能。

陈寅恪在《柳如是别传》"缘起"中曾述及自己的写作动机有"亦欲自验所学之深浅也"。这个感慨说明陈寅恪晚年试图把自己所有才华集中在一部著作中体现,所以才有了《柳如是别传》这种独特的文体。我个人以为《柳如是别传》是一部集诗、小说、传记和学术考证于一体的著作,它是一个和谐整体,处处体现陈寅恪良苦用心,是陈寅恪晚年全部才华的集中表现,同时,他也开创了一种新文体。

2014 年 6 月 30 日于厦门

冼得霖《双璧楼吟草》

一、诗集

我在网上旧书店偶见冼得霖油印诗集《双璧楼吟草》，判断即是《双璧楼诗集》，想其中或有陈寅恪史料，虽书贾索价甚昂，还是置入箧中，现略作介绍：

集为三十二开方册，机器纸，油印，前半部分署"南海冼得霖著"，后半为《双璧楼吟草附录》，署"陈植仪女史著"，应是夫妇二人诗词集合刊。有"自序"一篇，原文无标点，全文如下：

将四十矣，胸中郁勃之气，徒寓于诗。乙酉以前得诗凡数百首，世事侘傺，未付刊也。

丙戌迄今所成亦逾百篇，使再自隐，何以表志，爰将是期诸作，略事整理，先传抄本。

荆室植仪，雅具同调，昔年结客骚坛，尝分吟席，附其一二，岂云辉映。

嗟嗟！岁月磨人，风云奥感，思焚笔砚，敢贸才名，聊弄斧以何惭，任覆瓿而纵笑。

庚寅腊月于广州岭南大学

原集未标目录,现依内文,列诗题如下:

双璧楼诗选
冼得霖著

陈独漉先生三百年祭——用厓门谒三忠祠韵

荔湾晓拔公同泛

雨后过南湾

大道

七夕

读少陵集

寒意

乞得桃花供养佛次达廉韵

春感和叔庄

久雨

观菊

观梅步前韵

观梅达老和作语多谭禅格古意深宏宣妙谛试师其意次和四首

即事

珠江愁并序

偶成

木棉

温丹铭先生用和靖集先后咏梅八首原韵征咏梅花奉酓

晚步

校园白梅一枝凌寒发矣

初三夜静坐

庭中黄菊深冬放次和达老元韵

二云姊书来承示心影女史索诗雅意赋此却寄

岳武穆限支韵

感别和达老

丙戌除夕

丁亥初春抵惠杂写

初冬芍药

春江鸭戏图

松得东韵

春归

寄墨樵

偶成

木棉得烟字

叶园晚坐

杂诗

闻南园雅集

塘莺儿土名 花白色

闻雷

江心月出

菊花四咏和叔庄

催菊

黄菊

白菊

惠州西湖杂句

三八自述

郑板桥画竹图

赠毛生

读黄仲则诗

芦月钓舟图

岁月同闺人作

绝句

湖亭小坐风雨大作
楼外望山月得肴字
答润之见赠原韵
墨荷
听潮
登海楼
感事五首
后感事五首
十四夕玩月
新会白沙祠登碧玉楼
纯阳观观梅次韵陈寅恪先生原韵附原作
登白云山同希白程曦
题容仲先生画册
观公园菊会同张维持
月当头夕集曾恩涛宅即席口占

词　　选

高阳台次梦窗落梅韵
前调落红梅仍叠前韵
前调漱珠冈游纯阳观
河传
西河庚寅清明流花桥省墓
绛都春希白先生招宴
琵琶仙七夕偶成
青玉案
浣溪纱
百字令题韩公治潮事迹

双璧楼吟草附录

陈植仪女史著

读袁简斋诗用赵瓯北赠句原韵

春柳

西湖晚泛

苦雨

秋夜睡起

雨后限安韵

秋声

偶感

听蝉

黄芍药

咏菊

同外子作十一首

闻雷

菊花四咏和叔庄先生

观梅和达廉先生

高阳台白梅落次梦窗韵

前调红梅落叠前韵

二、冼得霖和诗

陈寅恪1950年1月曾作七律《纯阳观梅花》,全诗如下:

> 我来只及见残梅,叹息今年特早开。
> 花事已随浮世改,苔根犹是旧时栽。
> 名山讲席无儒士,胜地仙家有劫灰。
> 游览总觉天宇窄,更揩病眼上高台。

此诗过去仅见冼玉清和诗《漱珠冈探梅次陈寅恪韵》，未见冼得霖和诗。北京三联版《陈寅恪集·诗集》编者注："本律另稿题为'漱珠冈纯阳探梅'。第三句作'花事亦随尘世改'，第五句作'名山讲席谁无士'。"（该书第70页）

陈永正补订冼玉清《漱珠冈志》，陈诗题目是《己丑仲冬纯阳观探梅柬冼玉清教授》（该书第99页，广东人民出版社，2009年），推测陈寅恪曾将此诗寄出索和，其中即有冼得霖。《双璧楼吟草》中保存了和诗，抄出如下：

纯阳观观梅次陈寅恪先生原韵
一枝秀出数株梅观在漱珠冈上，问讯何人冷自开。
真赏转从残蕊后，奇根原合倚时栽。
茫茫尘海宁无侣，寸寸春心未肯灰。
我亦看花来较晚，风前携句且登台。

冼得霖和诗出现，对理解陈寅恪当时的心境极有帮助。初到岭南，陈寅恪的感受不仅是寂寞，更流露了一种绝望情绪，他和冼得霖是两代人，对时代变化的感觉差异很大，敏感程度也完全不同，冼得霖的认识是"奇根原合倚时栽"，所以同为教员，他的选择是"寸寸春心未肯灰"。冼得霖诗集所用题目及诗中古典，也曾多次出现在陈寅恪诗中，冼诗陈诗对读，有助于研究陈寅恪晚年诗。

冼得霖《感事五首》《后感事五首》，似与陈寅恪处境相关，诗意感慨，也与陈寅恪当时心情相近，推测所谓《感事》或包括了与陈寅恪交往的感受。目前所见史料中，知陈寅恪初到岭南，除冼玉清外，有酬唱往来的同事即是冼得霖了，如《感事》之四：

> 如云冠盖只今稀，廿载京华往事非。
> 争挟腰缠骑鹤去，漫愁矰缴弋鸿飞。
> 南州风月珠浮夜，海甸楼台玉作扉。
> 一样安危浑不管，天涯歌舞未思归。

"南州""海甸"均是陈诗习用语词，也与陈寅恪当时处境相合，尤其"海甸"一词，如冼得霖平生未有北平经历，则此处"海甸"或是"清华"的代词，与陈的经历更相近了。

如《后感事》之二：

> 巨笔争推露布驰，如何幽情托微词。
> 书留伯玉谁能悟，才尽文通自可悲。
> 冷月西湖归骨地，枯灯长夜断魂时。
> 从容赴死凄酸甚，不共艰危足耐思。

诗中"伯玉""文通"指陈子昂和江淹，也是陈诗常用语词，特别是"西湖归骨地"一句，与陈寅恪和朱少滨诸诗中的意思完全相合，陈诗有句"钱塘真合是吾乡"。当时陈寅恪刚在岭南大学出版社印了线装本《元白诗笺证稿》，他在给吴宓的信中说过"因以后此等书恐无出版之机会故也"（《陈寅恪集·书信集》，第268页），此诗似与陈寅恪的这一段经历有相通处。

如《后感事》之四：

> 去来珠水更何之，淘尽年光任世移。
> 往梦已销南汉后，雄风休拟尉驼时。

江浮五马终残局，树绕群乌得几枝。
三月春城原最好，恐嗟无计驻芳期。

"南汉"指广东，"春城"指昆明，似合陈寅恪经历；"江浮五马"典故，也与陈寅恪离开南京来岭南牵连，"尉驼"典故是陈诗喜用的，如 1951 年 9 月《有感》中句"赵佗犹自怀真定"。

如《后感事》之五：

一瞑潜忧百不伸，牛恩李怨几酸辛。
惊闻耆旧垂垂尽，愁对风云处处新。
悲悯只余心上泪，死生怜取眼前人。
遗书有恨知何语，凄绝南来厌此身。

此诗情绪似也合陈寅恪当时心境，特别是"牛恩李怨"，平常意思之外，恰合陈寅恪研究唐史的经历。

《双璧楼吟草》抄录陈寅恪原作，我对比了一下，北京三联版诗集，诗题与冼集标题略有不同，诗题少"观"字。"纯阳观"是"道观"地名，两"观"字连用，似易出错，此处缺一"观"字，细察，无"观"字欠通；第二句中"叹息"，冼集作"太息"，意思相同，但"太息"是《离骚》语词，似更近陈诗原意。此诗曾有不同抄本流传，字句稍出差异属正常现象，胡文辉用冼玉清和诗，已对出字句差异，但冼得霖和诗，以往均未见，《漱珠冈志》亦失收。当时，冼得霖还填了一首《高阳台·漱珠冈游纯阳观》，全词如下：

地即丹邱，人忘何世，院襟聊借幽居。玉殿炉烟，中庭香袅尘无。缘粘天远朱阑外，看春风，又醒平芜。

恣徘徊，南雪松高，朝来台孤。 来迟似笑多凡骨，正梅花开后，花瓣飘馀。难把飞仙，萧然谁与倾壶！一声鹤过长廊晚，起遥情，目极云衢。待何时，愿了名山，胜揽玄都。

《双璧楼吟草》涉及粤地名人及风物甚多，《潄珠冈志》如得再印机会，似可补入冼得霖诗词，这一诗一词，诗艺水准很高。

三、冼得霖其人

陈寅恪后来还写了一首七律《答冼得霖陈植仪夫妇》，全诗如下：

> 残废何堪比古贤，昭琴虽鼓等无弦。
> 杜陵莱把难言饱，彭泽桃源早绝缘。
> 讲校生涯伤马队，著书勋业误蟫仙。
> 羡君管赵蓬莱侣，文采燔功一慨然。

陈诗作于1951年，《双璧楼吟草》集后有"庚寅腊月于广州岭南大学"记载，对应公历在1951年1月，由时间和交往推断，陈寅恪见过冼得霖此集。冼集中未见此诗，说明陈诗作于冼集印出之后。陈诗"讲校生涯伤马队，著书勋业误蟫仙"及后来《寄朱少滨杭州》诗中"脱身马队天能胜，同命鸥群福已多"，两出"马队"典，余英时、胡文辉以往解释，似稍嫌曲折，此典出王夫之《夕堂永日绪论》（《四溟诗话·姜斋诗话》，第156页，人民文学出版社，2001年），其中说："李文饶有云'好驴马不逐队行'，立门庭与依傍门庭者，皆逐队者也。"王夫之借李文饶话，讲诗的独创性，"逐队"意谓

"跟上跑"。陈诗"马队"古典,应是"好驴马不逐队行"缩语,不"跟上跑",恰适陈寅恪一贯主张的"独立之精神,自由之思想"。

冼得霖其人,胡文辉《陈寅恪诗笺释》已注出(该书下册,第 634 页,广东人民出版社,2008 年),说他是"广东南海人(1911—?),生平不详,原为岭南大学中文系讲师,好作诗词,编有《双璧楼诗集》,未刊"。并据《岭南当代诗词选》,转引冼得霖原诗《陈寅恪先生招听古琴》:

> 携琴有客访高贤,万籁千泉一抚弦。
> 古调爱弹宁笑独,劳尘借浣得非仙。
> 寄怀幽壑风逾邈,听到梅花月近圆。
> 归艇莫将瑶轸弄,恐惊鱼跃大江边。

胡文辉注释源自容庚《颂斋书画小记》(该书下册,第 970 页,广东人民出版社,2000 年),似稍嫌简略。容庚原文值得细引:"冼得霖,广东南海人,十五岁通诗,二十一岁毕业于广东法学院,历任南海中学及岭南大中学教师,现在文昌中学,为当地人士所倚重,诗文不名一体,下笔立就,磊落豪纵如其人,书法亦秀健可喜,1911 年生,双璧楼诗集已逾千首矣。"可见容庚也见过《双璧楼吟草》,对冼得霖很是称赞,说明二人交情匪浅。由冼得霖诗文可知,他和容庚过从甚密。容璞在该书后记中说:"冼得霖先生过去是我家的常客,在父亲七十和八十大寿时,冼先生都满怀激情写书以赠,介绍了父亲的为人、治学等。这次我全文照录,目的是让读者们加深对容庚的了解和认识。"容庚《颂斋书画小记》系手稿本,收入冼得霖两篇寿序,但未见释读本,

现依容庚原本,抄出如下,以见冼得霖诗才及当时思想状况。寿诗全文如下:

冼得霖楷书容庚七十寿诗轴(1964)
纸本高三尺一寸五分广一尺八寸

高年推硕望,学海仰殊功
金石锲不舍,松鹤寿与同
殷墟搜甲骨,大雅非雕虫
彝器著通考,奇字辨鼎钟
海内几人似,稽古获已丰
公曰尚未足,千里须更穷
前岁争壮游,告我愿不空
沪杭复北去,京国气象雄
晋陕览博物,瞻彼唐故宫
所历十三城,拓片箧笥充
归来急整编,商周研青铜
盛世垂文献,三代追远综
地僻自寡陋,执鞭怅难从
听说尽奇观,只羡旷心胸
去夏访颂斋,述林读从容
其言四十万,七十庆降嵩
精力叹弥满,实大必声洪
登堂晋一觞,有约今秋中
却下陈蕃榻,相欣王粲逢
殷勤未长卷,水石绘玲珑
沧江属题句,天外想飞淙
妙对神来策,顿添客意重
招我北园宴,康乐抽谈锋

发言动四座,赌酒拜下风
别公忽数载,华发颜犹童
大任付删述,天特厚此翁
我闻公在昔,志学夙所宗
尔匹工篆刻,舅甥名并崇
王罗本耆旧,术业让专攻
骅骝安限步,鹰隼看飞冲
片金与重罍,精鉴迥超庸
诲人称善诱,治学严治躬
桃李遍南北,心期逐日红
迩来献所藏,展阅能归公
为国存奇宝,众誉益以隆
始我亲几席,忘年气谊融
比邻常载酒,览秘窥书丛
邺架多文富,玉轴无尘封
长日恣清赏,豆花开正浓
余事继三绝,博识公贯通
下笔记书画,要义堪振聋
虞山那可薄,列朝论诗综
铁桥擅鞍马,志士慨潜龙
公为集吟草,乡邦青孤忠
感我一放歌,挥洒气吞虹
向人频说项,评句刮青瞳
讵为思不群,七字且铸镕
平生喜相知,介寿应献衷
此文若元气,其人不老松
矫矫凌云姿,屹立俯众峰

1964年9月希白教授前辈七秩荣寿献诗百句
冼得霖敬撰并书

容庚行书八十寿诗轴 (1973)
纸本高二尺八寸五分广一尺五寸

今岁祝公寿,欣逢癸丑年
兰亭芳胜概,少长集南园
三卢两画师(振寰于枢),下笔老益妍
一卢自多艺(叔度),两吴齐翩翩(千山颐山)
张子擅刻画(大经),荻翁工五言(陈残云)
书法追二王,麦老题锦笺(华三)
马君洵骥足(国权),精鉴得真传
同献海筹颂,寿此鹤发仙
我归自南岛,幸喜参盛筵
酒食岂征逐,乐事气谊连
公命和雅奏,席上成短篇
短篇意未尽,百韵珠更联
奖掖不见弃,未学惭笺笺
颇羡孝先量,腹笥称便便
缅想康乐交,历历往事牵
颂公之为人,率真崇自然
朗如临霁月,豪欲攀云天
助人的热肠,高谊厚且敦
美玉瑾瑜握,霜怀竹节坚
其言重然诺,处事终始全
壮岁露文章,声誉动京燕
郭老亦称引(沫若),商榷识此贤
东瀛寄书来,道远答简编
珍本不自秘,早订翰墨缘
斥傅(斯年)敢据理,锐笔警鹑鹕

旧都去不顾，归计决南旋
桂林好山水，暂足驻高轩
复来珠海滨，卅载岁月迁
颂公之治学，览博而精专
未让米南宫，书画满载船
况复专藏修，一室卷五千
时或爱吟池，笔力纸背穿
时或写丹青，工妙比郑虔
著成彝器考，卓见已窥巅
谦让学无已，新知益钻研
我观沧海深，浩瀚汇百川
长无自满日，公志何乾乾
稽古为时用，红心向日悬
东方起浩歌，龙光射八埏
秽污尽一扫，百载国耻湔
唐虞邈无迹，斯世真空前
革命薄汤武，正义今居先
公喜遇昌明，虽老愿执鞭
金文与甲骨，资以究其源
往昔暴易暴，与民何有焉
百艺孰创造，鞭挞驱黎元
享乐归庙堂，钟鼓声喧阗
一自贵贱分，使人多苦煎
万古迸化功，众庶是源泉
兹道一融会，至理思联翩
服膺知黾勉，红专路必沿
颂公之诲人，嘉善誉无延
挚诚培后学，无隐亦无偏
导诱忘神倦，启发妙言诠

出新非泥古，表达无不宣
瞻彼桃李丛，化雨枝同鲜
不辞勤灌溉，要使绝学绵
玉屑飞四座，金石声渊渊
平生美壮举，逸致常高骞
记昔白云游，有约期不愆
菖蒲寻曲涧，涤虑水鸣溅
五岳颂归后，看山只偶然
七十矜筋力，闭户笑坐禅
京沪畅观赏，晋陕莅远边
为有蟫仙癖，文字且垂涎
去年又北行，弟妹喜欲颠
故宫览文物，来去若凤鸢
久奴重交道，旧雨时心镌
海隅曾访我，地癖度陌阡
天外朵云降，音问意拳拳
退身我自愧，暇日甘食眠
江才虽未尽，疏懒荒砚田
深佩夔铄翁，尚奏武城弦
弦乐育不知，老为国肯息
肩未作善鲈，恋能将俗念
捐寝馈功更，倍晨夕调丹
钻披阅书满，案有似运倪
瓶考订定周，密出处讵忘
筌公亦得酒，趣磊落慕青
莲往日偶豪，饮飞翠袖同
揎文陈兵既，雄酒阵旗更
搴迹来还会，友非惜能龟
身伏波示可，用顾眄扰鞍

鹓骑车同末，老急驶箭脱
弦记公七十，一百句赋呈
遐室远情犹，近诇笔如椽
忽忽十载事，岁度思无怜
龙门今喜接，相见貌翀翀
值公庆八秩，归及月华圆
不须千里隔，好共看婵娟
我为如松颂，未若比楠梗
槃槃高百丈，不受弱枝缠
我谓今胜昔，兰亭只冷烟
南园新结构，郊草步芊芊
芳邻文苑接，大道车马填
楼作檐牙琢，栏雕白玉璇
此中有嘉会，群推一老尊
欢笑日易晚，觞咏兴自存
羲之应敛手，篆笔起凤鸾
嘉会乐可继，岁岁祝彭篯

希白教授八秩寿庆赋呈百韵　1973年9月后学冼得霖撰并书

冼得霖晚年情况，所见资料不多。1979年和1985年，他先后在香港中华书局出版两册《诗词评赏》，两书均由容庚题写书名。据第一集李鹏鬖代序中说："作者冼得霖是诗人，邃于诗学词章，才思敏捷，擅长用旧体诗去赋志感怀，咏物抒情。凭着这个深厚的功力，自1977年开始，用林逢雨的笔名，选择唐诗宋词中思想健康而又艺术较高的作品，用夹叙夹议结合描写去进行分析，并着重体裁、章句和字法的特点，使读者在理解整篇内容的同时，能吸取作品的精华，增进对诗词技巧运用的知识。作者在这项工作中，抽丝剥茧，条分缕析，逐步引导读者进入作品的意境，与诗人的感情共鸣，不知不觉地接受强烈的艺术感染。"李鹏翥时任职《澳门日报》，推测这些赏析文章或是在澳门先刊载后在香港出书，由此可知，冼得霖至少 1985 年还在从事写作，如果留意，他的经历应当不难查明。

冼得霖早年曾和朱庆堂合编过一册《文学要览》，此书主要介绍国学知识，以便于青年自修或升学之用，应当是冼得霖任中学教员时编辑的，1935 年在广州"南中图书供应社"印行，估计是同仁办的一家小出版机构，此书现在网上有复印本，极易得到。我读了此书，感觉虽是知识性的实用之书，但其中也不乏新见，如该书第十三节讲民国文学，直接用了"现代文学"的称谓，这在中国现代文学编纂史上还是少见的用法，当时多用"新文学"来称这一时段的文学，或是受钱基博《现代中国文学史》的影响，径称"现代文学"，也可算是中国新文学命名的掌故了。冼得霖对新文化运动的评价是："近代科学多所发明，在文艺上，诚有改良之必要。唯兹之所谓改良者，非摒除一切固有文学，特于固有文学之外，加以世界文艺知识，合东西学说一炉而共冶之，庶不致有通今而不知古之弊。"（该书第 30 页）他对白话文学的认识是"语体文之结撰，须有旧文学根柢，乃能曲折入微意味深远。观之近代作家，莫不如是"。冼得霖认为最近二十年间的文学趋向是小说，"其最伟大作家，莫过鲁迅……其观察能钻入世态人心之深处"。当时，冼得霖只二十多岁，鲁迅还没有去世，一个广东的中学教员，有如此通达见识和敏锐判断，应该说是极难得了。

2022 年 3 月 10 日于厦门
（原载《书屋》2022 年 12 期）

王国维纪念碑铭与陈寅恪原稿略异

《清华大学王观堂先生纪念碑铭》文字，较陈寅恪原稿略异。检《陈寅恪先生编年事辑》（蒋天枢）、《陈寅恪先生年谱长编》（卞僧慧）并比对上海古籍和北京三联版《金明馆丛稿二编》原文，均未涉及，略述如下。

陈寅恪原稿名为《拟海宁王先生纪念碑文》，因目前未见陈寅恪手迹，此为最近原稿文字。碑文原稿："谨举先生之志事，以普告天下后世。其词曰，士之读书治学……"前另有文句："人类之不同于禽兽者，以其具能思想之特长。能思想矣，而不能自由焉，不能独立焉，则又何以异乎牛马而冠裳。"（刊1929年3月25日第51期《国立清华大学校刊》，见'清华校刊平台'网，吕瑞哲先生提供）

此段文字为碑铭所无，推测是因碑制格式，文字受限，不得已删去。直接以"士之读书治学"起句，略感突兀。另"其弟子受先生之陶冶煦育者且二年，尤思有以永其念"句中，已勒碑文"且二"，易为"有"字。

细读陈寅恪原稿，可知结撰此文思路及情感，以思想和自由起笔，止于确立"独立精神"和"自由思想"，首尾呼应，前后贯通。"又何以异乎牛马而冠裳"一句，更具深意，就文章整体论，似更严谨，应视为碑铭另一版本。

（原载《今晚报》2022年5月17日）

顾廷龙记陈寅恪失书事

近读中华书局新出《顾廷龙日记》，见1942年11月3日，记有陈寅恪早年失书事，内容似可补已知史料之不足。

此事最早见于蒋天枢《陈寅恪先生编年事辑》1955年条下。

1938年，陈寅恪转道去昆明时，有两木箱书交由滇越铁路托运，不幸失窃。其中多是陈寅恪读书的批注本。据陈寅恪给蒋天枢的信中说，后来有位越南华侨彭禹铭，曾在海防旧书店意外买到失窃书中的两册《新五代史》批注本，本想寄还陈先生，无奈越南政府禁书籍出口，此事未成。后彭家失火，所藏古籍数千卷，尽付一炬。信中还提到，有一位梁秋风，也买到失窃书中的一部《论衡》，陈寅恪说这是填箱之物，偶放其中，实非欲带之书。陈寅恪记忆所及，两箱中是古代东方书籍及拓本和照片。

蒋天枢说："昔年曾闻友人言，先生此次所失书中，尚有多部批注之《世说新语》，本欲携出据以为文者。

是安南丧失大批中外文书籍事，不但影响后来著述，而所谓'古代东方文书籍、照片、拓片'者，殆皆有关外族史料，如《诗存》中所谓'尝取唐代突厥、回纥、吐蕃石刻补正史事'者，实先生生平所存文物之浩劫也（《陈寅恪先生编年事辑》，第161页，上海古籍出版社，1997年）。"

顾廷龙日记说，他和潘景郑曾访叶遐庵，畅谈时提到："陈寅恪所著《唐书外国传注》《世说新语注》《蒙古游牧记注》及校订佛经译本（据梵文等）数种，装入行箧，交旅行社寄安南，不意误交人家，以致遗失，无可追询，一生心血尽付东流。以此心殊抑郁，体遂益坏，无三日不病。在港沦陷后，米面时向叶氏告贷（该书第273页，中华书局，2022年）。"

顾廷龙日记去事情发生时间不远，真实性自然亦高，日记所述内容，恰证蒋天枢记忆不误，所列书名为以往未曾提及，更有陈寅恪在港处境的真实记录及失书事对他精神的影响，对丰富陈寅恪传记史料极有帮助。1950年，陈寅恪有一首《叶遐庵自香港寄诗询近状赋此答之》，其中最后两句是"忽奉新诗惊病眼，香江回忆十年游"，正是叶遐庵和陈寅恪交谊的写照，顾廷龙日记所述，也为理解陈诗多一条材料。

最后附带说一句，《顾廷龙日记》记钱锺书和冒效鲁事最富，因日记未编索引，有心读者不妨细读后一一钩沉，或可知钱锺书在上海孤岛时期的读书交游情况，另有钱锺书借书及捐赠杂志情况，对了解他的学术兴趣及阅读范围多有帮助，这些均是钱锺书传记的好材料。

（原载《文汇报》2022年3月31日）

黄萱笔记掇琐

陈寅恪对黄萱的评价是"学术程度甚高"。黄萱晚年定居厦门鼓浪屿。故去后,家属将藏书和笔记捐赠厦门图书馆。厦门图书馆有内部刊物《馆声》,我的作家朋友南宋是老作者。今年春天,他让我看了一篇第二期杂志上陈红秋写的《历历书尚在 淡淡墨犹香——记第二批黄萱藏书到馆》。黄萱第一批藏书我曾寓目,第二批藏书中重要的是黄萱任陈寅恪助手时的十二册笔记及记事本和随手抄。得地利之便,我在图书馆电脑上翻阅了这些笔记,以往关于陈寅恪研究的许多问题,因这些笔记现世,涣然冰释。碍于版权及管理条例,目前,黄萱笔记尚在筹备影印过程中,无法细述,仅举数例。

1. 名字

陈寅恪在同时代人中是少见名号中无"字"的人,同辈中适之、孟真等,均称名称字,但陈寅恪只有一个名号,已知公开文章中也未见其他署名。这个习惯虽属小事,或包含陈寅恪对中国古代传统的一种看法。古人名号繁杂,给后人理解前代事迹造成很多麻烦。名字仅

陈寅恪与黄萱在中山大学

为识别符号，似不必过于讲究。陈寅恪为三个女儿起名，也极随意。流求、美延、小彭，无固定行辈排列习惯，略存起名时发生的时代印记而已。

一般认为，陈寅恪曾字"鹤寿"，族谱号彦恭，但都没有用过。此据蒋天枢《陈寅恪先生编年事辑》（增订本）及卞僧慧《陈寅恪先生年谱长编》。蒋著原文说"先生生寅年，祖母名之曰寅恪。（据黄萱记先生语）以名行。昔年枢尝以字请，师语曰'忆闻，余生时适老人熊鹤村来，先祖拟以鹤寿字余，然此字未曾使用'"（该书第9页，上海古籍出版社，1997年）。

我在黄萱笔记中，看到一条相关记载："陈先生，庚寅年生，故祖母名之'寅恪'。'恪'派名也。生之日鹤村先生来，故号'鹤应'。"

"鹤寿""鹤应"，两说虽异，均记陈寅恪回忆，所言一事。"鹤寿"名号习见，而"鹤应"相对少有。依陈寅恪回忆当时情景，似"鹤应"较"鹤寿"更近情理，或"寿""应"本为一事，因方言记音略有出入。名人逸事，无关宏旨，聊为谈助。

2. 对联

陈寅恪是一个机智风趣的人。谈人谈事，多巧言暗对，处处切适。笔记中有一则：

储安平：
请看今日之域中竟是谁家之天下。
陈先生代答：
骑在大婆的头上难逃我佛的掌心。

这是一副对子，先用骆宾王《为徐敬业讨武曌檄》中句，暗出储安平丁酉名言，下句来源没有查出。陈寅恪喜读旧小说,是旧小说中成句,或是陈寅恪自创?后半句源于《西游记》,前半句中"大婆"所指为何?是预示储安平结局,或别有深意?

3. 恐惧

黄萱笔记:"《兆民本业》,陈先生没有见过此书,关于武则天的著作。罗振玉说做过《新唐书艺文志考证》,但未见过此书,不知作成否?赛蓝纸印过,不知艺文志有没有?'遗误后学'以此为戒,惊弓之鸟,不敢再讲。"

《兆民本业》是武则天的著作,因讳太宗名,也称《兆人本业》。此书散佚,仅日本遗存三卷。罗振玉《新唐书艺文志考证》已成书,今收入清华大学出版社"二十五史艺文经籍志考补萃编"丛书中。赛蓝纸即晒蓝纸,复印技术出现前的一种复制手段。

"'遗误后学'以此为戒,惊弓之鸟,不敢再讲"几字,恰是陈寅恪遭批判后的内心写照。吴定宇《守望》一书,披露陈寅恪当年给校方的请求:"教书三十多年,不意贻误青年,现在心有余而力不足,决定不再开课,准备迁出中大。"(该书第341页,中国社会科学出版社,2014年)黄萱笔记虽是零散记录,但处处存陈寅恪当年内心活动痕迹。

4. 两首诗

1957年6月,陈寅恪有《丁酉五日客广州作》一首,全诗如下:

> 照影湘波又换妆,今年新样费裁量。
> 声声梅雨鸣筝诉,阵阵荷风整鬓忙。
> 好扮艾人牵傀儡,苦教蒲剑断银铛。
> 天涯节物鲥鱼美,莫负榴花醉一场。

原诗颔联后有陈寅恪自注:"王少伯诗'楼头小妇鸣筝坐',白乐天诗'弦弦掩抑声声思,似诉生平不得志'。"

此诗系年时地明确,余英时、胡文辉均置丁酉背景下理解,准确无误。但此诗今典,余胡未识出。我曾猜测是章士钊,但很快自己否定了这个判断,拙著《陈寅恪晚年诗笺证稿》未收笺释。我想到了郭沫若,但一时无确证。

黄萱一册丁酉笔记中存三则材料,一是《奉和寅恪师丁酉五日客广州作》,一是抄录宋代杨亿《咏傀儡》,一是夹在笔记本里的纸条"郭老的对子"抄件,上书:"壬水庚金龙虎斗,郭聋陈瞽马牛风。郭生于壬辰年1892,陈生于庚寅年1889。"此联广为人知。

黄萱笔记,抄录别诗,会出名字,如抄录姚雨平、冼玉清诗,此诗未出名姓,可视为黄作,全诗如下:

> 老大谁宜时世妆,是非纷泊任评量。
> 闲看急水舟争渡,难补青天手不忙。
> 续命缕丝怜断缦,当筵舞袖笑郎当。
> 随人未敢论长短,辜负平生戏几场。

原诗题后有"依原韵"三字,已涂抹。另纸录"杨亿《傀儡诗》"如下:

> 鲍老当筵笑郭郎,笑他舞袖太郎当。
> 若教鲍老当筵舞,还(转)更郎当舞袖长。

黄萱诗和杨亿诗对读,诗意自现。借杨诗"当筵""郎当"原词,"鲍老""郭郎"在眼。"时世妆"系白乐天"新乐府"诗名,《元白诗笺证稿》有专论,"续命"

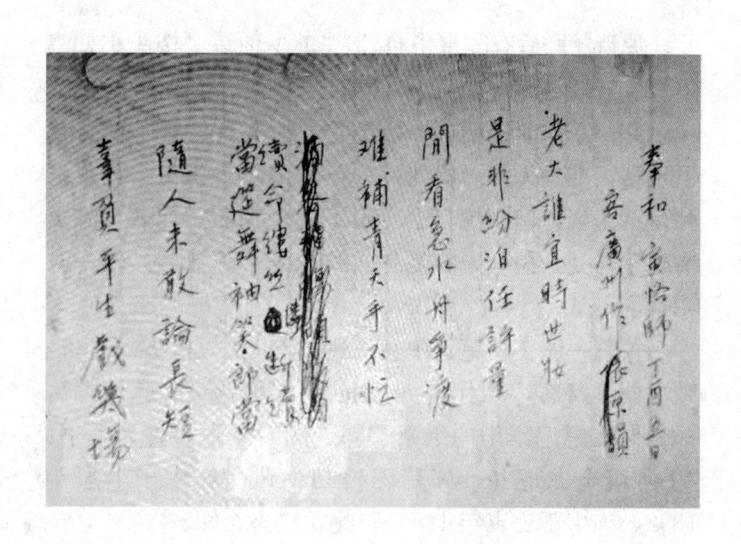

奉和寅恪师丁酉五日客广州作 восстанов原韵

老大谁宜时世妆
是非纷纭任评量
闲看急水舟争渡
难补青天手不忙
[涂改]断送
当筵舞袖笑卿当
续命缕
随人未散论长短
辜负平生戏几场

黄萱笔记中的《奉和寅恪师》

用王通典故,是陈诗常用语词,陈诗黄诗杨诗关系,不言而喻。杨亿诗题诗意切适郭沫若出处,尽现陈寅恪奇思妙想,陈诗今典一望而知。黄萱回忆,陈寅恪对她说过:"诗若不是有两个意思,便不是好诗。"《奉和寅恪师丁酉五日客广州作》出现,可谓铁案。陈诗今典,黄萱熟知,惜黄未向世人陈述,今天黄萱笔记保存下来,从中可见陈先生为学的具体思路和方法,更可由笔记蛛丝马迹,释出陈寅恪晚年诗今典。

陈诗首句"湘波",用李商隐《楚宫》句"湘波如色泪潺潺,楚厉迷魂逐恨遥"语词,原句感慨屈原沉江,郭早年编话剧《屈原》;颈联"好扮艾人牵傀儡,苦教蒲剑断锒铛",此"蒲剑"即郭著《今昔蒲剑》,陈寅恪语语双关。

陈诗尾联"天涯节物鲥鱼美,莫负榴花醉一场",再用杨亿《李迁凭昭迪使沔土》句"驿路新袍欺草色,公筵大白醉榴花",表达自己当时心境。

1953 年,陈寅恪《给科学院的答复》最后一段:"碑文你带去给郭沫若看。郭沫若在日本曾看到我的王国维诗。碑是否还在,我不知道。如果做得不好,可以打掉,请郭沫若做,也许更好。郭沫若是甲骨文专家,是'四堂'之一,也许更懂得王国维的学说。那么我就做韩愈,郭沫若就做段文昌,如果有人再做诗,他就做李商隐也很好。我的碑文已流传出去,不会湮没。"积郁而发,底气充足,正话反说,语语相对,句句有声。陈诗《丁酉五日客广州作》,可视为这段话的最好注解。陈寅恪晚年诗中,凡出"老大"字样,似多可先联想郭沫若出处。

陈寅恪晚年诗,古典之外用了许多今典,黄萱笔记中留下了一些痕迹。可以推测,陈寅恪和黄萱谈过自己诗中的今典,黄萱虽未直接记录下来,但在工作过程中,她记录的陈寅恪言谈及查阅报刊等线索,对我们理解陈寅恪晚年诗,均很有帮助,如陈寅恪要查1957年4月28日《光明日报》发表的《一位生物学家对文字改革的意见》,这是《光明日报》记者对秉志的访问记,说明陈寅恪非常关心文字改革问题。另外,黄萱对当时社会现实也有敏锐观察,她笔记中有一首题为《书所见》的五古,写当时在中大挤车的感受,真实而又风趣,不失为当年中大教员生活的生动写照,诗前有一小序:"交通工具供不应求,大卡车转调加入载客工作,仍拥挤不堪。"全诗如下:

> 一辆大卡车,载客驰南北,
> 冒雨过江来,人如罐中鲫,
> 既无门与窗,漆漆一团黑,
> 帐篷湿且低,气味闻不得,
> 个个赶时间,谁敢不沉默。
> 独有一少妇,支颐坐车侧,
> 皱紧双眉头,低声频叹息。
> 寄语如花人,何为多郁抑,
> 车子去若飞,拥挤只片刻,
> 路旁等车人,对你有羡色。

陈寅恪和黄萱说过,诗若不是有两个意思,便不是好诗。陈寅恪晚年诗,多用今典,恰是此话的最好注解。黄萱笔记中还有一处记陈先生语录:"朱子与顾亭林都是诗人,但都没有风趣。"此话对理解陈寅恪晚年诗也很有帮助,风趣和游戏的边界有时很难分清,强调风趣,说明自己作诗确有自觉的今典意识。

黄萱这首《书所见》既真实又风趣，诗中多用《秦妇吟》语词，如"支颐、如花女、路旁人"等，可见对唐诗的熟悉程度。《秦妇吟》是陈寅恪最推崇的唐诗，揆之常理，黄萱有可能给陈寅恪讲过自己这首诗，她记在笔记中，虽未必是要长久保留的意思，但足证黄萱是有诗兴的人，用风趣的语言表达自己的观感，让她和陈寅恪平时的交流更多了共同语言。

5. 陈寅恪谈《秦妇吟》

《秦妇吟校笺》是陈先生名文。黄萱笔记中有两页单列题目《秦妇吟》，记录陈先生意见，虽主旨与以往观点相近，但更细密，更具体，明确提出秦妇是"阆人姨太太"假说，立此公案，以求将来证明，此最见陈先生治学趣味。陈先生过去认为《秦妇吟》写"故国乱离之惨状，适触新朝宫闱之隐情，所以讳莫如深，志希免祸"。黄萱笔记中记录："唐亡后，王建称王，再讳前朝事更不必要。故必为与新朝有关系之故，当为此秦妇乃阆人之姨太太（宝建之□□或□□□）之事实。"可惜此处关键字未能识读，但意思似不难猜测。陈先生还结合自己抗战期间经历，对《秦妇吟》做了极高评价，以为比《长恨歌》更好，较以往"生平之杰构，古今之至文"的评价更明确。

现抄录笔记全文，因翻拍电脑图片时有模糊，个别文字未能识出或有误读，原笔记片断记录，偶有空白脱字处。断句依原文，书名号后加，未识字词，以"□"字标识，明显笔误，直接改正，不再注明，抄录尽可能接近原貌，图片附后，尚乞博雅君子不吝赐教。

秦 妇 吟

陈先生于抗战时到香港前在香港商务印《秦妇吟校

黄萱笔记中的《秦妇吟》

笺》（书上写昆明印），因没有书故不能校对，后来再于《岭南学报》（第一次在清华学报出版）韦庄是与王建同时人，建称帝，庄遂为宰相，有《浣花集》事迹都可考。

清戴名世集名《南山集》故后人把他改为《文溪集》。

此诗有关唐及五代历史。

看报或看历史材料最要紧要看是那一派人写的。

诗云"相公"是指周宝，他镇海观察使，韦周之事迹史可考，但宝时是属于唐朝的人，当时已不被讳。唐亡后，王建称王，再讳前朝事更不必要。故必为与新朝有关系之故，当为此秦妇乃阔人之姨太太（宝建之□□或□□□）之事实。但此为一个假说，留此以为公案，以待将来证明。《北梦琐言》是五代时代做的，所言李氏女条，正如抗战时之司机常迫女人与之结为夫妇，始肯带她逃难事。李氏女是从长安到成都，秦妇是从长安到洛阳。

王建之系统，是李光岩的系统即阿吉部党之打败……是李之力。

王建的像是高鼻深目，不像中国人。

此诗是写实，是亲见亲闻，这点比《长恨歌》更好。此诗在全唐诗没有，将来如要增补必须加入，万不可埋没此好诗。

要解释此诗，必须知道它的体材。这是唐末的诗，对仗很工整。"花如雪"乃杜诗所谓"正是江南好风景""落花时节"之时候也。"庚子腊月五"乃广明元年即八八一年一月八日也。

陈先生写《论再生缘》，开篇即说他从小喜读小说，虽鄙陋者也取寓目，中年后研治元白长庆体诗，穷其流变,广涉五代俗讲之文和弹词七字唱之体。所以他特别重视唐诗中的长篇叙事诗,从乐天《长恨歌》《琵琶行》到微之《连昌宫词》再到端己《秦妇吟》,均做过专门研究。陈先生对唐代长篇叙事诗的重视,源于他以诗证史的理念,因长篇叙事诗最宜记载真实历史事件,也最能展示诗人各方面才华。他不但高度评价唐诗的叙事传统,更身体力行,创作研究,双管齐下,从早年《王国维挽词》到20世纪40年代末的《哀金圆》,均是记录真实事件的长篇叙事诗。陈先生深赏《秦妇吟》,其实也是赞美中国诗史的叙事传统。

6. 陈寅恪两信

黄萱笔记中时见夹入随手笔记纸条,记录陈先生留言,可视为陈先生书信,抄两则如下:

告黄萱先生或胡先生或周先生

请查《西湖游览志》或《嘉庆一统志》(古籍上)"杭州西陵渡条"有说道:西陵乃钱塘江之渡口事否?如有,则请加入陈卧子崇祯十二年所作《上巳行》"垂柳无人临古渡,娟娟独立寒塘路"句下。5.8

告黄萱先生

论望江南词之前或后有"望江南之南"乃是实指,即南园南楼之南。有可注意者,即梦江南及至双调望江南词中之"南"。

(原载《南方周末》2022年1月17日,题为《黄萱笔记零拾》,有删改)

循园《唐三藏圣教序旧拓高阳未断本》观后

往年曾于旧书肆得循园藏《唐三藏圣教序旧拓高阳未断本》。拓本长三十三厘米，宽二十一厘米。帖芯长二十六厘米，宽十五厘米，每面五行十字。除去前后各两开空白页（无题跋），共二十开。古锦裹楠木夹板，封面绫签："唐三藏圣教序旧拓高阳未断本循园题"，钤两枚朱印"寿铭""循园"。首开帖芯外边缘有两方圆形图章，已为书贾磨去内容，上钤"元亨利贞"闲章，未及拓面。首页钤白文印"毕登瀛"，朱文印"毕氏珍藏、敏树堂 海梯赏鉴"。页尾钤朱文印"寿铭之印"，白文印"袖石真赏、讽籀堂、循园所藏"。拓本纸墨精良，装池考究，流传有序。

循园即范寿铭（1870—1921），字鼎卿，号循园，绍兴人，鲁迅家乡的乡贤，范文澜叔父，民国年间著名的金石学家。曾任河南安阳、内黄知县，后授河北道尹、河南道志局长，江苏公署机要秘书等职。平生酷爱金石，任安阳知县时，设立古迹保存所。在河北道尹任内，与顾燮光遍历太行山八年，寻访汉迄元各书未著录

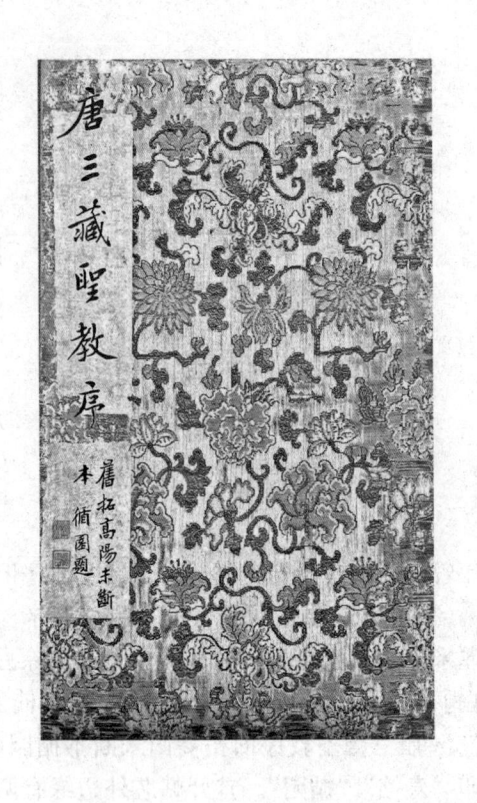

《唐三藏圣教序旧拓高阳未断本》书影

《唐三藏圣教序旧拓高阳未断本》首开

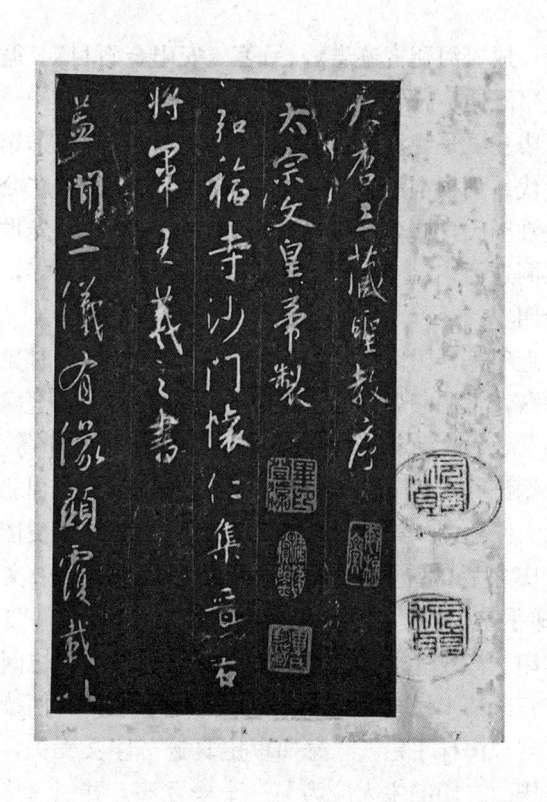

金石，成《河朔古迹志》，另著《安阳金石目》《循园金石文字跋尾》《循园古冢遗文跋尾》等。

毕登瀛是晚清的一位收藏家。据《北京图书馆藏中国历代石刻拓本汇编》载毕氏夫妇墓志，内有"公讳登瀛，姓毕氏，原名纯敏，字海梯，一字袖石。先世自山西洪洞迁河内"。墓志记载其卒于光绪二十三年，时年五十四岁。

近年来，国内各大拍卖公司拍卖记录中，时见毕登瀛旧藏，常用印如登瀛毕氏珍藏至宝之印、毕登瀛珍藏书画章、海梯审定、海梯手定、河内毕海梯世宝等。

据汪亓《仇英〈职贡图〉卷流传考略》（刊北京画院《大匠之门》第二十七期）记载，仇英《职贡图》在李恩庆之后，曾经藏于毕登瀛处。图上钤有朱文方印"海梯手定"，白文方印"毕氏家藏"。跋尾第一纸钤朱文方印"海梯审定真迹"。汪亓同时辨正说，坊间将此二印归于清末民初、江苏阳湖人毕登瀛名下，而毕号先筹，与"海梯手定""海梯审定真迹"印文无关，此毕非彼毕。二印的主人应为另一个毕登瀛，并引《毕登瀛及妻王氏合葬志》内容，说毕氏"丰于遇人，而啬于自遇，恒撙约衣食以购古图书金石文字，甚富"。证之循园拓本前后印章，无须再考，当为同一人无疑。

《圣教序》拓本流传甚多，后以北宋拓、南宋拓为尚，而判断拓本时限，除题跋等因素外，主要依据拓本残损字迹，现在看来不无局限。贵古贱今，是一般人性习惯，拓本在流传过程中，填墨、改涂、描补等现象时有所见，即名拓，恐亦难免；另外，拓手技艺、用心程度等因素，均可影响拓本的判断。如民国版高野侯鉴定《唐拓集书圣教序未段本》中"一乘五律之道"之"律"字已损，而循园本完好，"所谓法相常住"之"相"字，下半已损，而循园本完好。民国商务珂罗版《宋拓第一圣教序》（1943年再版），前后有王澍、王国维、康有为、梁启超等名人题跋，但对比循园本，有些后拓字迹反胜前拓，如"腾汉庭而皎梦"处，"梦"字，循园本清晰，而宋本破损较重；"桂质本贞"处，"桂"字，循园本上部稍损，而宋本周围清晰干净，疑为后描成字；"历遂古而镇常"处，"镇"字，循园本完好，而宋本"镇"字中部明显有损，如字字细查，或还有可疑处。珂罗版翻印原拓本时，补描更易，所以印本只具参考意义，而接触稀见拓本，在事实上又极难做到。况且拓本是剪裱，而《圣教序》碑身长大，字数又多，拓手工作时存在技艺出入，当时没有与碑身等大的纸，一般均有接纸情况，几张拼接？何处拼接？接在字上或接在空行等处，有较大出入。剪裱时用心粗细，也对拓本有很大影响。所以拓本发现越多，比较机会也越多，只要是真拓出现，对鉴定各期《圣教序》均不无裨益。

《圣教序》碑断时间，向无定论，宋断元断明断，各执一词，流行的说法是断于明嘉靖三十四年，但近年仲威出版《碑帖鉴定概论》《善本碑帖过眼录》正续两册等书，倾向于认为"北宋时，碑自二行'晋'字下，至末行'林'字有极细斜裂痕一道，但不伤及文字点画。元明间碑正式断裂，故'未断本'的底线即是'南宋拓本'"（正编，第131页，文物出版社，2013年）。

仲威的标准是：北宋碑石已有裂纹线，自二行"晋"字下，至末行"林"字处，南宋后裂纹线逐渐加大，元明后碑彻底断裂。基于这个认识，他的判断是"凡见仅有一道斜裂痕，并未完全断裂者，即为南宋拓本；若碑石彻底断裂者，裂纹线上缺失字画者，即为元明以后拓本，这是分清南宋拓本与明代拓本的关键点。"

(《碑帖鉴定概论》，第204页，上海古籍出版社，2014年）仲威列出所有裂纹线以上损字，文繁不细引。他的结论是："凡以上诸字完好者，即为碑之未断本，宋元拓本之证也。"

依仲威标准，循园"高阳未断本"损字现象，又不完全符合。如"晋"字完好，"是以窥天鉴地"之"是"字完好，"引慈云之西极"之"极"字完好，"自洁而贵质"之"桂"字只上部略损，"傅智灯之长夜"之"傅"字完好，其他损字，符合仲威观察。

《圣教序》出现"裂纹线"，若依西安碑林整拓本时间，到嘉靖碑断，有近四百年，这个期限碑由裂线到断裂，应当有相当复杂的现象，仲威标准是理想标准，完全满足这个条件的拓本应当非常有限。

据方若、王壮弘对《圣教序》损字情况统计，断后本比较明显处，如"故得"之"故"字少损，"被拯"二字损，"神情"之"神"字损，"高阳县"三字损，"文林郎"三字损。

按此标准，循园本情况是："被拯"二字完好，"神情"之"神"字损，"尚书高阳县"之"尚"字清晰，但"书"字半损。"文林郎"之"林"字已损，但"文郎"清晰。穷尽拓本很难，有限的拓本观察，极容易有例外情况。

拓本判断，半字、单字或笔画缺损，易生争议。双字三字以上连损，较易成为标准，循园称"高阳未断本"，包含对碑断时间的考虑，即不以具体时间而以拓本事实论。我恰好还有一张清整拓《圣教序》（蝉翼拓，未裱。"文林郎""高阳县"全损）。仔细比对，碑断程度是变化过程，其间损字程度，各拓本情况相当复杂。循园称"高阳未断本"，我个人理解，碑断基本稳定事实是"文林郎"与"高阳县"全损（方若、王壮弘同一判断），因处碑尾断裂同一位置，易于判断。也就是说，"高阳"未断，可能是当时藏家习惯，有"高阳"二字难得，无则易见。先观原碑，再看整拓，后读拓本，容易增强对碑帖的鉴别力。顺便提及，此本与国家图书馆藏刘文铸宋拓本制式大体相同（《中国国家图书馆善本碑帖综录》卷上，第279页，上海书画出版社，2021年），但字迹破损情况，不完全相同。如拓本第二面最后一字"以其有像"之"像"字，刘本左下损，而循园本完好。由几面影印页与循园本比对，刘本或多有涂描，如碑尾"文林郎""尚书高阳县"之"林"字、"书"字，细察，颇令人生疑。

前人观察拓本字损现象，历代积累，也是有限经验。如"纷纠所以"处，北宋拓向以"分"字部首撇可见，"以"字右半未泐粗。但这两个特点，只涉及简单笔画，拓手用心程度稍异，拓本就会有别。"百重寒暑"处，"重"的"田"部完好为标准，但"田"部在拓本中位置极小，易受拓手技艺影响（我处整拓，此处完好），再考虑到《圣教序》久经捶拓，清末存在洗剜情况（导致有些后拓比前拓字迹反清晰），"故知圣慈所被"处，"慈"字完好是标准，但破损程度也难掌握；"久植胜缘"处，"缘"字左下不连石花为完好，但连多连少，也只是经验判断。

罗丰《〈集王圣教序碑〉的拓本与题跋》一文曾强调，《圣教序》断损时间，应重新引起注意，"因为这涉及一些拓本的断定。以不断本为宋拓几是今人之常识，而不断本在明万历已有相当多的存世"（《中国文化》2019年春季号），循园本的出现，有助于认识这个问题。

以收藏、鉴赏身份论，毕登瀛、范寿铭都是晚清名家，他们对《圣教序》的收藏，应具相当水准，他们收藏"未断本"，虽未说明具体时间，但循园以"断"与"未断"题识，远较以"北宋、南宋"判断更审慎，因常见损字标准极难准确掌握。今后如有可能，拓本断限，或可引进更科学的手段，如对纸、墨、印泥及其他拓本附带信息进行新法测定。人文与科学手段结合，或是碑帖鉴定的现代方向。

2021年9月8日于太原南华门东四条山西作协宿舍
（原载"澎湃新闻·上海书评"2022年2月1日）

陈乃乾记鲁迅寄书

《陈乃乾日记》对研究中国现代藏书史极有帮助，因作者交游多为书贾、藏家和学者，书中现代藏书史实极为丰富，许多掌故为以往未见，如记唐文治作陈衍墓志、柳亚子登报寻旧情人及处分赵家璧等，因多涉私事，不克抄引，仅录与鲁迅相关事一例，以存掌故。

1951年11月10日记："晚归，看鲁迅杂文。鲁迅在日，曾经从北京寄赠《小说史考证》一册，自序有'呜呼，于此谢之'，同人以此为谑笑之辞。其他著作皆从未购阅，后来蒋匪禁鲁迅书，及共产党尊鲁迅，我均莫名其妙。今读散文，其思想自不可及。"（虞坤林整理《陈乃乾日记》，第210页，中华书局，2018年）

此处《小说史考证》，指《中国小说史略》，其时，陈乃乾在上海编书教书。鲁迅原文："自编辑写印以来，四五友人或假以书籍，或助为校勘，雅意勤勤，三年如一，呜呼，于此谢之！一九二三年十月七日夜，鲁迅记于北京。""同人以此为谑笑之辞"一语，颇耐人寻味。陈乃乾言论，涉及鲁迅著作流传情况，可作著作传播史料。隔了两天，陈乃乾又记："《鲁迅全集》误字极多，最显著者'近代美术史潮论'总目及封面'史潮'皆误作'思潮'，初看总以'思潮'为是，询之通日文徐、林两君，皆以为然。及查阅本书，则当作'史潮'，盖所论者为'美术史的潮'。《山民牧唱》原作者'巴罗哈'，封面误作'巴哈罗'，卷首有小像签名可据。"

《鲁迅全集》指1938年旧版，后出《鲁迅全集》，这些编校失误，应当都改过来了。近年来，上海重视鲁迅手稿研究，陈乃乾日记可助此事。

此日记未做索引。有索引日记，可直奔目标，无索引日记，须细读原书，方能钩沉史料；有索引方便，却也易懒人为文。

（原载《台港文学选刊》2022年第4期）

施蛰存先生藏书四种

早年在太原时，每见宋谋玚先生，多要提及施蛰存先生。宋先生总说，施先生中国文学修养太好了，各方面都通。20世纪80年代初，宋先生曾邀施先生来山西长治师专讲学，那时我在晋中师专编校刊，还不认识宋先生。宋先生和施先生旨趣相投，同历丁酉之难，后来成了好朋友。我在《黄河》杂志当编辑时，发宋先生文章多，联系很密，知道他们之间的关系。

我读过施先生的部分小说，还有《唐诗百话》，是经常翻阅的书。施先生中西两面的文化修养如此之好，原因何在？除个人禀赋外，有时候很想知道他青年时代怎么读书，才会有那样的成绩。在他涉猎的范围，如文学、翻译、编辑、诗词、注释、金石等，今天的人，有一项就算很不错了，而施先生是样样都通。20世纪90年代末，有一段时间，《黄河》经常发丁酉难友的回忆文章。我知陆灏兄是施家常客，也曾动过托他约施先生写文的念头，但又想施先生年岁已高，不便轻易打扰，后来也就作罢了。但对施先生的敬意一刻也没有消失,很关注他的言动。施先生高龄去世后,看到有那么多人纪念他,心中感到非常欣慰。丁酉屈辱经历,已由时光和才学拂去,他内心是不是没有一点波澜,我们就很难知道了。以施先生的通达,那些曾经伤害过他的人,或许早已不在施先生心里了,他看得远、看得透彻,他早放过了他们!

2007年5月,得周宁兄关照,朱崇实校长破例,我到厦大中文系,教书数年后,投闲置散,经常在厦门旧书肆闲逛,有次在一堆虫蚀极重的旧书中翻检,忽见钤有"华亭施氏无相庵藏""无相庵""施蛰存"印的旧书,虽已残破且是常见易得之书,本想放弃,但想到这是施先生曾读过的书,福泽尚在,其中或有手批痕迹也未可知,虽无缘得见先生,但能与曾在施家的旧籍相遇,也算是冥冥之中的缘分吧!

回来检点,有民国十八年(1929)铅印《巢经巢遗诗》上下两册,钤"无相庵"朱文方印;五册中华书局影印"四部丛刊"本《楚辞集注》,钤"施蛰存"朱文方印;五册涵芬楼影印《广韵》,钤"华亭施氏无相庵藏"楷书长方朱印;一册晚清上海鸿文书局白纸石印《竹书纪年》《商君书》《文中子》《山海经》,原装或为两册,现合一册,前后已残破,但在《文中子》那一册封面下方,钤"华亭施氏无相庵藏"印。

"无相庵"是施先生早年用过的一个室名,后来还用"无相庵"印过笺谱,可见对这个室名的感情。"华亭施氏无相庵藏"印,偶然也曾见过。施先生是金石行家,据说他的印章多出邓散木、陈巨来之手,书中钤印,将来可作施先生藏印史料。几种旧书均是中国经典,可知施先生早年读书趣味和他的国学根基。

施先生旧书何以流落厦门?抗战爆发后,施先生离

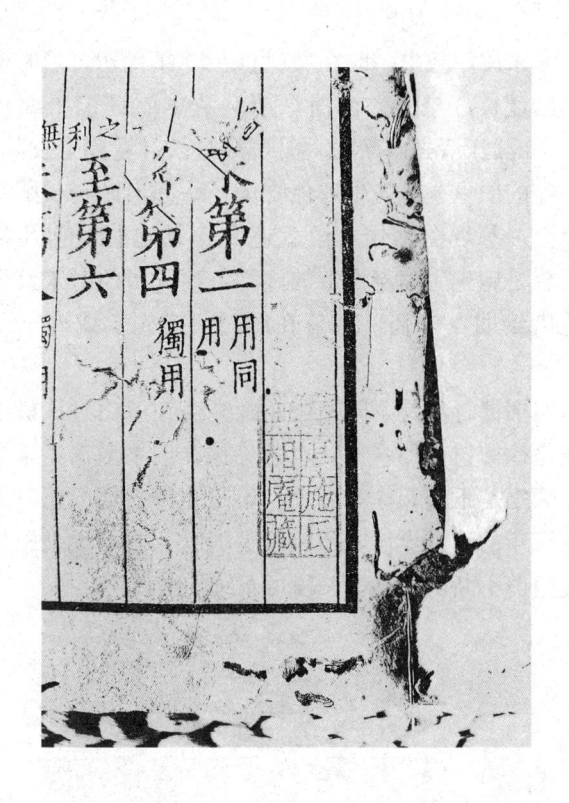

《广韵》内页钤"华亭施氏无相庵藏"朱印

开上海来厦门教书,时在 20 世纪 40 年代初,当时厦门大学已迁长汀。过去读浦江清《清华园日记·西行日记》,知浦江清去西南联大时,经过长汀看望老友林庚、施蛰存的旧事。施先生请他吃饭,一起出席校长萨本栋的宴会,参观图书馆,最后还到车站送行。这几种旧书,想是施先生随身携带的读物,离开厦门时未及带走或是借给朋友未还,流落在厦门,施先生或许早已忘记了。

旧书肆行规是不问来处,施先生在厦门过从最密的朋友是徐霞村,那些年,也曾见徐家旧书散出,未知施先生藏书是不是和徐家有关。虽是几种普通旧籍,但隔了近百年的岁月尘埃,还能重见天日,或可说是施先生与厦门剪不断的情感,一段可永续的美谈吧!

(原载《台港文学选刊》2022 年第 4 期)

刘大鹏的一篇寿序

刘大鹏是晚清民国年间山西一位地方乡绅,光绪二十年(1894)乡试中式。一生主要事功有二:一是整理乡邦文献,特别是晋祠文献;二是留了一部《退想斋日记》。原来大鹏声名不出三晋,后因几位学者如乔志强、行龙、罗志田及英国沈艾娣的重视,一般研究清史的人都知道这个地方人物了。

沈艾娣撰《梦醒子——一位华北乡居者的人生》,我早有耳闻。她来太原搜集史料时,当时还在山西大学念硕士的毕媛是我在山西作家协会的邻居,她陪同沈艾娣采访,我从毕媛处对沈的写作略有所知。读到赵妍杰译本《梦醒子》(北京大学出版社,2013 年)时,我虽乞食闽南十余年,但和太原几位搜集地方文献的朋友时有往来,对刘大鹏史料也曾稍有措意。关于沈著的评论已有多篇,这里补一则沈著未涉及的史料。

太原早年留意地方文献的一位学者是张友椿,他在山西很有名,可惜 1966 年就去世了。他生前的著作如《太原文存》《王恭襄公年谱》曾得到过常赞春、郭象升等山西著名学者的评价。张友椿是刘大鹏晚辈，来往较密，刘大鹏故去后所立《刘友凤先生碑铭》的经理人中即有张友椿名字。20世纪30年代初，张友椿编《太原文存》，当时健在文人中，收刘大鹏文章最多。张友椿故去后，生前所撰文稿多有散失，近年来，由《晋祠杂谈》印出，很受喜欢太原地方文献的朋友重视。我曾在旧书网上购过三册张友椿早年散出的稿本，细读后发现稿本中保存了丰富的太原文献，涉及刘大鹏处颇多，现补一则：

张逸蓬母宁太孺人七十寿序

天地之间，人为贵，万物之中，人最灵。既生为人，非以其能言语能饮食为贵，亦非以其能文章能学问为灵。却以其能者，父母为贵，能竭其诚，以尽孝为灵。孝经云：夫孝，天之经也，地之义也，民之行也。天地之经，而民是则之。则天之明，因地之利，以顺天下。是以其教不肃而成，其正不严而治，先王见孝之可以化民也。是故先之以博爱，而民莫遗其亲，陈之以德义，而民兴行，先之以敬让，而民不争，导之以礼乐，而民和睦，示之以好恶，而民知禁。大鹏虽尝念此训，却未悟自己不孝罪大，无所逃命。迨至与逸蓬相交，见其克尽孝道，人无闲言，始悟自己不孝之罪大，方才企图免罪之策，乃以孝经所云五刑之属三千，而罪莫大于不孝，严以律己。嗣见逸蓬之父山卿公佩玺神归道山后，逸蓬事其母宁太孺人，孝念倍觉其诚。逸蓬名友椿，素行简约，而独以奉事萱堂一节，宁奢勿俭耳。逸蓬年来或厝学校教员或就省垣教育厅科员之职，莫能在其母宁太孺人膝下亲身奉养，尽其孝心，乃命其胞弟、友凤以及其妻侍其母侧，谈今论古，解其母之烦闷，可见逸蓬孝母之意，无一日不诚也。逸蓬除尽孝心外，则其为人，淳淳闷闷，无计较心，磊磊落落，无得失心，雍雍穆穆，无爱憎心，坦坦平平，无偏私心。人或凌侮，无竞争心，人或谤詈，无嗔怒心，此皆岁渐涵濡，家教之久而然也。极而言之，逸蓬不但孝亲之念爱性独厚，即好学之心，秉之庭闱者亦深。凡其平日撰就之简编文艺，不令人见，以显其学问之深沉。人所共见者，唯明代王恭襄公年谱一书焉。至于他人之著作，亦且搜罗迻录，不惜心力，并将大鹏之所撰各文艺草册，悉撰提要，以备参考，甚或作序以寄其意，书赠以留其名字。大鹏见之，无不惬意，遂保存之，眷恋不忘耳。今年为重光（辛曰重光）大荒落（巳曰大荒落）岁中秋八月十八日，系逸蓬之母宁太孺人七十诞辰，所有邻里乡党戚族友朋，以宁太孺人温和淳笃，尊尚德义，佥称觞拜，贺于逸蓬府内，作诗赠序，以祝难老。众属大鹏为文寿之，大鹏年已八十有五，心思昏昧，且又健忘，恐将逸蓬之嘉言懿行及其母宁太孺人闺范妇德，莫能全行表出，以介眉寿，势必贻笑于大雅君子，谓大鹏老而无用，为斯世之废人也，乃不得已为此序，糊涂实甚矣！

目前所知刘大鹏传记有三种，先后为李海清《刘大鹏传》（《晋阳文史资料》第8辑，2004年），殷卫东、田雨羲《晋阳名士刘大鹏》（三晋出版社，2010年）和沈艾娣《梦醒子》。三种传记作者均未涉及此则史料。

寿序虽是应酬文字，但有时亦能见出撰者性情及思路。写刘大鹏的传记，一般很重视儒家文化传统对其成长的影响，特别是沈著中还单列一节专门论述"孝子"刘大鹏。此篇寿序起首即引《孝经》，后面生发的感想也不出《孝经》观念，足证刘大鹏思想的一般来源和特点。此篇寿序后第二年刘大鹏即去世了,此篇或可视为大鹏最后的文字。

地方人物引起学者关注,对丰富和深入研究地方人物大有裨益,但地方人物史料来源相对单一,外面学者很难有整理乡邦文献学者那样的耐心,长期留意一个地方人物,所以细部文献较容易被忽略。已有关于刘大鹏的传记及论文,多数依赖《退想斋日记》和刘大鹏《晋祠志》,基本没有涉及刘大鹏的交游,孤立文献的过度使用,对于理解历史人物难免局限。其实,刘大鹏早年和太原文人往来史料,在地方文献中还是有迹可循的,如常赞春、郭象升、张贯三、赵铁山、张友椿等同时代地方文人别集中间或有可用史料。

2019 年 10 月 7 日于厦门

乾隆刻本《资敬堂诗合抄》

往年曾得《资敬堂诗合抄》一册，检索各大图书馆，未见载录。《清代诗文集汇编》收书四千余种，《清代诗文集珍本丛刊》六百册，均失载此书，判断应是一种清代稀见诗集。

此书刻于乾隆庚午（1750年），竹纸，白口，四周双边，长二十五厘米，宽十六厘米，五十一筒子页，全书总目页后署"稷山葛吉璋书并刊"字样，应为山西地方书坊私刻，所以流传不广。

此书是山西汾阳人田周、田震兄弟二人诗集合刊，由湖北汉阳人彭湘怀汇辑。彭湘怀，字念堂，有《三山游草》等集行世。

田周，字梦轩。田震，字又起，别字文湖。其父田呈瑞，字介璞，别字苍崖。据光绪《汾阳县志》载，康熙年间，田呈瑞曾在湖北、甘肃做官，勤政为民，颇有政声，后转调浙江金衢，署粮储道。康熙庚子（1720）年，不幸患病，卒于任上。田呈瑞女田庄仪（1629—1727），字凤池，号西河女史，康熙年间诗人，有《庄

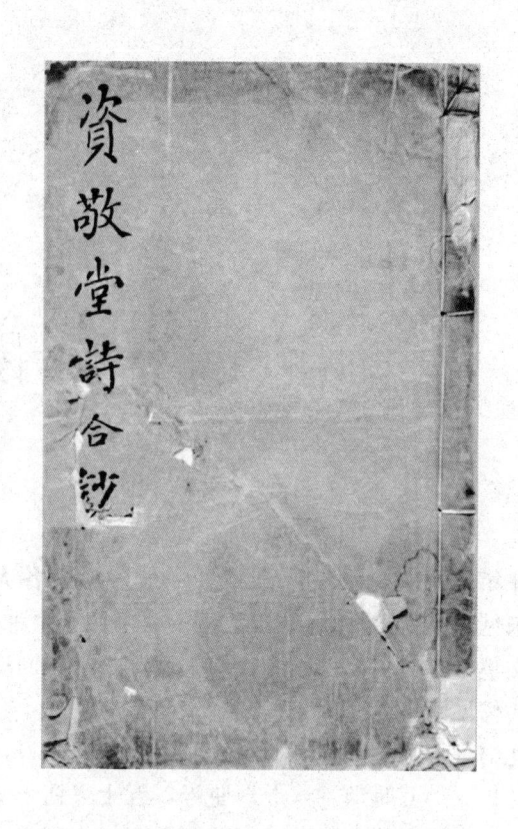

《资敬堂诗合抄》书影

《资敬堂诗合抄》扉页

镜集》行世,近年山西介休政协文史资料委员会曾有新刊本印行。《资敬堂诗合抄》集中有田周《郁青楼晚眺》,后附田庄仪同题诗一首:

> 绮楼寂寞漫咨嗟,
> 烟景苍苍一望赊。
> 风净池中鱼织水,
> 春归林下鸟耕花。
> 七弦白雪琴为友,
> 半勺葡萄酒作家。
> 千古一床蝴蝶梦,
> 不知何处是生涯。

田家一门风雅,田氏兄弟,田震名声大于伯兄田周。据《汾阳县志》载,田震曾官盛京刑部员外郎,后转湖广、江西二司,出知姚安府。乾隆己未(1739)年奉诏入都,曾授陕西驿盐道,后改湖北驿盐道。庚午(1750)年兼理武昌榷政,不幸殁于任上,年四十有五。《汾阳县志》称田震"十岁属文,即与伯兄并,以才名见称"。田震去世后,彭湘怀将田氏兄弟二人诗汇编一集,即《资敬堂诗合抄》。彭湘怀序言如下:

> 汾阳田文湖先生,以西曹出典剧郡,参楚藩,主盐政,风雅之声久与慈惠之声并著,而予以部下士得蒙奖,借命授经于其嗣君道耕。公余多暇,互相唱酬,时宋晓峰督学,李漪亭观察见而悦之,怂恿开雕。先生戚然曰:吾斯固未能信即自信,而家孟以户部郎旋里,后屏弃时,趋力追古,始今其遗编尚未刻,而以弟先兄可乎?谢弗敢。岁庚午,先生捐馆,官私丛集,纷若蝟

毛，道耕以其间，泣请曰：府君诗一散于京邸，再散于滇南，兹所存皆荦手抄，其所以有待者，缘未得先伯父诗耳。今已自汾驰寄，卷帙相当，拟为合集，师若点次行之，则荦兄弟感且不朽。予时以先生故，方抱人琴之痛，闻之欣然，急挑灯取读之《扶轮集》，重规叠矩，富艳难踪。《谧簃集》，古格新裁，町畦自远，遂第其先后付梓人。既竣事，例有弁言，夫予言曾何足为两先生重哉，特以两先生友于谊笃，平居分以形，不分以气，即一镌梨也。弟尚不敢先其兄，此其志行，实关乎先人伦纪之大。予故表而出之，以告天下，后世之为人弟者，而道耕能与哀毁之余，亟成先志，是岂徒以风雅世其家者与。

汉阳彭湘怀谨序

诗集分两部分，田周诗《扶轮集》，田震诗《谧簃集》，诗集总目前单列一行"长州沈归愚先生鉴定"，全部目录如下：

总　目

长州沈归愚先生鉴定

　扶轮集　汾阳田周字梦轩　号邗叔 著
卷上
古今体诗共四十七首
卷下
古今体诗共五十首

　谧簃集　汾阳田震字又起　号竹里 著
卷上
古今体诗共四十七首

卷下
古今体诗共四十八首

汉阳彭湘怀念堂汇辑

诗集后有田震子田锡莘跋语一则，可惜原书后页略有残损，为保存史料，抄录如下：

是集刻于庚午冬武昌官署，其部分次第，皆念堂师手裁之。维时扶榇西旋，不获申一言以识。缘起私衷，惘然常如有失。犹记先君自刑部而二千石而监司，时先伯父户部公已优游林下，吟眺于霍山汾水间，每有作，必互相邮寄，亦互相校雠，以故书疏往还，大抵言家事，少言诗事，多因宦迹不常，稿都散佚而又□□□，龂然严于去取，几应制献酬之作，略不□□□□付祖龙。莘方抱亡书三箧之恨，师曰□□□□老人为诗之本乎。居心净是得诗□□□□和是得诗之度也。而且埙篪协应□□□□得诗温柔敦厚之遗也。若以多为贵，□□□□采之见古人无是也。于是即梓行之前□□□。沈宗伯归愚先生曾许作序，以东西迢隔□□为难，不敢妄托其名流评骘，用列姓名，以彰感激，今忽忽又二十年矣。痛音容之渐邈，幸手泽之犹存，暇日与畿儿伏读之傻乎？如见慨乎？如闻即师所提嘶，亦依然如昨，在三之义，隐与俱来，敢志数言于卷尾，亦冀当世知言君子得其本末云耳。庚寅仲夏男锡莘百拜谨识

《资敬堂诗合抄》歌行、律绝各体均有，主题多为咏史感怀之作，偶有同人酬唱，多为有感而发。田氏兄弟交游广泛，集中同时保留许多乾隆朝文人诗作，如彭念堂、陈宗楷、李漪亭、吕肯堂等。田氏兄弟诗，造语

平实,但感情真挚,自然天成,如田周《寿阳道中》:

> 赤霞缥缈日生光,
> 又驾轻舆出寿阳。
> 得失已抛蕉鹿梦,
> 登临翻喜路羊肠。
> 看山把酒杯沉雾,
> 呵冻题诗笔拂霜。
> 大有营邱图画意,
> 寒林略点数峰苍。

寿阳今属晋中,距榆次极近,我幼时曾经过此路,记忆所及,想与田周所经之途相差无几,很能体会"登临翻喜路羊肠。看山把酒杯沉雾,呵冻题诗笔拂霜"之意,北方冬日那种萧索情景,表达得可谓生动鲜明。田氏兄弟喜为咏史诗,如田震《书方正学先生后传》:

> 麻衣披发哭高皇,
> 千古星辰尚有芒。
> 燕子飞来云黯黯,
> 龙孙化去月荒荒。
> 不愁十族逢奇祸,
> 待为千秋振大纲。
> 公旦成王何足辨,
> 伤心启寡是齐黄。

如田周《过易水》:

> 清秋易水未澄波,

惨淡天光去雁多。
祖帐当年皆泣下,
轻䩞此日尚愁过。
已函慷慨将军首,
莫听悲凉侠客歌。
试问图穷匕首现,
秦王环柱有魂么。

多用熟典,语极平淡,但沉郁苍凉,写景抒情,个性鲜明。田氏兄弟诗无生涩之感,有娴雅之态。诗前有沈德潜鉴定之语,虽为清代文人习惯,但也见出田氏兄弟诗在当代诗人中的位置。

(原载《社会史研究》第14辑,行龙主编,
社会科学文献出版社2023年版)

常赞春与张友椿论文书

1976年，我在榆次二中念高中时，即知道常赞春的名字。1980年，我到晋中师专念英文，粗粗读过一部民国版的《榆次县志》，算是对常赞春有些了解。1990年后，我偶到山西大学常风先生处聊天，也多次谈及常赞春。因从小对这位乡贤的敬意，后来我还买到过他的两幅篆书作品。一是他早年临皇象《天玺纪功碑》（即《天发神谶碑》），一是他喜欢写的对联"除却慈孝友恭，更有何事可乐；只是谦和雍睦，自然到处皆春"，可惜我得到的只是下联。近年细读常家后人整理的两册《常子襄国学文编》，才大体知道子襄先生的学问。

常赞春早年中式，后又入京师大学堂读书，在20世纪40年代前，可谓山西文坛的领袖，举凡一切重大的文化活动，都有他的身影，如文人结社、杂志创刊、文献整理及个人著述、私人墓志，或作序或撰文或题签。

五四新文化运动兴起时，常赞春四十八岁，学术思想已完全定型，他接触过西方学术，但观其一生著述，基本还是中国传统学问，旧派学者风范。他对新思潮似乎特别警惕，他的著作中没有提到过胡适等新派人物，对于梁启超，虽偶有提及，但感觉似颇有微词。常赞春著述体例完全遵守中国传统学术规矩，以札记、笔记、掌故为主要形式，一生从未使用白话。他是中国新旧文化转折时期的文人，因在京师大学堂师从林纾，思想虽保守，但个人品格及文化修养完全适应时代，可惜一生主要活动囿于山西，似没有造成全国性的影响，但老辈学者对常赞春的学问及书法水平，评价很高。

杨树达日记1948年12月20日载："阅山西榆次常赞春所著《柞翰吟庵金石谈》，内记杨秋湄（笃）考𦉜叔即鲍叔，与余说同。卷中记杨于光绪丙子、丁丑入京会试，与潘祖荫熟识，而攀古楼款识《齐子仲姜镈跋》不记杨说，不知何故，盖以潘书刻于同治十一年，在前故与舆？"（《积微翁回忆录》，第283页，上海古籍出版社，1986年）

易均室早年致沈湝莼的信中认为"今日细篆，自数西泠王福厂第一，玉箸则正定王宗炎（偶忘其字），三代金文则黄县丁佛言，两汉金文则太原常子襄。"（见"草禅书屋"博客）这是今天所见外人对常赞春的评价，对今后研究子襄先生的学问，极富启发意义。

常赞春有个学生张友椿，后来是太原地方史研究专家，他曾保留一份20世纪30年代常赞春给他的信，主要谈及中国文学的源流及学习中国文学的基本方法，因为信的内容非常重要，张友椿将此信录副，时时鞭策自己努力。我曾在旧书肆得此抄录信札，因内容对研究常赞春很有帮助，现全文抄录如下：

常子襄先生与椿论文书

逸蓬门人如晤：前示悉。王恭襄公年谱，复阅已竟，

常子襄先生與椿海文書

逸蓬門人如臨前承示玉春襄公年譜箕閱已
竟所舌文詞之久純香異於改削補正若与柏浮
岑豊撰序一篇及序若朱四冊改之希寮近
來文學可論籍張不找其小有聽略志佳之籍曰
新文化之氣運東西採述以從空通定如此可
此考試之緒辞勅錄揃揚不及人嫌敢为已竟
竟行絰仍補再則乞雲涙醫句氣維新試
問譯繁原則弟依迤依耳首見文言佳而於
為語譯否云亲見語繁佳品就化又不云夕
學如演戲三俠五義彭施公案腳毛終筆不
能滄益靠因以致一拾手一跪是使是短打家数

常赞春致张友椿信札

所有文词之欠纯者，略加改削，补正者，点粘浮笺，并撰序一篇及虎谷集四册跋言，希察。

近来文学可谓颓坏不堪矣，小有聪明者，往往借口新文化，乞灵东西课述，以炫其通，实则乃前此考试之经解抄录，御按不使人弹驳而已，竟究于经何补？再则乞灵语体，自命维新。试问语体原则，第求通俗耳。曾见文言佳而能为语体者，竟未见语体佳而能作文言者也。譬如演戏，三侠五义彭施公案脚色，绝对不能演盔靠。何以故？一抬手一跷足，便是短打家数，乃习惯自然也。况乎蔡陈诸氏，以麻醉青年者，摧灭吾北方文化，使彼东南永握文化重权乎？将此翳眼法看破而后可以矣。正当文学无两，无奈末学者，将文学二字认识欠清，所以文从文，学从学，岂知文者以达意，学者以立本，以经为本者，其文自醇美，以史为本者，其文自发皇，若以子为本者，其文更变化。至于集，则不过诸子余流学矣，而流露于外者，不此出求，但熟文选，以为吾能为美文，则浮而无实，无熟古文雅正，以为吾能为醇文，则泛而无当，无不揣其本而齐其末，流弊必至于是矣，呜呼！

自韩柳力矫骈俪之文而复于古，二子皆学人也。宋六家始大有其绪，唯欧及东坡，以阴柔阳刚之美著，然学者枵矣。曾南丰之得力于礼记，王介甫之得力于管荀，以学焉，而得其性所近，乃南宋以来即才者驰骛东坡，否则遁之理学，朱子是道学正宗，其读书多，积理富，而为文则法南丰，为诗则法彭泽，而且注楚词（辞），是真正有德有意之标准，非若后者之不践迹，亦不入于室者所能伪托也。

元明以来，文家不出唐宋八家，然多近乎宋。清代方姚，可谓于此派结局，然方姚皆多读书，富积理，而非掉灵锋驰诡辩者也。唯末流，当于家法过求雅洁，斯不免淡而无味。曾文正乃矫以充实，吴挚甫又益以闳放，于是文章之轨辙，正吾辈致力于是，求之有余师矣。

吾辈自阳兴分手以来，近始得观生文章，才气多足取，且亦无读书不沾沾于报纸以鸣新，不拘拘于古文观止而号古信有，不随风气为转移者。唯失在一芜字，然自是少年发越必经之途，不足为病，虽然刮垢磨光亦不可忽也。第一步可先读孟子，以昌其气，再阅梅伯言文，以致其洁，曾文正文以重其趋，然后达曾南丰，以求其醇，柳柳州以益其峭，盖至是，而文有境地矣。学则在今之急，无过于史，而通鉴辑览，尤为约而得要（人邪正，政臧否固明了，即地理亦正确不误），有此尝试，进之以史汉可也，后汉宋书亦无不可也。因期之切，故不觉为词之黩也。顷获来函，所询另简开列，某白。

此吾爱师子襄先生壬申岁示椿学文书也。椿不自揆，发愤欲攻古文辞，唯才质驽下，冥心孤往，所谓擿埴索途者非耶，今得吾师阇切指示，诚对症下药，椿虽不敏，敢不遵从，爰录于此，置诸座间，用自策励，且志吾本云尔（叶下夺一耳字）。

戊寅元旦日重录
逸蓬张友椿谨识

此信写于1932年，张友椿1938年抄录，可视为简略的中国古代文史或读书指南，常赞春将历代名家文章来源及特点，在此表述得如此全面、有条理，非常难得。他明确反对白话，理由是见过文言好而能做白话的，没有见过白话好能做文言的，这或许是时代局限，但这个观点,从另一方面观察,似也不无道理,即中国文章训练或文学发展,离不开文言,也不可完全依赖白话。此信另一重要处是常赞春对新文化运动的判断。他认为此运动的目的包含"蔡陈诸氏,以麻醉青年者,摧灭吾北方文化,使彼东南永握文化重权乎?将此瞖眼法看破而后可以矣"。五四运动期间,南北学人态度差异,以往研究较少,子襄先生此言,或可提醒人们注意新文化运动的复杂性。其间,南北文化意识的自觉,至少对北方文人来说,让他们产生对新文化运动最后归宿的警觉,这对还原新文化运动中旧派文人思想的复杂性,富有启发意义。

2019 年 7 月 8 日于厦门

敦煌曲《十二时》变体遗存二例

敦煌卷子中名为《十二时》的俚曲，有三十余种，是已知敦煌曲中最多的。其特征是用中国传统地支记时法，将一天分为十二个时辰，每个时辰一段，合计十二段歌辞。借杜预《春秋左氏经传集解》所见"十二时"名目，即"夜半、鸡鸣、平旦、日出、食时、隅中、日中、日昳、晡时、日入、黄昏、人定"，以此系于地支之上，首句多为三字，曰"夜半子""鸡鸣丑"……以此顺序排列。

早在20世纪30年代，关德栋、魏建功和周一良等人，就在《大公报·文史周刊》上讨论过《十二时》的来源及在后世的遗存，当时比较一致的看法是至少在南宋时，这种歌辞还存在（关德栋《曲艺论集》，第169页，上海古籍出版社，1983年）。

郑振铎《中国俗文学史》中的看法是这种"十二时"的体式，在中国民间是失传了。敦煌俚曲中《五更转》在后世影响很大，一般民间文艺中均可见到它的应用，不仅有歌辞，还有曲调。山西介休宝卷中，几乎可说每卷必见"五更调",而"十二时"却不见踪影。任二北《敦煌曲初探》中认为"十二时"是曲牌,他说:"十二时虽无传谱,却有定名,必有定腔,其为曲调,自无可疑。"(该书第473页,上海文艺联合出版社,1954年)因后世未见"十二时"曲谱,所以它究竟是"辞体"还是"曲调",学界意见不一。

"十二时"与"五更转"在敦煌卷子中地位相当,但何以"五更转"曲谱常见,而"十二时"曲谱突然消失得无影无踪?车锡伦《中国宝卷总目》列出明清宝卷中常见曲调二百余种,但未见一首"十二时"曲,可能"十二时"当时即无曲谱,就是一种歌辞体式。

郑阿财判断,今日民间流传的讲唱文学中,也有明显受"十二时"影响的作品存在。他举出的例子是广东龙舟歌里的"十二时辰"(《敦煌佛教文献与文学研究》,第271页,上海古籍出版社,2001年),这个判断符合民间文艺流传的事实。

"十二时"来源于中国早期地支记时法,此习惯唐时已是普通民众记忆常识,深入人心。顺序排列是记忆习用方法。民间俚曲为便于记忆,最习惯顺序排列,如"四季歌""五更转""十棒鼓""十二月时令"等,这已是民间歌谣的共同特征。"十二时"应是为便于记忆形成的稳定体式。据周绍良编《唐代墓志汇编》可知,唐墓志篆盖常见"十二时神"画像,如《大唐故处士陪戎副尉雷君墓志铭》等,"十二时"在当时已是一种带有压胜、避邪、祈福等含义的风俗,俚曲借用是很自然的事。虽未见曲谱,但"十二时"在后世歌谣中还有许多遗存,如云南民歌中即有这种形式。另外,明清道教宣传中,也常用"十二时"体式,如《十二时上香歌》等,我留意山西介休宝卷时,曾见过几种此类歌谣的清

代抄本,虽由原"十二时"散句变为七言齐句,但"十二时"特征完整,虽是一种变体,但由"十二时"体转化而来,如下面这两首:

十 二 时

子时烧香点明灯,手拿心香拜观音,
观音坐在莲台上,十二时辰度众生。

丑时烧香鸡又鸣,念佛之人要诚心,
句句不离弥陀佛,灵山佛祖放光明。

寅时烧香拜佛尊,佛尊西天大圣人,
佛前五百阿罗汉,殿后三十谒谛神。

卯时烧香拜明君,一朝天子一朝臣,
文武字员齐来贺,都是龙华会上人。

辰时烧香日出东,千拜万拜拜世尊,
一心只想朝佛祖,发心烧香莫散心。

巳时烧香日正红,拜香人子必心诚,
莫听闲言他人语,一心拜到宝殿中。

午时烧香日当头,想起烧香有情由,
父母情我千般苦,不报亲恩为下流。

未时烧香日正斜,威灵显应有神通,
保佑父母年年在,寿比南山福满门。

人留皃 文采陽老 草木留根芽守春生

百般花木望結果 拜香結果聖完成
佛寶法寶並僧寶 文殊普賢觀世音
恩深似海如山重 捨身難報父母恩

十二時

子時燒香點明燈 手拿心香拜觀音
觀音坐在蓮台上 十二時辰度眾生
丑時燒香雞又鳴 唸佛之人要誠心
句心不離彌陀佛 灵山佛祖放光明
寅時燒香拜佛尊 佛尊西天大聖人

作者藏《十二时歌》抄本（一）

申时烧香日离天，念佛之人要虔心，
千拜万拜弥陀佛，拜到佛祖宝殿中。

酉时烧香灯正明，志心皈命拜世尊，
孝心感动天和地，何愁神圣不威灵。

戌时烧香拜药王，药王老爷坐中堂，
宝香插在金炉内，保佑父母寿年长。

亥时烧香拜观音，观音大士救凡民，
保佑父母千年寿，寿如彭祖八百春。

十二时拜众神灵，满堂神圣听原因，
不为自己生死事，只为父母病在身，
心中思想无其奈，发心朝拜有神灵，
自许之后母安泰，我今不昧众神恩。
山遥路远来朝拜，朝拜神圣保母亲，
宝香一炷插炉内，金炉内面把香焚，
自从今日烧香后，保佑父母寿长春。

十 二 时

子时烧香点明灯，手捧信香朝观音，
观音坐在南海岸，十二大愿度重生。

丑时烧香鸡又鸣，念经之人要诚心，
句句不离弥陀佛，灵山会上放光明。

寅时烧香拜世尊，佛是西天大圣人，
坐前五百阿罗汉，坐后三千揭谛神。

卯时烧香拜明君，一朝天子一朝臣，
文武百官齐拜贺，都是青龙会上人。

辰时烧香切莫停，士农工商各自忙，
劝君早把弥字念，一切人生万劫难。

巳时烧香乱忙忙，一生劳苦甚恓惶，
哭家真有千条路，莫得条来难上难。

午时烧香日君中，玉皇宝殿陵雪宫，
诸天神圣分左右，香烟袅袅透九重。

未时烧香日转东，同堂拜佛渐渐空，
劝君早把弥陀念，赞上菩提更雍容。

申时烧香日落西，儿女债完早饭依，
光阴易过催人老，要到无常不多时。

酉时烧香暮日天，拜佛之人心要善，
行居坐卧时常念，求西忏悔罪免怨。

戌时烧香时佛堂，世间多少少年郎，
念佛之人超三界，作恶之人见阎王。

亥时烧香莫贪眠，一世奔波不得闲，
王娘卖发来安葬，罗裙变土砌坟堂。

未时念佛去进香，长安行孝不非常，
天旱三载家贫苦，将子杀来奉爹娘。

申时念佛去进香，孟红割股救姑娘，
此女一生行大孝，至今天下把名扬。

酉时念佛去进香，董永卖身葬爹娘，
孝心感动天和地，天降仙女结成双。

戌时念佛去进香，安安送米苦难常，
七岁孩童知行孝，荣华富贵状元郎。

亥时念佛去进香，黄氏女子念金刚，
诚心念上数十篇，阎君殿上放毫光。

两首《十二时上香歌》同出一源，虽个别字句有变化，但肯定是互相传抄的结果。

下面这首《十二时歌》是湖北民歌，虽将原"十二时"以"夜半子"三字句开头形式改变，但其他句式大体一致，似更接近原始"十二时"，它不完全拘泥原"十二时"多从"子"时开始习惯，而是结合叙述实际内容，即词句表达的内容与时辰要切适。自由选择时辰开始，叙述到"亥"时结束，再循环到"子时"顺序下去，保留"十二时"体式，这种灵活应用应是便于记忆的思维方式。

十 二 时 歌

辰时姐绣花，想起那冤家，冤家那方去，那方落人家，心中肉一麻。想起我情人，一去到如今，想要请人代封信，又怕人谈论。

巳时姐作鞋，想起冤家来，抽段花绒线，折断红绣鞋，这才真奇怪。又怕生了心，又怕反了情，又怕情哥在害病，不知死活生。

午时到姐家，姐儿在绣花，放下花不绣，洗手去烧茶，情哥你来大。喜鹊登门叫，姐儿微微笑，今日亲人到，情哥你来了。

未时陪郎坐，问郎饿不饿，郎说真饿了，姐说去烧火，弄饭待情哥。情姐听我说，不消烧得火，你我不是讲吃喝，玩耍要斟酌。

申时郎吃饭，干鱼腌鸭蛋，郎说多谢姐，姐说吃光饭，这回空待慢。叫声小心肝，便饭吃一碗，你待奴家转个弯，等后再来办。

酉时去交情，胭脂共水粉，象牙梳一把，一包绣花针，相送我情人。叫声小心肝，银钱多干难，抛撒银钱被人谈，不在这一番。

戌时点明灯，整酒傍情人，情哥哥上席坐，梅香把酒斟，杯杯要吃清。酒斟二三杯，举手把壶推，酒吃人情肉吃味，酒醉下流鬼。

亥时进绣房，二人坐牙床，一对鸳鸯枕，枕上叙家常，叙到大天亮。二人进绣房，坐在象牙床，好事鸳鸯配凤凰，净瓶配敬香。

子时好玩耍，情哥睡着大，这么大瞌睡，何必不来大，推醒小冤家。叫声小冤家，说的哪里话，将来与姐

十二时歌

○辰时烟涛花想起那觉哀ㄣㄋ那方去
那方荟全家心中肉一刷
想起我情人言到此今想要请人代封
信又恨人谈论
○已时恩腔恩追见家费怕發花戌
缐折股紅痕難定才負專悋ㄋ
父物生子哭恨友子情又恨情哥左害
痛不知死活生
○午时到姐家垃鬼在绣花故下花不涤
洗手奇烧茶情哥你专大
玄鹗盆门叶姐鬼撤ㄋ哭今日親人

作者藏《十二时歌》抄本（二）

贪玩耍，酒醉瞌睡大。

丑时郎要去，扯住郎的衣，莫听山中乌鹊，要听奴的鸡，天亮奴送你。叫声小心肝，细话未说完，你今回去奴身转，何日又来玩。

寅时天又明，披衣送情人，叫声情哥哥，你今慢慢行，两眼泪淋淋。送出大门外，扯住郎腰带，我问情哥哥几时来，等奴好安排。

卯时郎去了，转身就不好，短命死冤家，魂魄带去了，叫奴魂开交。情姐进绣房，两眼泪汪汪，你今回家奴进房，每日悬了望。

宗教宣传中用"十二时"，民间情歌中也用"十二时"，可见这种体式适用广泛。宗教宣传的目的是广收信众，所以最能选择适合达其目的表现方式，歌谣中"十二时"变体遗存现象，说明人类思维中对记忆方式的选择有共同性，形式决定内容的实际效果，无论是严肃的宗教宣传还是轻松的民间情歌，选择宜于实现目的最佳形式，其思维方式是同一的，便于记忆和重复，常常是他们的首选，"十二时"和其他具有顺序排列功能的体式，较容易满足这个需求。

（原载《书屋》2023年第2期）

越剧《泪洒相思地》源出《再缘宝卷》

《泪洒相思地》为越剧名作。1942年，胡知非、樊篱根据《今古奇观》中《王娇鸾百年长恨》改编，经越剧名伶姚水娟、李艳芳主演后，长盛不衰。这是一个以"痴心女子负心汉"为主题的老故事，后来民间也有几种以此为主题的诗文，如《王娇鸾诗对周廷章》《千年流传：王娇鸾百年长恨》等，多为长段七言弹词体，我曾收集过两种油印册。

越剧《泪洒相思地》演出后，各地方剧种移植改编甚众，在民众间有广泛影响。1956年，汤学楚、姚水娟再改编此剧，由杭州越剧团演出，王颐玲主演，第二年汤学楚、姚水娟依据演出记录，整理成剧本，由当时设在杭州的东海文艺出版社出版，注明"胡知非原著，姚水娟演出本，汤学楚、姚水娟整理"，为六十四开小本。

《王娇鸾百年长恨》写王娇鸾惩罚薄幸男周廷章的故事。王娇鸾为官宦之女，偶遇苏州吴江书生周廷章，郎才女貌，彼此倾心。周廷章到王府求婚遭拒，二人背着父母，私结良缘。后周家父母做主为周廷章议婚，娶魏同知女儿，周廷章初不同意，后知魏女绝美且家很富有之后，就忘却前约。魏女过门后，周即忘记了王娇鸾。王娇鸾与周廷章一别后，相思成疾，遂写信派人送到周家，周廷章见信后翻脸无情，将定情之物连同婚书一并退还，王娇鸾悲愤交加，写了三十二首绝命诗和《长恨歌》一篇，备述与周廷章相爱和被遗弃的经过，封在送吴江县的官文内，随后自缢而死。吴江县官见王娇鸾诗文后，痛恨周廷章停妻再娶，将周廷章乱棍打死。

《泪洒相思地》借用《王娇鸾百年长恨》主要情节，但故事较原小说曲折丰富，除故事结构逻辑有相似性外，主要人物背景及姓名已有较大改变。故事说的是苏州书生张青云来杭州求学，中秋之夜，隔墙听到琴声，借故约会少女王怜娟，在后花园私订终身，登楼借宿与王怜娟有了私情。三个月后，张青云接到家中来信，知母亲病重，两人忍痛分别。青云回到苏州，方知是父母骗局，实为让他与吏部尚书之女蒋素萍成婚。张青云开始犹豫，后为了前程，背弃怜娟。怜娟久无青云音信，又因怀有身孕，被其父推入西湖，幸被渔婆救起，怜娟变卖首饰作路费来到苏州，张青云非但不肯相认，还欲治她一死。怜娟在渔婆家生子，蒋素萍同情怜娟遭遇，前来看望，怜娟已近病亡，向素琴托付了身后事。

我曾得一部《再缘宝卷》抄本，上下两册，线装，据形制和内文书写情况判断，约为民国后期或20世纪50年代初抄本。清抄本多用棉纸，此本用后出的机器纸，但抄本中时有俗字和异体字，此为宝卷流传过程中习见现象，虽是晚近抄本，但它的祖本应当靠前。此卷保留传统宝卷基本形式，封面题"再缘"，但正文内几处"再缘"二字为剪贴补粘，我细查原底书写系"相思"

再緣寶卷初展開　恭請神聖降臨來
善男信女聽寶卷　延福延壽永無災

恭請再緣寶卷出在大明年間提表浙江杭州西湖
唐上王老庚内却說一人叫老夫正中孔官居七品
只今无嗣安人周氏与我同庚十分賢德不生愛男
單生一女取名岭娟尚未婚配這也非表老漢家
財亟富田園廣潤想老漢年已半百死有后嗣百年
之后所悲何人想將起來好不乃伈虛人也

作者藏《再緣寶卷》線裝抄本

二字,或可认为此卷原名为"相思宝卷"。据车锡伦《中国宝卷总目》附录提示,吴江同里宣卷艺人演唱的"丝弦宣卷"六十种里即有《泪洒相思地》(该书第413页,北京燕山出版社,2000年),说明此卷当时在江南一带尚有流传。

《再缘宝卷》主体是七字句韵文,间有说白,说白间夹有重句或"吓,呀"字的呼声提示,说明此卷已具表演性质。说白全用戏剧对白形式,叙述文字已极少,阅读功能已为表演功能取代。卷中偶出十字句,全卷仅见三段,已居次要地位。宝卷未分品目,只在每章结卷时提示。虽无直接回目标明,但在正文中有明确说明,如第一回结束:

> 小姐拜别老父亲,将身上轿出门庭,
> 众人抬轿多忙碌,把直抬往下船心,
> 顺风相送来得快,张府花轿快要到,
> 未知青云可成亲,未知怜娟如何行,
> 宣到此处停头位,岂旧换新下卷云。

第二回结束:

> 今日被老爷赶出门,小姐何日能见面,
> 去寻姑爷路途远,叫我何方去存身,
> 无有盘费路难行,小姐只知内中情,
> 本想与小姐见一面,长长短短讲分明,
> 霎时赶出大门外,未知小菱如何行,
> 未知王老爷心何存,宣到此处停二位,
> 渔婆救人下卷云。

第三回结束：

> 待我回去禀小姐，同你黑良心来算账，
> 不表店家回店去，未知店家如何告，
> 未知青云认不认，未知小菱如何样，
> 宣到此处停三位，饭店生孩下卷云。

开卷套语：

> 再缘宝卷初展开，恭请神圣降临来，
> 善男信女听宝卷，增福延寿永无灾。

结卷劝世文：

蒋大人谢恩出京城，一路滔滔回府门，
立斩青云命归阴，再表素琴要修行，
修得功成来圆满，天上玉帝得知情。
　　查得那蒋氏素琴坚心修行功成，浩大阳寿已满，即命金童玉女接引，西天放位列仙班，其余修行功成圆满，陆续升天，相思宝卷前后四回，恩冤分明，大集团圆，拜谢皇恩。
再缘宝卷宣完全，古镜重磨照大千，
蒋惠全为官如水清，尚方宝剑不留情，
王守礼为官多清正，官为原职坐公厅，
张学卿削职回家门，苦守家门实可怜，
小菱一生吃尽苦，配有张福也是甜，
张福为人多成心，继为义父蒋惠全，
渔婆救人总有功，无病无灾上西天，
陆豆高送信多诚恳，赏赐银子也安然，

王怜娟屈死在黄泉，小菱张福来超度，
超度怜娟出幽灵，下世投身女占男，
蒋素琴坚心来修行，位列仙班上天庭，
怜娟之子十六春，也是素琴大功成，
张夫人修功也圆满，王夫人接引上西天，
张青云为人我凶恶，堕落九泉无投生，
不信但听相思卷，姑娘处处要留神，
石板上种麦无收成，阴天凉衣不相干，
善还善来恶还恶，善恶报应不差偏，
善人都能上天去，恶人都要落九泉，
今夜喧本相思卷，一年四季保平安，
宣卷先生也成仙，××菩萨笑嘻嘻。

《泪洒相思地》剧目共分七场，和《再缘宝卷》故事演进顺序完全相同，第一场为"花园会"。苏州书生张青云到杭州求学，中秋之夜，隔墙闻琴声，与少女王怜娟在后花园一见钟情，对天盟誓私订终身。第二场"楼台别"。三个月后，青云接到家信称其母患病，催其返家，两人忍痛分别。第三场"洞房变"。回到苏州，青云方知父母设下骗局，实为让他与蒋素萍成婚。青云不敢顶撞父母，又想遵誓守诺，洞房夜冷淡新娘。蒋素萍以礼相待、以理相责，青云欲待告知真情，忽发现蒋素萍容貌甚美，胜过王怜娟，遂背弃誓言，瞒住蒋素萍，与之喜结连理。第四场"相思泪"。讲王怜娟久无青云音信，郁郁寡欢。其父请医诊断，方知怜娟怀孕。怜娟和丫鬟小菱被赶出王府。第五场"西湖难"。王怜娟之父将怜娟带到西湖边上，狠心推入西湖。幸有渔婆救起怜娟。第六场"厅堂血"。讲渔婆伴随怜娟来到苏州，住小客栈中，写信请青云来接，托客栈店主陆豆高送去。青云本想相认,又怕惹怒蒋素萍,影响自己前程,就赶走店主。小菱沿途乞讨来到苏州,与张青云的书童张福巧遇,遂到张府仗义执言。张青云恼羞成怒,命人剪去小菱舌头。第七场"临终恨"。王怜娟客栈产子,命悬一线。蒋素萍得知,同情怜娟遭遇赶到客栈,怜娟便将婴儿托付于蒋素萍。张青云也赶到小客栈,怜娟见之,气绝而亡。

中国宝卷与其他艺术形式相互借鉴改编本属常态,尤其与戏曲的关系非常亲密,《泪洒相思地》由传统宝卷转化而来,恰好说明宝卷故事及文词为人广泛接受并受到极大欢迎。《泪洒相思地》中广为流传的长段唱词十八句"我为他",除个别文字同义变词或前后句位稍有调整外,完全来自宝卷原文。如以下唱词包括接续对白,均是宝卷原词:

小姐既然事明亮,我也不必说细详,
不怨他来抛弃我,只怪自己少主张。
我也是个官家女,自幼读过书几章,
枉生两眼无见识,错把那,负心汉当作有情郎。
万般苦处自己寻,因此落得这般样。
正是一失足成千古恨,再要回头百年长。
虽则我自己无主意,他的心肠也太硬。(宝卷原词:如铁打)
当初他,甜言蜜语来骗我,我只当,他心好比我心样。谁知他一去无消息,可怜我,一日六时望断肠。
我为他,茶不思来饭不想,
我为他,一夜想到大天亮。
我为他,神思恍惚懒梳妆,
我为他,身担不孝瞒亲娘。(宝卷原词:身怀六甲

瞒亲娘，我为他凤头花鞋跋到根，我为他装聋作病瞒爹娘）

  我为他，被父推入西湖内，
  我为他，连累小菱遭祸殃。
  我为他，当饰卖衣作路费，
  我为他，抛头露面走羊肠。
  我为他，途中受尽风雨苦，（宝卷原词：风霜苦）
  我为他，举目无亲落他乡。
  我为他，客店当作安身处，
  我为他，黄花闺女把孩子养。
  我为他，眼泪哭出无其数，
  我为他，口吃黄连无处讲。

  接续的长段唱词也基本相同，兹不备述。传统宝卷演变到民国后期已近式微，因其特殊的宗教背景，1949年后，依越剧《泪洒相思地》改编成宝卷的可能性不大，所以我判断《再缘宝卷》依旧抄本而来，但查《中国宝卷总目》及相关宝卷著录情况，未见此卷。初步推测，如此卷祖本久远，则此卷已经过很长时间流传，应是后期普通抄本。如此判断成立，则越剧《泪洒相思地》源出《再缘宝卷》无疑。

  仔细比对《泪洒相思地》剧本和《再缘宝卷》，除传统宝卷开卷和结卷部分常见介绍故事背景及结卷说教因果报应情节外，剧本故事情节和细部文词及对白完全相同，凡长段唱词，基本袭用宝卷原文。如宝卷依《泪洒相思地》剧本再造，说明 20 世纪 50 年代，宣卷活动仍在江南一带活跃，也是宝卷传播的重要史料。

高平秧歌《打酸枣》

我过去没有接触过高平秧歌。去年赵瑜女儿出嫁，头天晚上，我和张发兄在赵家喝酒，席间，赵夫人袁嫂和她一班朋友唱了首高平鼓书《谷子好》。我虽不完全明白，但感觉歌词写得不错，瑜兄从旁告我，这是赵树理写的。因为宝卷经典句式是三三四，我对三字句开始的句子比较敏感。三三四句式，民间称为攒十字，是早期佛经翻译中留存下来的一种便于记诵的句式，后道教宣传最喜用，或与道教对汉语字句结构的认识相关。这个句式在汉语句法构词中有很大灵活性，易造词、易组句和易押韵。后来查《谷子好》原词，才发现主要是七字句，三字句只在开始用过两次。20世纪50年代初，赵树理写过一个高平秧歌《开渠》，可知他对高平秧歌非常熟悉。高平秧歌中有十字句式，我感觉这可能是宝卷句式的残存现象。不久，我在晋城一家网上旧书店见一册清抄本高平秧歌《打酸枣》，便购回细读。

此抄本为民间初通文字的人抄写，完全用高平方言记音，异体字和俗字很多，但大体还可读下来。抄本时

作者藏《打酸枣》唱本

间大约在清晚期或民国年间,虽是民间抄本,但从保存原始唱本和方言角度考虑,还不失其价值,虽有残破,多处已失字迹,但大体保存原貌。抄本除《打酸枣》外,另抄《游庵歌》,这是一个宝卷的变体唱本,基本用十字句完成。因抄本中多高平方言,我借助《高平秧歌》(高平政协编)、《高平方言词汇研究》(李金梅)和《高平方言词典》(冯辰生)等书,大致还原到今天的意思上来,失误肯定难免。对这个唱本略作解析,期待方家指教。

《打酸枣》在北方民间说唱中,有许多版本,山西各地,如晋中、晋北均有改编,直到现在还在流传,时见有人演唱。眼下流行的《打酸枣》主题是男女相慕,为常见民间文艺中的固定主题,多年流传不衰,因轻松活泼,诙谐风趣,始终受到人们喜爱。现在的《打酸枣》,较早期版本相对简单,角色也由三人减为二人对唱。民间文学流传似有一规则,即越早创作,生活气息越浓,后来变化在艺术上不容易超越原初创作。越早的民间文艺越不受官方意识形态制约,自由创作,言为心声,真情实感,发乎情,止乎礼。民间文艺随时代变化,但变化的特点是原生态生活被不断过滤,最后余下的只是原初故事主干,而其他与主干相生的原初生活丰富性,一般都消失了。我个人感觉,民间文艺,除特殊情况外,以保存原貌为整理法则,改编多是弄巧成拙。

我们现在可以推测一下《打酸枣》的创作灵感来源。为什么是"打酸枣"而不是"摘苹果"或其他?为什么北方民间姑嫂不和习惯在这个故事中转化为类似现代"闺密"的友情,等等。现在的《打酸枣》似一个爱情小调,已见不到原初北方真实民间生活情态,而早期流传的民间抄本中,还保留了原初的创作面貌,虽然我们现在很难确定《打酸枣》故事的最初来源,但较早的抄本,至少接近原始的故事起源。

《打酸枣》其实是一个成人故事。表面看,未涉男女之事,但故事前提建立在成人已有知识的约定之上,不须在故事中解释,不须特别说明,它保存在成人的基本常识中。作为故事逻辑起点,应当说体现了很高的文学判断,是对读者(观众)智力的尊重,它是一种预设了幽默前提的表现方式,即看这个故事的人,均明白故事建立的逻辑关系,它所有表达不离主题,自然融化在精选的情节中。民间文艺难免格调低俗,此为民间文艺常态,如太谷秧歌《叫大娘》一类,现在已很难流传。但《打酸枣》不同,因为创作者找到了合理的故事逻辑,再加鲜活现实生活感受,无须借淫词媟语吸引观众。男欢女爱宜引人入胜,但文明习惯又忌直言其事,如何取譬借喻,非常考验作者的文学能力,分寸极难把握,《打酸枣》在民间文艺中是难得的有很高文学技巧的作品。

《打酸枣》暗含的故事逻辑是新婚嫂嫂刚过门,已有妊娠,但嫂嫂尚未脱少女羞赧,秘密只能和自己成年而未嫁的小姑子说。妊娠喜酸,是习见民间常识,创作者的灵感即源于此。"酸枣"是北方常见野生植物,恰与新婚嫂嫂处境建立逻辑关系,合情合理。"打酸枣"本身即是一个隐喻,将"酸"转嫁到"打酸枣"上,比拟切适,是真正"不著一字,尽得风流"。民间艺人观察生活之细密,非有些作家可比。请留意抄本中这两句"只听妹子打酸枣,为嫂酸水流下来了",这是妊娠的正常反应;"为嫂有心打酸枣,还恐怕你的哥哥知道了",新婚嫂嫂的感受,表达得恰到好处。因作者自信故事的合理逻辑,所以后面"打酸枣"的路上,依然依此照应故事潜在主题:"走了一沟又一沟,沟沟长的好石榴,为嫂有心摘一个,恐怕人家逮住了。"石榴结子,寓意多子多福,是北方民间风俗,足见创作者的匠心。

《打酸枣》另一个情节是嫂嫂为小姑子挑刺,文词是"叫嫂嫂,不好了。倒圪针把奴的手扎了"。嫂嫂为小姑子挑刺时,用婚后经验取笑小姑,借成人常识自然联想作比,稍失分寸,即堕恶趣,但这里处理得非常精妙。如钱锺书《围城》第七章写汪处厚,"谁知道没有枪杆的人,胡子也不像样,既不能翘然而起,也不够飘然而袅",所以汪太太才"轻蔑地哼一声,你年轻的时候,我——我就不相信你年轻过",钱先生再加一笔"汪处厚脸色一红",这是钱先生暗写汪处厚性无能一例,也是建立在成人常识之上。

请读《打酸枣》里的文词:"左一挑,右一挑,倒圪针挑掉了。妹子生来是胆小,连个刺儿扎不了。妹子要是出闺走,新人房扎刺叫谁挑。妹子要是出嫁走,新人房扎刺叫嫂嫂挑。"正话反说,语语双关,体现中国文学创作中本来具有的含蓄传统。

抄本的最后情节是姑嫂"打酸枣"时,遇到二大爷家的长工小猫,取笑两位"花大嫂"。后多数改编删此情节,我以为似无必要。从戏曲角色考虑,小戏中如只有正旦花旦,而缺丑角,一定单调乏味。由故事逻辑设想,两个"花大嫂"遇不到男性,则演唱不会灵动。民间艺人具丰富生活经验及创造才能,设置这个丑角,一则表现长工及主家关系,小猫抱怨吃不好、吃不饱,这是北方农村真实生活,为一般雇佣制下常态现象。再则作者要借此角色表现农村生活场景,小猫取笑"花大嫂",小猫唱"十奶奶",均是有趣生活状态。有评论指小猫是流氓角色,调戏两位"花大嫂",此为不谙民间文艺之言,如小猫是流氓,在民间文学作品中不会用"小猫"或"小毛"这样温暖的称谓。有《打酸枣》改编本将丑角"小毛"与小姑配成亲的设计,可见这个角色的作用并非负面(《高平秧歌》,第16页)。小猫最后唱的"十奶奶",或是晋东南民间文艺中曾有的一种表演套路,类似于宝卷及其他民间文艺说唱中常用的"哭五更""十报恩""十二月令"手法,借自然数顺序,表现丰富生活现象及传达各种教义,此种手法易记诵而又可容纳丰富内容,开合自如,兼有排比修辞效果,中国旧戏中有许多由此产生的变种,如"十不愿""八不该"之类,应是民间文艺中常见创造性艺术手法。

高平秧歌《打酸枣》虽短小,但可见早期艺人天然的文学智慧,从情节到文词,虽难称雅驯,但并不粗鄙。《高平秧歌》中所收《打酸枣》剧本,与早期抄本差异较大,虽角色相同,但对剧本立意似缺乏体会,大体是个诙谐的乡村小调,文词也较早期抄本累赘。

文学的自负是我们常以为比前人高明,其实是我们对前人的高明缺乏体会。

2020年7月10日于太原
(原载"古代小说网"2023年4月29日)

清代《绣荷包》山西变体一例

《绣荷包》是中国民歌经典,传唱大江南北,可谓无人不知、无人不晓,南北流传体式大体相同,但歌词各异,长短不一。

一般研究认为,《绣荷包》记载最早见于清代笔记,如捧花生《画舫余谭》、张昀《琐事闲录续编》,后歌词及工尺谱分别见于华广生《白雪遗音》及贮香主人《小慧集》,产生时间在清嘉庆初年左右,地点应在南京。到民国年间,《绣荷包》歌词,大体趋于稳定,即与《白雪遗音》中歌词相类的那种,文繁不引(《明清民歌时调集》下册,第697页,上海古籍出版社,1987年)。

民歌时调流传特点是传抄过程中不断变异,尤其是语词变化最大,但体式一般由原初思维决定,也就是说,体式变化少,而语词变化多,所以民歌研究中,凡见异文歌词,均应保留,在比较研究中,发现中国传统民歌时调演变规则。今天还在传唱的《绣荷包》已非原初《绣荷包》,而是传到山西后一个变体的前两段歌词。

新刻繡荷包

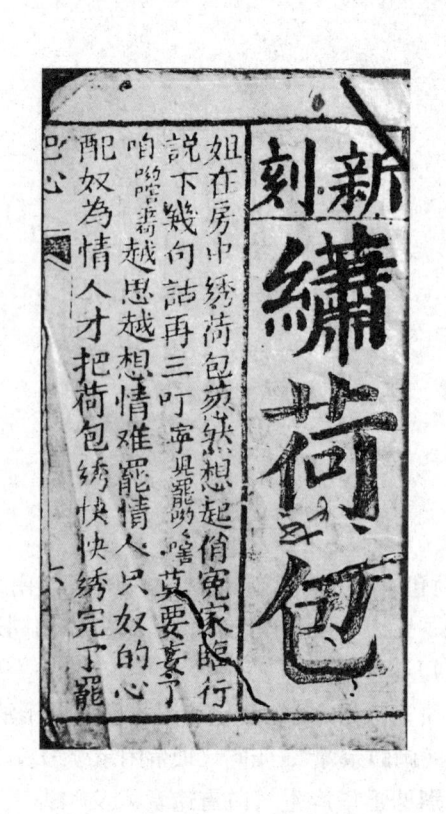

姐在房中綉荷包忽然想起俏冤家臨行說下幾句話再三叮嚀奧罷哟嗏莫要忘了咱哟嗏越想越思越想情難罷情人只奴的心配奴為情人才把荷包綉快快綉完了罷

往年曾在一本清代山西家用杂册中（杂册是民国前山西民间常见的一种抄录各种日常实用知识的书册，多为账册形式，抄录月令、风水、婚丧嫁娶、戏词、歌赋及宗教仪规等），见过抄录的一首《花鼓歌绣荷包》，感觉与常见《绣荷包》语词多有不同，细察或可见清代民歌时调流传的一些变化痕迹，原词如下。明显错讹，直接改正，难以辨识处，保留原貌。

花鼓歌绣荷包

年年走口外，月月不回来，捎书带信要个荷包带。
既要荷包带，就该自己来，为什么捎书又把信来带。

初一到十五，十五月儿高，春风儿摆动了杨也杨柳梢。
三月桃杏开，情人捎书来，捎书带信要个荷包带。

姑娘进绣房，两眼泪汪汪，手拿这钥尖开也开皮箱。
绫子去一片，缎子去一方，尺子量儿量，剪子科几科，
若才是为那亲也亲哥哥。

打开花线包，花线无几条，打开钢针包，钢针也完了，
打发梅香街也街上跑。

梅香闺门开，开门无有人进来，单等那南京张也张文才。
货郎把鼓摇，梅香把手招，招来里招去招在我门上。

货郎作个揖，梅香把头低，我姑娘今天招也招个你。
银子平三分，花线五十根，再捎上两苗绣也绣花针。
花线去就了，无有纸儿包，恐怕汗手糊也糊着了。

打开龙凤箱,取出纸一张,铺在那红漆桌也桌面上。

一绣汉钟离,头顶双股发,手拿着扇子扇也扇凉荫。
二绣吕洞宾,头顶叶叶儿青,黄巾带子巾也巾腰中。
三绣铁拐李,铜头铁面皮,葫芦火皆在那脊也脊背里。
四绣张果老,骑驴通仙桥,手着鱼骨尖也尖被桥。
五绣曹国舅,不愿坐王侯,一心心与王母要道来修。
六绣蓝采和,拍手答合合,拉里拉扯也要成上果。
七绣何仙姑,说咱有丈夫,四分儿怕的多也多开口。
八绣韩湘子,手提百花篮,一心心与王母要些手段。

上绣王宝钏,受苦十八年,手提上篮儿把也把菜剜。
下绣杨五郎,出家为和尚,五台山绣也绣荷包上。
荷包绣成了,无有顺人捎,单等着情人带也带包来。

《白雪遗音》最早完整记录了湖广调《绣荷包》,后来各处歌词的变化,基本是在此基础上的扩展和联想,虽歌词相异,但原初思维逻辑相同,决定了歌词体式基本稳定。原初《绣荷包》是富家小姐想情郎,情郎名为多才,怕他在外变心,盼他早回来,要给他绣个荷包,类似于传统闺怨诗情调,歌词叙事是典型民歌创作方式,即以早期接受具顺序排列的固定知识,层层推进情感表达。南京《绣荷包》为《叹五更》,山西是"八仙过海",一到五或一到八排列,均是顺序记忆,山西又加"上绣王宝钏","下绣杨五郎",凑成"十全十美"。

中国民歌的一个特点是叙事多用固定时调格式。抒情借叙事表达,所以民歌叙事传统较抒情传统发达,或说叙述抒情互为表里。中国诗歌史上,长篇叙事诗,多由民歌而来,如《孔雀东南飞》《木兰辞》等,《长恨歌》《琵琶行》长于叙事，或与白居易特别重视从民歌中吸取养分有关。叙事的前提是故事，有故事，有繁复的情节和细节，叙事才能铺陈开来，叙事的手法和技巧才发达，中国民歌故事因素突出，即令短小民歌，也多有人物出现。现存的《绣荷包》，最早产生在南京，但在北方流传很广。由原来单纯小姐思情郎主题，丰富为表现当时女性日常生存状态，叙事已入具体细节，如描述绣荷包的全部过程和心理活动，拿钥匙、开皮箱、裁缎面、包钢针、上牙床，等等。除小姐外，又加进来两个人物，梅香和货郎，叙述虽未展开，但已引出另外一个叙事视角，为以后发展为小戏留下余地。叙事发达的重要前提是人物多，个人重抒情，群像重叙事，中国宝卷弹词均有这个特点。山西《绣荷包》中"梅香闺门开，开门无有人进来，单等那南京张也张文才。货郎把鼓摇，梅香把手招，招来里招去招在我门上。货郎作个揖，梅香把头低，我姑娘今天招也招个你"。南京《绣荷包》是小姐咏叹，山西《绣荷包》视角略有转换，人物多，叙事头绪就多，情节繁复后，叙事手法即多变。梅香虽是中国传统戏曲及宝卷弹词等民间文艺中配角习见名姓，但在山西《绣荷包》中已成角色。货郎南京张文才的出现，令《绣荷包》的故事及境界丰富起来，构建了想象空间。乡土社会中，货郎走南闯北，见多识广，是封闭社会中的开放形象，此处虽表达含蓄，但已见出梅香对货郎的情义，"货郎作个揖，梅香把头低"，使人想起志摩的诗句："最是那一低头的温柔，像一朵水莲花不胜凉风的娇羞。"梅香是丫鬟角色，但同样有美好情感，使原来单纯表现富家小姐思情郎的故事，丰富为封闭社会中所有女性对爱情的向往。

时下传唱的民歌《绣荷包》主要语词，并不见于最早的《绣荷包》，而出于后来的变体，民歌流传越广，语词变化越大，规则是由长繁向简短变化。原初《绣荷包》以两句七言起句，再加语助词自由句式，如"姐在房中正描花，忽然想起俏冤家，临行嘱咐你几句话，再三叮咛罢哟，喝喝咳咳，莫要忘了咱"。后出《绣荷包》起句多是两句五言，再用类十字句句式（标准十字句是三三四，为上口押韵，四字句灵活变化，多一二字是正常现象），这是山西民间文艺中常见习惯，如"初一到十五，十五月儿高，春风儿摆动了杨也杨柳梢。三月桃杏开，情人捎书来，捎书带信要个荷包带"等，南京《绣荷包》无此段歌词，这几句优美的比兴抒情，应是山西民歌的贡献，成为所有《绣荷包》保留语词，凝固为经典记忆。

（原载"古代小说网"2022年9月17日）

补说《西厢记》中一个字

多年前,杨焄在《上海书评》写过一篇文章《〈西厢记〉中一个字,争论几百年》(见 2016 年 12 月 20 日)。杨文旨趣在古籍校勘不易,以《西厢记》第一本尾部"题目正名"首句"老夫人闭春院"中"闭"是"闭""闲"或"开"为例,先出清代名家,后引老辈学者王季思、吴晓铃、蒋星煜对此字的不同解释,最后遵守以古为尚原则,以目前所见最早《西厢记》"残页本"为据,倾向于"闭"字。杨焄意见是此争论其实还有讨论余地,他对此的感慨是:"前者因漫漶阙笔而讹作后者,较诸后者因增添笔画而误为前者,其概率恐怕要大许多。重视刊刻时间在前的旧本,固然是古籍校勘的重要准则,不过正如吴晓铃所言,残叶'原题新编校正',可见还有旧本,倘若日后发现刊刻时间更早且作'闲春院'或'开春院'的版本,那又该如何处置呢?"

古籍校勘是非常复杂的事,以古为尚是基本原则,但凡事均存意外。经史子部不论,经典戏曲、小说校勘,我意或可引进民间无名抄本作参照,类似敦煌卷子那类，虽是民间文献，但因时间久远，更接近文献真实状态。雕版时代，抄本是戏曲、小说传播的一个重要补充手段。在确定经典戏曲、小说有大量存世民间抄本的前提下，累积多种无名抄本对勘刻本，也不失为一种辅助方式。以往对无名抄本似不够重视，以为民间抄手不加择选，随便杂抄，毫无学术价值。但无名抄本多出社会下层，普通读者以阅读为目的过录刻本，顺手抄录，照猫画虎，有时反易保存原始状态。通俗文学多无稳定"祖本"，印本多家翻刻，抄本互相转借，均是通俗文学传播中的常见方式。

《西厢记》多为明刊本，元刊本目前只见"残页"，今后发现完整元刊的逻辑虽然存在，但在事实上是极小概率，明抄本也极难出现，唯清代无名抄本还时有所现。

以上举"闭""闲"或"开"字为例。我曾见两个无名清抄本，分别是光绪元年《西厢记》抄本、光绪十七年残本《西厢记》，此字均为"开"字。民间抄本习惯，多依底本过录，底本早于抄本，既然两个清抄本都作"开"字，至少说明原刊为"开"字的可能性高，因《西厢记》流传极广，名抄基本收罗殆尽，而无名抄本还不稀见，如此类抄本具一定数量，且多是"开"字，说明此字讹误，多为手民所致。繁体"閉""閑""開"三字，形近易讹，实为雕版印书常见现象。

光绪元年《西厢记》抄本在"老夫人开春院"后另加一行批语："一部书十六章，而其第一章，大笔持书曰：老夫人开春院，罪老夫人也。若不开春院，张生何由得见双文，坏事在此。"此条多半过录金圣叹批语，但另下判断"坏事在此"。以此理解，"春院"似别有寓意，暗含责怪"老夫人"之意，容与堂《西厢记》李卓吾批语"老夫人原大胆，和尚房里可是住的"也是这个意思。周昂《此宜阁增订金批西厢》评说："不可无此发明，居然春秋笔法。""闭""闲""开"三字中，唯"开"字语意贯通。如作"闭"字，意思恰好反了。抄本批注表明，多数读者曾留意"开春院"一语，此例反证原刊"开"字更近文意。

另外，《西厢记》起始，金批"率尔一题，亦必成文，观其请东南北三，陪西字焉"。"请东南北三"，此处通行本均为"请"字，光绪抄本作"诗"，繁体"請""詩"，形同易讹，细读此句，"请"字通，但"诗"较"请"字，似更合理，因金批是对"张君瑞巧做东床婿，法本师住持南禅地，老夫人开宴北堂春，崔莺莺待月西厢记"四句所发感慨，如此，金批断句亦可调整，金批喜用四字句排比，语气或为"率尔一题，亦必成文，观其诗，东南北三，陪西字焉"。孰是孰非，无关宏旨，但无名抄本，在经典小说、戏曲校勘时，确有不可忽视的参考价值。古人"百年无废纸"一语，不仅指文物价值，同时也包含学术启示。

（原载"古代小说网"2023年2月10日）

永福堂《西厢全图》发现记

一、命名

　　永福堂《西厢全图》画稿，得自山西省运城市一家网上旧书店，书贾索价极廉，应无造假可能。

　　原册长二十七厘米，宽十八厘米。内版框长二十二厘米，宽十六厘米。白棉纸，粗麻线四眼装订。封面、封底略有残破，其余完好。封面左题《西厢全图》，靠右有"癸巳冬季"字样，中间书"畅道义志"。封面页背倒写二行字为"西厢全图　永福堂画"，疑为题写封面不满意倒置装订，此为中国古籍装订常见现象。永福堂、畅道义，应是画店或普通人名，今已不可考。依一般文献发现习惯，命名为"永福堂《西厢全图》"，简称永福堂本。

　　画稿首页上双边，下单边。书口标"西厢"下标"卷一、卷二至卷九"。卷一卷二为文字，墨笔写西厢故事梗概，概括简洁准确，但字迹粗劣，多错讹字，如"落、裙、鍾、首、古、徐、阻、礼"等，均为同音讹写，虽大体文言，但间有口语词汇，如"因为，路过"等，西厢人物杜确名"确"字没有写出，无标点，全文

照录如下:

张名珙君瑞本是西落县人因为上京应事路过河中府有一厚友姓杜名字君实于张生同裙同学弃文习武后钟武魁官拜征西元帅手下十万精兵镇首蒲关
崔莺莺崔相国之女老母郑氏柩回古土只因路途有阻迁居普救寺书院崔相国在时徐与郑恒为妻郑恒乃郑氏娘家姪儿先人官拜礼部尚书此时贞元十七年事也

卷一另页题:

　　法本师住持南禅地
　　老夫人开宴北堂春
　　张君瑞巧做东床婿
　　崔莺莺待月西厢下

由卷二起均为独立单面图,九个筒子页,共十八图,封三正面为一喜鹊登枝画,图中人物头像侧均标名字,每幅图均有标题,其中几页有题句,细述如下:
第一图:普救寺初与莺莺(画中墙壁题:淡白梨花面,轻盈杨柳腰)
第二图:降香张生会莺莺(画外题:法本师持住南禅地,画下方题:五千钱使得着也)
第三图:盗贼为寺取莺莺(中题:孙飞虎将军围寺)
第四图:写闲帖会明般兵(下题:惠明下书)
第五图:杜君实得书(另题:白马将军镇守蒲关)
第六图:杀贼人弟兄相会(画外题:孙飞虎首级,

下题：今日见面乃如梦中）

第七图：酒席前兄妹相承（"承"字边改"称"；画外题：老夫人开宴北堂春）

第八图：听琴音春心皆通（下面墙壁题：月色溶溶夜，花荫寂寂春。如何临皓魄，不见月中人。另题：张生琴音）

第九图：写闲帖来往仝信（下题：夜深人静，月朗风清）

第十图：张生过墙会莺莺（墙壁题：待月西厢下，迎风户半开，拂墙花影动，疑是玉人来）

第十一图：张生书院得病（另题：红娘谈病）

第十二图：小红娘成好事（下题：既害羞不该请我来）

第十三图：老夫人知角（画外题：今日已来睁，明日已来睁，老夫人知道了；中题：问实皮鞭打红娘）

第十四图：十里长亭送行（画框外题：巧做东床婿）

第十五图：草桥店梦见莺莺（画外题：凤只鸾孤，月圆云遮，心头想）

第十六图：送家信琴童报喜（画外题：中探花；下题：当日娥皇为虞舜愁，今日莺莺为君瑞忧）

第十七图：郑恒娶亲（画外题：崔老夫人娘家侄儿郑恒；下题：仁者能仁身里出身。纵然官上加官谁许亲上做亲）

第十八图：状元第

封三：喜鹊登枝图

二、考证

永福堂本实物，有三项科学考证基础，一是纸张，二是墨迹，三是装订所用麻线，也就是说，此三项均可通过现代科学技术（如碳 14 或近红外光谱分析）测定

首页

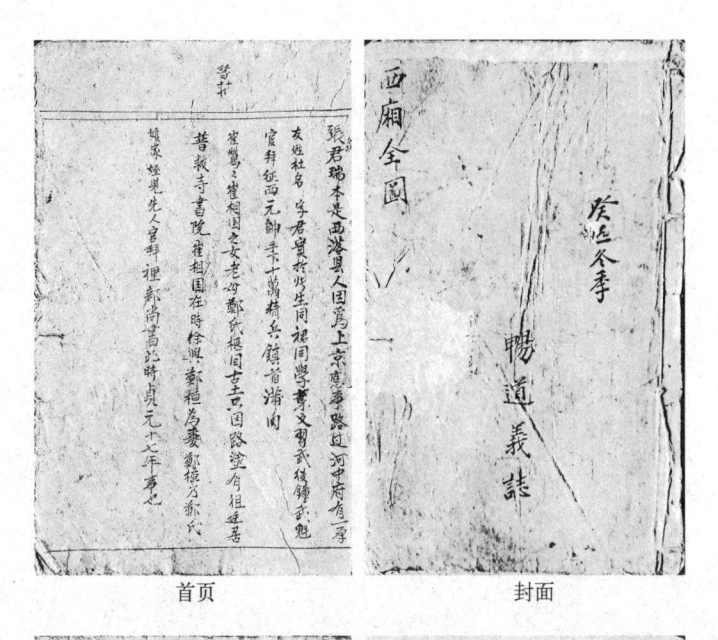

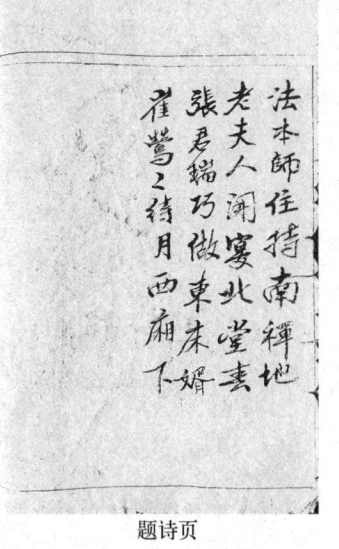

鶯鶯

張君瑞本是西洛人因為上京趕考路過河中府有一
友姓杜名字君實故此生同祖同學尊父曾武將鎮武
官辭征西元帥率十萬將兵鎮首浦間
崔鶯之崔相國女者四鄭氏據聞古吉因路遠有但延壽
普救寺書院崔相國在時修蓋鄭祖為妻鄭樓乃鄭氏
親家姪果先人官拜禮部尚書此時貞元七十年事也

封面

癸№冬季

暢道義誌

西廂全圖

第一图

（插图）

题诗页

法本師住持南禪地
老夫人河東北堂畫
張君瑞巧做東床婿
崔鶯之待月西廂下

第三图   第二图

第五图   第四图

第七图

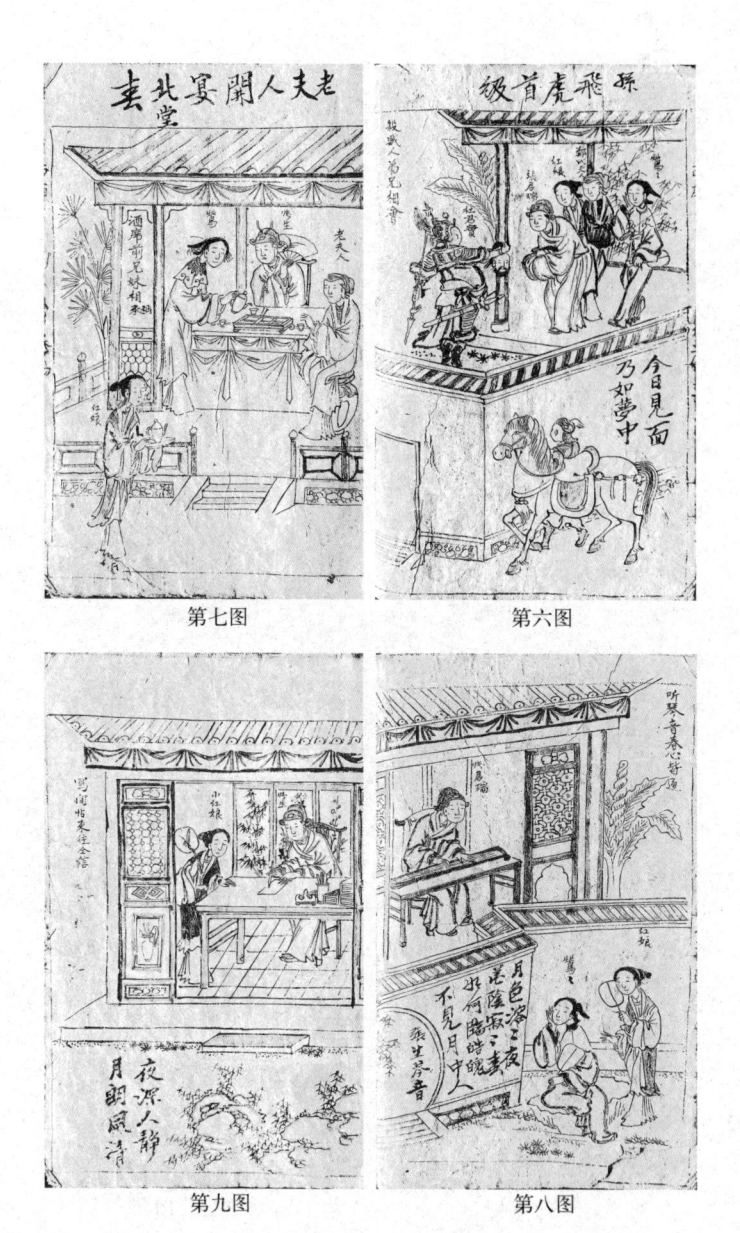

第六图

第九图

第八图

第十一图　　　　　　　　第十图

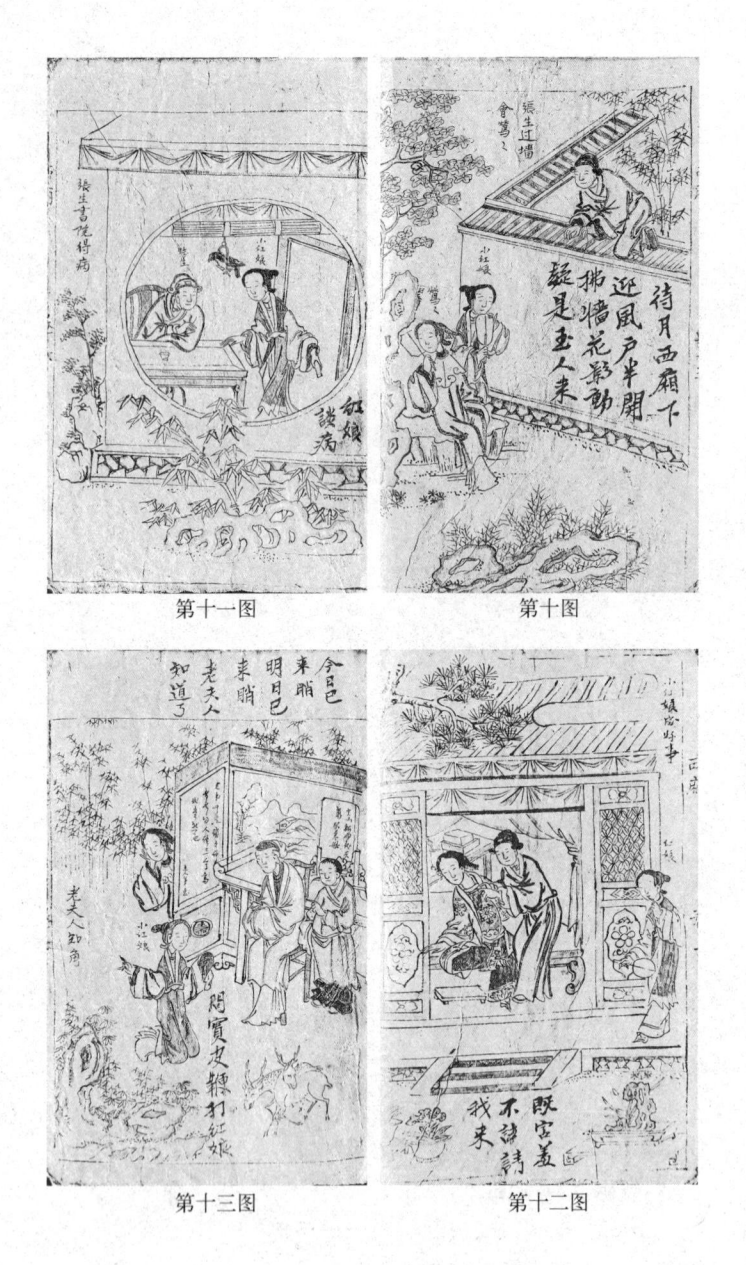

第十三图　　　　　　　　第十二图

第十五图

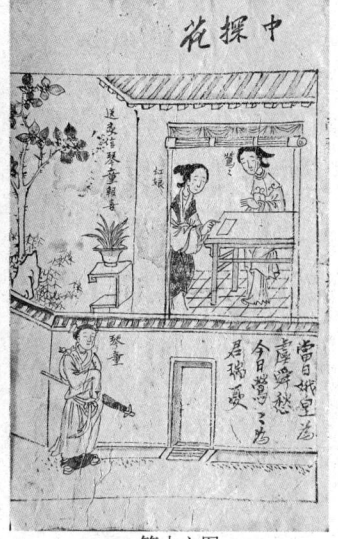

凤只鸾孤月自圆遮心头想
草桥惊梦月
梦中

第十四图

巧做东床婿
十里长亭送别

第十七图

崔老夫人
娘家娃儿郑恒
真情所钟
红娘
郑恒
从权宜中从权宜许配上做颜
老者佐下身衰出身

第十六图

中探花
送家信琴童报喜
莺莺
红娘
琴童
当日拭皇榜虚度愁今日莺莺为君瑞耍

封三　　　　　　第十八图

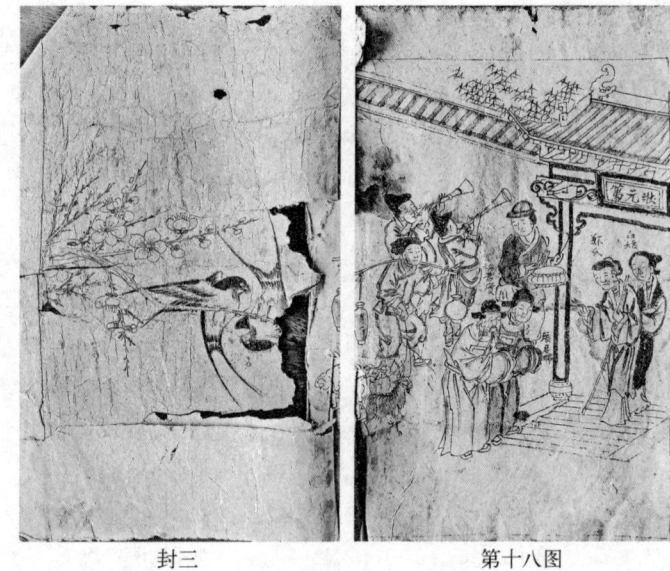

具体年代，结论更科学，但目前个人尚不具备条件，以下考证大体依文本痕迹结合文献信息做一般推论，以求教于博雅君子。

此画稿时间，我断为清代，由画面题词字迹及书法水平推测，应自民间画家手笔，因《西厢记》是中国古代戏曲经典，一切与此相关的文献，无论出自名人还是民间作者，在《西厢记》研究史上均有价值。

画稿封面题"癸巳冬季"四字，清代近270年历史，计有五个"癸巳年"，分别是顺治十年（1653）、康熙五十二年（1713）、乾隆三十八年（1773）、道光十三年（1833）、光绪十九年（1893）。此封面题字，难下确切结论，依画风及相关文献断为清代（早顺治晚光绪），推论如下：

1. 画稿卷一题词："法本师住持南禅地，老夫人开宴北堂春，张君瑞巧做东床婿，崔莺莺待月西厢下"。四句题诗，非所有《西厢记》版本中均出现，一般在早期，也即明万历前后。王季思曾指出，王骥德本《西厢记》卷末"法本师住持南赡地"，后校注说"南赡地"旧作"南禅地"，后金圣叹本此句正作"法本师住持南禅地"，"可见他所根据的应该是一个比较早的旧本"（《西厢记校注》，第237页，上海古籍出版社，1981年）。此画稿虽出民间，但明确写为"南禅地"，依王季思推论，画稿所依据版本可能亦较早，作者对《西厢记》如此熟悉，推测应是见过较早版本和相关图录。此画稿发现于山西运城，这一区域恰好是《西厢记》故事发生地永济所在地区，此亦符合文献发现与文献产生地越近越接近真实、越具史料价值的规律。当地人关心当地事，永济普救寺发生的故事，与此相关的《西厢记》文献极有被重视的可能，明代各类《西厢记》刻本在永济流传应是基本事实,画稿作者受其影响也在情理之中。

2. 今天研究《西厢记》的学者均认为《碧筠斋古本北西厢》(明嘉靖本)是已知《西厢记》最早版本,此书虽已失传,但存同治抄本,是目前可见《西厢记》最早存世抄本。据陈旭耀《现存明刊〈西厢记〉综论》提示,此本楔子即有此四句,不过顺序略有不同,第一、第二句恰好倒过来,最后一句"西厢下",碧筠斋本作"西厢记",画稿题为"下",以文意衡之,"下"较"记"字更合理,也可推论"下"为早期写法,"记"字稍后。徐文长批点《重刻订正元本批点画意北西厢》(万历本),每折第一套曲前均有此"正名"四句。王骥德《新校注古本西厢记》(万历本)将此四句诗移到卷五作为全剧总目,《新订徐文长先生批点音释北西厢》(崇祯本)第一出前有此四句开场诗。《张深之先生正北西厢秘本》(崇祯本)与批点画意本接近,卷前楔子即为此四句诗(该书第2、112、130、224页,上海古籍出版社,2007年)。后出《西厢记》版本中多无此四句诗。王季思校注本《西厢记》,先以暖红室翻刻凌蒙初刻本为主,后参以王伯良本、汲古阁六十种传奇本、毛西河本、弘治本、张深之本、刘龙田本,均为明版,依此推断,有此四句诗本靠前,无此四句诗本靠后,画稿写此四句,说明所受影响应是较早版本。画稿题诗"法本师住持南禅地,老夫人开宴北堂春,张君瑞巧做东床婿,崔莺莺待月西厢下",每句顺序与常见本略有不同,如张深之本第一句即是"张君瑞巧做东床婿",说明画稿作者不是原文照抄,或另有所本,依故事情节发展先后,则画稿题诗顺序似较合理。

3. 多数《西厢记》版本中孙飞虎未被斩首,唯董西厢中孙飞虎被斩,卷三曰:"杜取孙飞虎斩之,余众悉免。"（凌景埏校注《董解元西厢记》，第63页，人民文学出版社，1980年）画稿第六图"杀贼人弟兄相会"，画杜君实手提孙飞虎首级面见张君瑞、崔莺莺和老夫人，此图为目前《西厢记》版刻图录及绘画作品中仅见〔限于本人阅读范围。参阅《明刊西厢记全图》（弘治本图），上海人民美术出版社，1983年；《西厢记与明代插图绘本展图录》，町田市立国际版画美术馆，1993年；《西厢俪影集》，上海科学技术文献出版社，1999年；《西厢记版刻图录》，广陵书社，2000年；董捷《明清刊西厢记版画考析》，河北美术出版社，2006年；钱酉山《雅趣藏书——绣像西厢时艺》，学苑出版社，2007年〕。董西厢在王西厢前，似可判断画稿构图所依版本应是董西厢或另有所本，画稿完成时间也自然靠前。

4. 画稿每图标题，均为画者概括《西厢》故事情节所拟，与流行《西厢记》版刻图录标题全不重复，独立创作的可能性大。画稿标题多近口语，似受弘治本标题影响，构图疑也受其影响，比如，弘治本图喜用猫、狗、鹿、羊装饰画面，《西厢全图》也多用此种手法，弘治本是目前已知最早完整图文并存的《西厢记》刻本。

5. 永福堂本框外题句，因与原作不协调且字迹亦与原题笔迹不同，应是熟悉《西厢记》读者随意题写（包括第一面"淡白梨花面，轻盈杨柳腰"及两首著名的"待月西厢下"和"月色溶溶夜"及"五千钱使得着也"等）。这些画外题句再加第十五图"凤只鸾孤，月圆云遮，心头想"，出自《西厢记》第四本第四折"凤只鸾孤，月圆云遮，寻思来有甚伤嗟"中原话（王季思校注《西厢记》，第159页）；第十六图题句："当日娥皇为虞舜愁，今日莺莺为君瑞忧"（第五本第一折）；第十七图

"郑恒取亲"（画外题：崔老夫人娘家侄儿郑恒，下题：仁者能仁身里出身。纵然官上加官，谁许亲上做亲），出《西厢记》第五本第三折"卖弄你仁者能仁，倚仗你身里出身；至如你官上加官，也不合亲上做亲"（同上，第168、第179页），虽个别词语略有不同，但均是《西厢记》戏词，一定是《西厢记》对普通民众影响大，受影响读者见画稿凭记忆随手写出。剧中人物名字，偶见同音错讹处，如第一图法聪，讹为"法从"；第五图惠明讹为"会明"；第九图"写闲帖来往仝信"，"仝"字写法特殊。这些随意题句或可从另外角度解释为《西厢记》对普通民众产生较大影响，戏词流行是戏剧影响的重要表证。

6. 第十三图"老夫人知角"。董西厢卷一"大抵这个酸丁忒劣角"，弘治本"红娘献计策与生"图下"街上好贱柴，烧你个傻角"，王西厢第一本第三折"我不知他想甚么哩，世上有这等傻角"等语。"傻角"，王季思解为"谓人之不解事也"。山西李小强、王小忠《西厢记方言俗语注释本》，认为"傻角"是蒲州方言，有"笨蛋、傻瓜、呆子"之意，含有"爱、喜欢"的意思（该书第47页，中国文联出版公司，1997年），画稿"知角"一词，猜测不是讹写，或是"傻角"之反意，意谓"人之解事也"（结合画外题句"今日已来睄，明日已来睄，老夫人知道了"），"知角"应是当时习语，随意题句用此，足证画稿作者对早期《西厢记》版本娴熟。此图即为人熟知的"拷红"，老夫人身后屏风左右各有题诗，左题诗我没有识读出来，右题诗是王维《山居秋暝》前两句，王维是蒲州即今山西运城人，《西厢记》故事源于元稹《会真记》，王维在前元稹在后，《西厢记》题王维诗合情合理，可见画稿作者非常用心。闵寓五《西厢记》十七图屏风外题苏东坡《赤壁赋》，曾被蒋星煜认为不合时代，永福堂本的处理方式则没有出现这样的时空倒错。

三、价值

研究《西厢记》版本、传播和接受的著作很多（如蒋星煜《明刊本西厢记研究》、赵春宁《西厢记传播研究》、黄季鸿《明清西厢记研究》、伏涤修《西厢记接受史研究》等），惜因文献限制，尚缺实物发现。永福堂《西厢全图》虽是民间画工之作，流传于社会下层，但社会下层接受程度越高，越说明《西厢记》普及流传之广，越反映《西厢记》艺术魅力之大。

画稿如有刻版流传，则画稿价值要高于刻本，因画稿是直接创作，刻本是复制方式，但有刻本流传的《西厢记》插图，原始画稿保留存世的可能极低。永福堂本属直接创作，虽无刻本且是佚名之作，但画稿整体传达了许多《西厢记》传播的时代信息，在《西厢记》传播史上应具特殊意义。

明代《西厢记》版刻插图虽多，但多数依附剧本而作。（德藏闵寓五《西厢记套色插图》是独立画作还是剧本插图，学术界尚存争论。闵振声本是诗文与绘图汇刊。）永福堂本画稿由故事梗概、题诗再加十八图，依剧情完整叙述《西厢记》故事，剧中所有人物全部画出，单面独立表现故事情节（明早期版刻插图，因印刷技术局限，有双面接图现象，对画面整体感有影响，也破坏观赏效果），独立封面封底装订成册，已成创作的"连环画"（蒋星煜称为曲意图）作品，如将来确认可靠产生年代，对中国"连环画"起源也有研究价值。脱离剧本以绘画形式出现，说明《西厢记》故事已深入民间，是其传播中的重要文学史现象。

永福堂本构图与常见版刻插图多有不同，但无疑受早期各种版刻插图影响（我倾向于认为画稿作者更多参照钱西山康熙刻本《雅趣藏书》），如第十六图"草桥店梦见莺莺"构图与金陵继志斋本（万历）接近（万历起凤馆本亦类似，闵寓五套色图十七图构图略同），最后一图"状元第"与"玩虎轩本"（万历）插图相似（画稿下两只羊寓意吉祥，封三"喜鹊登枝图"明显仿《十竹斋笺谱》）（参阅董捷书第24、46、47、118页），其他构图则与已知《西厢记》版画插图全不重复。

画稿系毛笔白描，间有墨色晕染，以院墙、屋宇、屏风、树石为主要装饰元素，人物脸型男圆女长，体形男胖女瘦，画面以突出人物为主。画稿线条流畅，背景结构协调，画面人物喜怒表情突出，造型生动，虽是民间画手，但具艺术水准。

目前，已知明代《西厢记》版刻插图，除弘治本在北京刻印外，所有版刻多出自南人，"西厢"故事发生在山西永济，而北人版刻插图极少见，此画稿出现似可弥补这个空缺。如将来画稿产生年代得到学术界认可，可独立影印成册公开印行以保存史料并壮《西厢记》研究声势。

(原载"古代小说网"2022年8月30日)

新见清抄本《琵琶记》绣像

本文所称的《琵琶记》，专指《成裕堂绣像第七才子书琵琶记》。绣像，指抄本前无名作者手绘图，简称"成本绣像"。此抄本长二十三厘米，宽十四厘米，线装一册，绵纸，残本，原抄本册数未知，现存首册，在我处，清抄本。

《琵琶记》是中国古代戏曲经典。凡与经典相关的器物和文献均与此经典的形成与传播相关，"成本绣像"，虽无名作者，但具研究价值。经典形成后，具名成文文献基本穷尽，无名民间文献或可一见，此为寻索戏曲经典史料之新方向，也是扩大戏曲文物范围的新思路。

清初毛声山评《琵琶记》出现后，坊间翻印众多，流传极广。目前，已知版本约有《绘风亭评第七才子书琵琶记》，映秀堂刻，后有三多斋、龙文堂翻印本；《镜香园传奇第七才子书》，天籁堂刻，后有聚锦堂、三益堂翻印本；《槐荫堂绣像第七才子书琵琶记》，后有石室山房翻印本；《琴香堂绣像第七才子书琵琶记》；等等。

清康雍间,《芥子园绣像第七才子书琵琶记》以巾箱本加绣像形式,翻刻《绘风亭评第七才子书琵琶记》,后又有翻刻《成裕堂绣像第七才子书琵琶记》流行,有金阊书业堂、经纶堂、英德堂、文盛堂等多家翻印本。周越然在《言言斋古籍丛谈》中指出,芥子园本和成裕堂本均是重刻绘风亭本。芥本和成本同年刊刻,孰先孰后,学界认识不一,但两本同出一源应无疑。有个细节是两本版式虽略有不同,但书牌均写"绣像",而内页标题却都是"绘像",封面题目与内页标题不同,足证其一必是模仿之作。有学者认为芥本成本之上,或另有"课花书屋"最早刊刻本,但目前未见实物(文革红《清初小说坊"课花书屋"考》,《文学研究》2020年第六期)。芥本影响似不及成本,比较而言,流传广泛和稳定的应是《成裕堂绣像第七才子书琵琶记》,书贾多以此本翻刻,至民国初年石印《琵琶记》,尚多以此为底本,日后或有其他翻刻本再现,亦在情理中。

《成裕堂绣像第七才子书琵琶记》为巾箱本,小巧便利,成本低廉,易于流传。另有四十八幅版画置于书首,引人入胜,增加阅读趣味,如程士任书前序言所说:"裁作袖珍,别出绘工,另开生面,展玩周旋。"广陵书社编《琵琶记版画图录》认为"本书插图绘图简单,刻工较粗,但风格有特色"(该书第33页,江苏古籍出版社,2003年)。

一般来说,无名明清小说戏曲抄本还并不鲜见,此类抄本与学术稿本过录,略有不同,即多以无名抄手依刻本抄录,以阅读为首选目标,多以文字为主,即令原刻本有插图,向以省简为原则,只录文字,略过插图。毕竟会写字的多,能画图的少,有手绘插图的清抄本相对难见。

"成本绣像"在常见戏曲抄本中或为特例，它依《成裕堂绣像第七才子书琵琶记》刻本抄写，所有插图依原样过录，但中国版画艺术有其独特工艺，许多细节似无法用一般线描绘画手法仿照，所以在依样过录中，绘者如何改变原图，常常可见对原作的理解及判断，过录原图的增减过程，可反映一般民众对原作的理解程度，这种理解中包含对原作的不满或认同，也是研究《琵琶记》阅读接受的一个实例，大体来说，去原图越远，越具研究价值，因差异是阅读接受心理活动的具体反映。

抄本产生的动因，一是原刻本昂贵，虽易得，但受制于金钱；再是稀见，虽有钱亦难得；三是完全出于趣味和喜爱。"成本绘像"虽仅见一册，但抄写工整，全册半页九行，每行二十二字，行楷字迹端正流畅，从前到后，笔迹统一，应是对《琵琶记》极为喜爱之人所为，足证《琵琶记》艺术魅力之大，连图带文过录，非至爱难以持续。众多《琵琶记》刻本中，选择带图《成裕堂绣像第七才子书琵琶记》过录，虽不排除抄手恰具写绘特长原因，但选择本身即是对此本的一种评价，在《琵琶记》传播史上具有启发意义，今后如类似实物发现越多，越可证明何种《琵琶记》版本在流传中影响之大。以往对此本在《琵琶记》传播史的地位似较少留意，早期黄仕忠《〈琵琶记〉研究》、金英淑《〈琵琶记〉版本流变研究》，均未涉及，后期才引起他们的重视。

成裕堂刻本多为巾箱本，开本决定处理插图难度，刻本原图构思及最后完成方式是一图一咏，此对巾箱本而言有点为难。明清大幅版画插图处理方式多为跨页对接，如环翠堂《西厢记》《鼎镌陈眉公先生批评西厢记》等，但古书装订形式是单页对折，最终效果是单面背靠背双页（即筒子页），所以只宜在对页连接时完成，也就是说在一张单页上完成复杂画面比较困难，所以多选跨页方式，而跨页有接缝和对接问题，折页装订稍有错位，即影响视觉效果。

一图一咏的最佳方式是图咏在同一页面，如《金批第六才子书释解》那种，便于对照观察，画面与文字形成互补说明关系，对现代印刷这已不是问题，但雕版时代，一般民间刻书，还不易做到，因开本阔大，会增加印刷成本，影响广泛流传。

成裕堂刻本处理方式是一面图一面咏，单页对折背靠背形式，即先见图，翻页再见咏，缺乏阅读时画面及题咏同时入眼的感觉，稍不留意，还会左右错乱，事实上影响图咏帮助阅读理解原作的效果。

"成本绣像"抄本尺寸大于巾箱本约一倍，抄手用上图下咏方式处理。页面上部约三分之二为图，下部约三分之一为咏，图咏在同一页面，同时入眼，不会错乱，依阅读效果判断，应是较佳处理方式。抄手虽原书照抄，但没有墨守成规，虽非首创，但恰当处理了图咏关系。

成裕堂刻本每图题目，将原作四字标题，缩为两字置于书口，此为当时版画处理习见方式，如映秀堂《绘风亭评第七才子书琵琶记》，也是标题在书页对折处，书口易磨损，且需错位始见，如初次接触《琵琶记》，不便理解图咏关系。

"成本绣像"，每图标出题目，全用原作旧称，从首图"高堂称庆"至尾图"一门旌奖"，共二十四题，同页上题下咏两图，一目了然，节省篇幅，又便于理解原作内容，使《琵琶记》的接受更为便捷。插图标题，在明清小说戏曲版画中虽有前例，但如何选择，尚见抄手匠心。

"成本绣像"全用墨笔白描，造型简洁，比例谐调，准确生动，构图虽不出原作思路，但并非原样照抄，间有抄手自己创意。如"高堂称庆"，原图蔡伯喈和五娘站立地面，现二人对坐桌边，抄手将背景设为传统中堂，背景悬挂书有"虎"字的条幅，两旁对联上书"屋静何仿小，花香永在中"，为常见刻本插图所无。

"丞相教女"，原图四人，父女而外，另有两个站立丫鬟，现为屋内父女对坐，无外人，似更合情理。

"媒婆议婚"，原图屋内，现在院墙外，墙面背景突出。

"强就鸾凰"，构图思路大体相似，但"成本绘像"突出背景，中堂条幅书《诗经》改句："摽有梅其实叔女 中心好逑其吉兮 蔡□□恭候 花烛之喜"，下有"天地君亲师"牌位，旁边左右对联书"此日芙蓉残并蒂，他年鸾凤贺首翔"，对联左右书"状元及第，一品当朝"，体现抄手对《琵琶记》这一主题的认识，反映当时读者对《琵琶记》主题的理解。

"代尝汤药"，原图为公公坐在桌前，五娘桌旁捧药，现为公公病卧床榻，五娘床边捧药，画面简洁，主题似更突出，更富于表现力。

"宦邸忧思"，原图突出庭院中树石，人坐庭院中，形象极小，但现图人物突出。有趣的是人物旁的屏风上，抄手还留了一行字"仿董北苑 拟八十老人□□"，董北苑即五代名画家董源，推测抄手曾有习画经历。

"祝发买葬"，原图为五娘在窗口剪发，画面突出屋宇竹石，人虽居中，但比例很小，现图为五娘坐在家中床前剪发，头发长而密，面部表情悲戚，主题更为突出。竹帘门左侧方框内，抄手另录程灏《春日偶成》诗

"云淡风轻近午天傍花随柳过前川时人不识余心乐将谓偷闲",因空间填满,未抄完。

"书馆悲逢",构图思路相近,但画中门额上另加"凝瑞"二字,画面人物,突出了门外的丫鬟。

"成本绘像"仿版画插图,画面感自然与原作多有不同,此为版画与线描视觉效果差异。明清戏曲版画为追求画面整体效果,常以突出环境为主,对树木山石屋宇等景物造型,非常用心,而对人物刻画稍有疏忽,这也是读者常感觉明清版画人物造型单调雷同的原因。版画的主要方法是刀刻,易于突显线条或方正格局的景物,但仿照版画而来的线描,抄手只能在人物造型上用力,对环境的刻画较为简单。"成本绘像"抄手,长于人物,所以笔下人物生动,而题咏画中,器物或花卉造型,似较粗糙,与原图相较,虽有变化,但少灵动。

《成裕堂绣像第七才子书琵琶记》题咏部分,原图题词是原作所有,但题词书写,系出自多人,为求多样,字体不一,真草隶篆交替出现,此为明清版画插图中习见,为画面装饰效果而忽略一般读者的接受要求。"成本绘像"题词,全图笔迹统一,行楷抄录,未依原刻字迹,便于识读,易于读者接受,不失为《琵琶记》传播的明智选择。

"成本绣像"全图出现,为今后研究《琵琶记》传播的多样性及版画模仿可能产生的阅读效果,提供了民间实物,所以有必要全图印出,以利研究者观察。可惜原抄本中夹有带色纸样,久而久之,晕染抄本颜色,影响了后面两图的效果。

(原载"古代小说网"2022年7月23日)

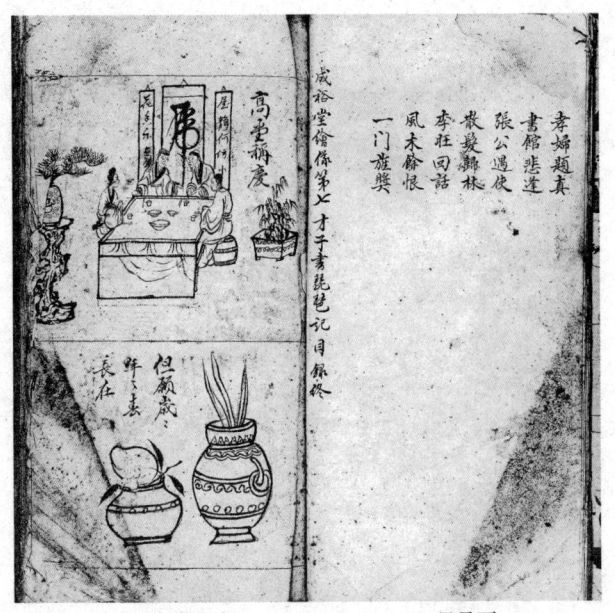

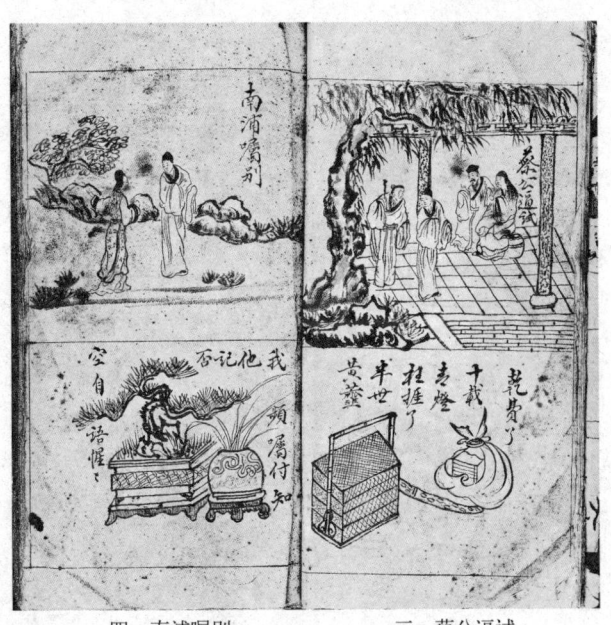

二、高堂称庆　　　　　一、目录页

四、南浦嘱别　　　　　三、蔡公逼试

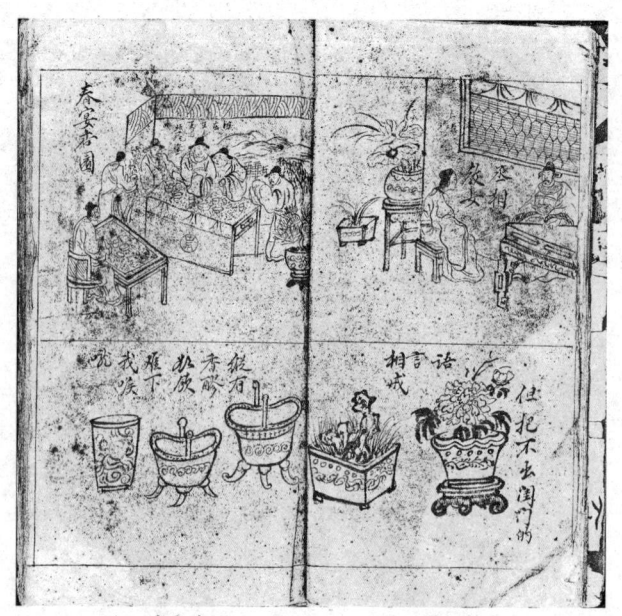

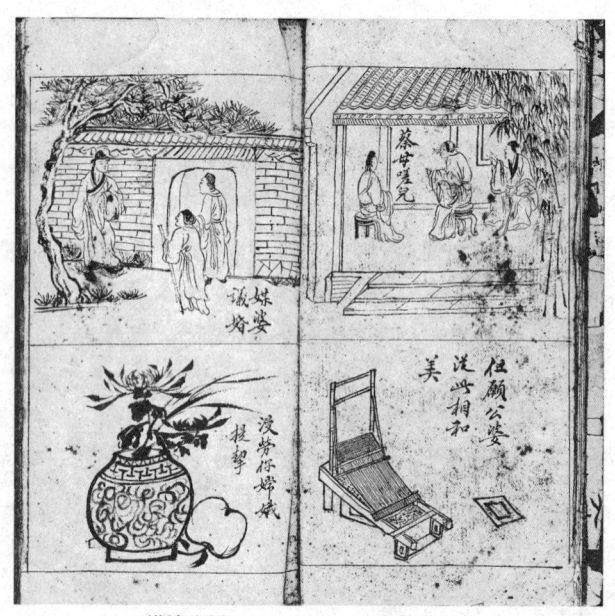

六、春宴杏园　　五、丞相教女

八、媒婆议婚　　七、蔡母嗟儿

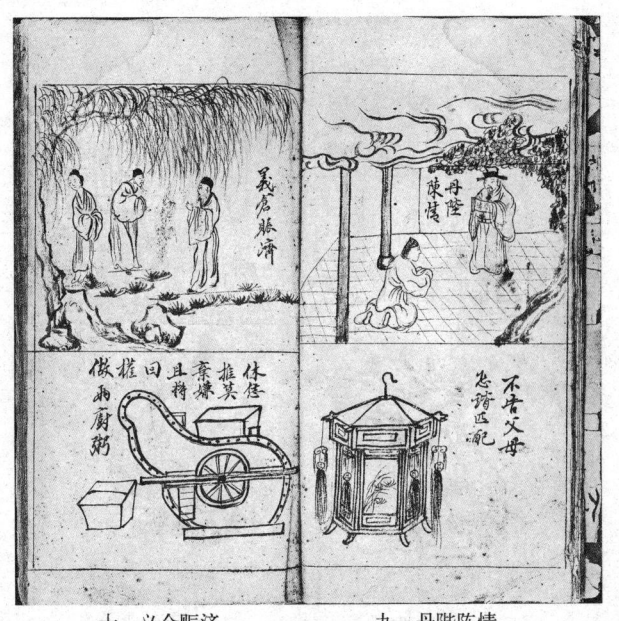

十、义仓赈济　　九、丹陛陈情

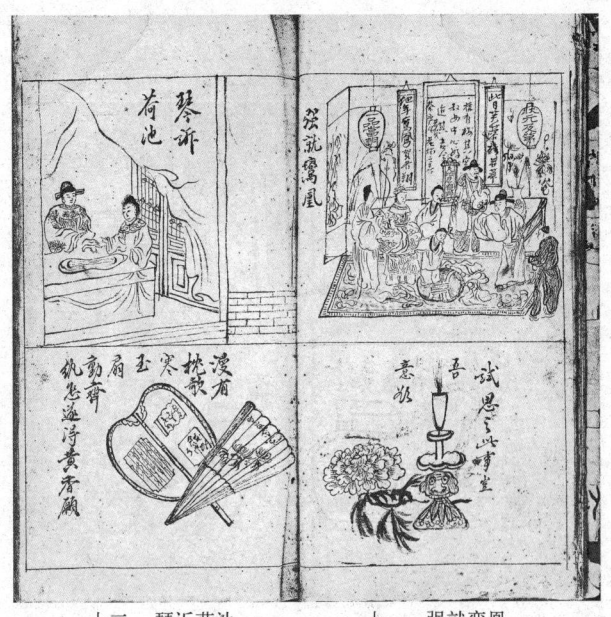

十二、琴诉荷池　　十一、强就鸾凤

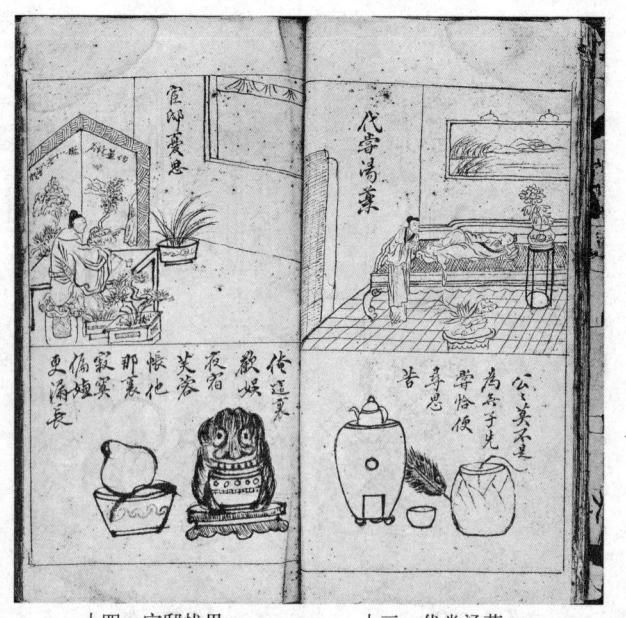

十四、宦邸忧思　　十三、代尝汤药

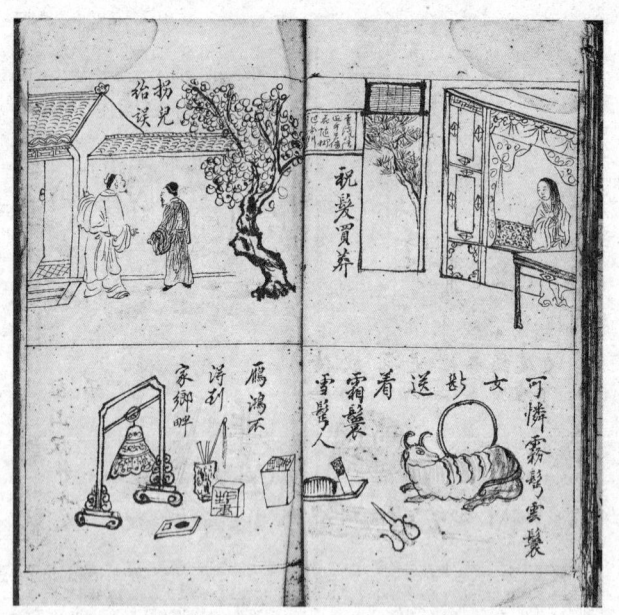

十六、拐儿给误　　十五、祝发买葬

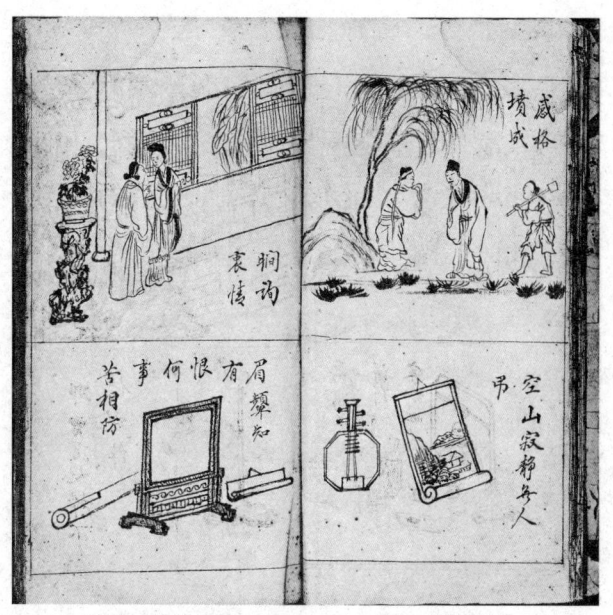

十八、睏詢衷情　　十七、感格坟成

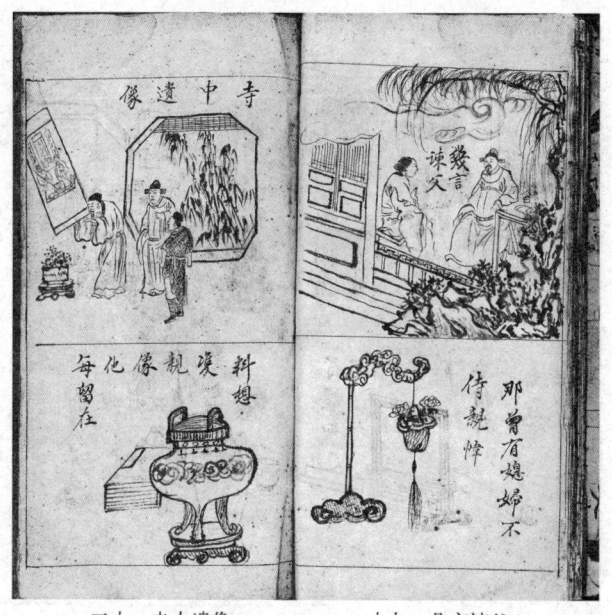

二十、寺中遗像　　十九、几言谏父

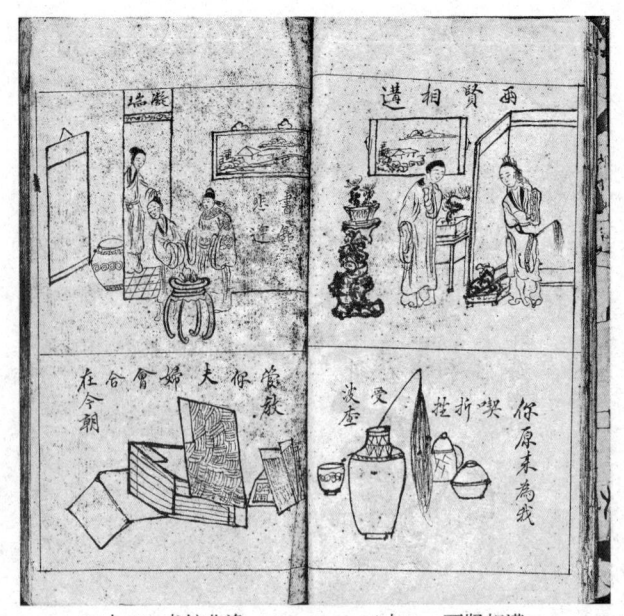

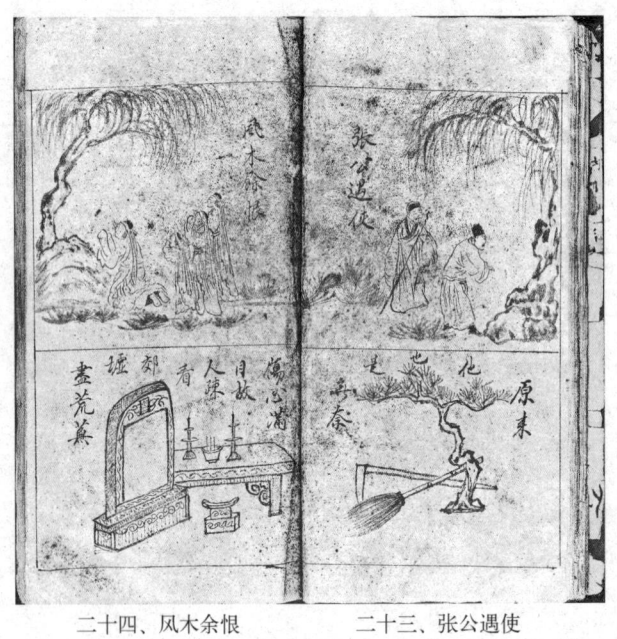

二十二、书馆悲逢　　二十一、两贤相遘

二十四、风木余恨　　二十三、张公遇使

醉耕堂會像第七才子書卷之一

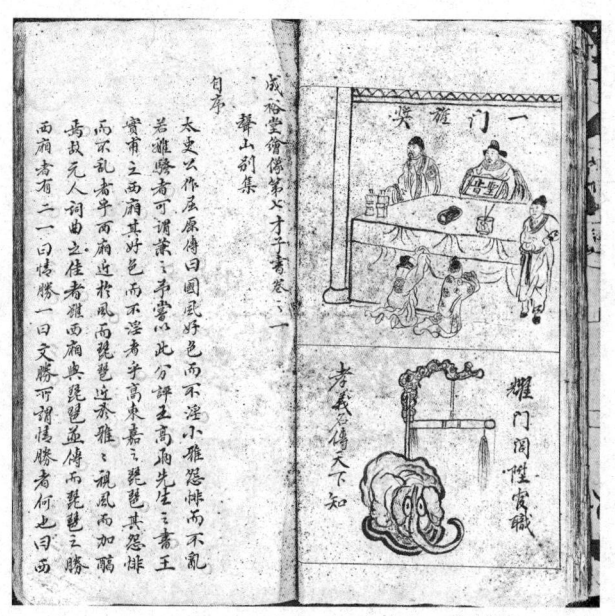

聲山別集

句序

太史公作屈原傳曰國風好色而不淫小雅怨誹而不亂若離騷者可謂兼之予嘗以此分評玉茗堂先生之牡丹玉茗有之西廂其好色而不淫者乎高東嘉之琵琶其怨誹而不亂者乎而琵琶近於風而琶琶之視風而加離而琵琶之琵琶亦不如之佳者雅而琵琶亞傳而琵琶之勝西廂者有二一曰情勝一曰文勝可謂情勝者何也曰西

稀见宝卷经眼录

1957年,著名古文字学家张颔先生在山西太原《火花》杂志第三期发表《山西民间流传的"宝卷"抄本》,此文是1949年后少见的关于宝卷研究文字,已成宝卷研究中的经典。张先生在文中列出了他早年在山西介休调查宝卷抄本的情况,共列三十一种宝卷名录,此即中国宝卷研究界熟知的张颔宝卷存目,以下简称张目,这三十一种宝卷的详名如下:

1.《琵琶宝卷》
2.《扇子记宝卷》
3.《洗衣宝卷》
4.《颜查散宝卷》
5.《慈云宝卷》
6.《牙痕记宝卷》
7.《金锁记宝卷》
8.《秦雪梅宝卷》
9.《玉美人宝卷》

10.《空望佛宝卷》

11.《白蛇宝卷》

12.《玉鸳鸯宝卷》

13.《水湿红袍宝卷》

14.《红灯记宝卷》

15.《二度梅宝卷》

16.《滚钉板宝卷》

17.《白马宝卷》

18.《王员外休妻宝卷》

19.《蜜蜂记宝卷》

20.《白玉楼讨饭宝卷》

21.《双喜宝卷》

22.《黄氏女看经宝卷》

23.《手巾宝卷》

24.《沉香子宝卷》

25.《红罗宝卷》

26.《香罗宝卷》

27.《忠义宝卷》

28.《双钗记宝卷》

29.《八宝珠宝卷》

30.《目莲救母宝卷》

31.《莲花盏宝卷》

山西大学中国鼓词宝卷研究中心，经过多年寻访，在张目基础上，又访得六十四种宝卷，其中十五种与张目重复（李豫《山西介休宝卷说唱文学调查报告》，第35页，社会科学文献出版社，2010年）。近年来，车锡伦、尚丽新对张目也略有补充（尚丽新、车锡伦《北方民间宝卷研究》，商务印书馆，2015年），但还有一些宝卷未见真实文本。

中国宝卷存世情况非常复杂,目前,已知几种宝卷目录,如傅惜华《宝卷总录》、胡士莹《弹词宝卷书目》、李世瑜《宝卷综录》和车锡伦《中国宝卷总目》等,所编宝卷目录均非卷卷依文本实物编纂(卷卷经眼在事实上极难做到),这样,在宝卷研究中经常会有见目而不见物的情况。

张目有一个明显特点,即全部是民间故事宝卷,此点和同年发表的另一篇宝卷经典文献李世瑜先生的《宝卷新研》恰好相反,李先生着眼点在宝卷与秘密宗教的关系,他认为宝卷正宗应是宗教宝卷(《文学遗产·增刊》第四辑,第165页,作家出版社,1957年),而张先生多考虑宝卷的文学性。

我因在太原多年,对介休宝卷稍有措意,购得过几十种宝卷抄本,现略作介绍,以为张目物证。

1.《蜜蜂记宝卷》

张目第十九《蜜蜂记宝卷》,山西大学中国鼓词宝卷研究中心未收。车锡伦《中国宝卷总目》著录此宝卷三种,多为河西宝卷,其中清咸丰五年抄本一种,民国上海惜阴书局石印本一种,新抄本一种(该书第181页)。

《蜜蜂记宝卷》又名《蜜蜂计宝卷》,因宝卷中有董妻吴氏设计,涂蜂蜜上身,故意招蜂,求董良才助力逐蜂,制造良才调戏后母的情节,"计"似较"记"更为贴切。尚丽新《北方民间宝卷研究》中单列"经眼北方宝卷提要",依《中国宝卷总目》介绍,但也未涉及介休宝卷中的《蜜蜂记宝卷》。

我在介休旧书店曾得《蜜蜂计宝卷》抄本一种,应是张目中所列《蜜蜂记宝卷》,可惜全卷后半部缺损,只得全卷之大半。此卷长二十九厘米，宽二十四厘米，略有几处残破，为介休宝卷抄本习见的账簿式，宝卷抄本中缝写"黄金万两，一本万利"，封面有"大清宣统三年拾月吉抄"字样，另贴红纸"原平常灵秀"，应是抄本拥有者后贴。

《蜜蜂计宝卷》源出清代储仁逊同名小说，主题是中国古代文艺作品中最常见的"后母黑心遭恶报"，故事情节陈旧，叙述模式化，尚未摆脱旧小说借神力转换叙述困境的俗套。《蜜蜂计》在晚清民间流传很广，各种鼓词及地方戏曲均有改编，虽细节依当地生活习惯多有改篡，但主要情节不变，基本是后母设计害前妻儿子，儿子历经磨难，遇贵人相助（通常不脱旧小说公子落难中状元，私订终身后花园窠臼），恶人得恶惩，好人得好报。

介休《蜜蜂计宝卷》情节全仿原小说，不脱传统宝卷基本形式，但对旧形式已进行多种改变，传统形式中佛教仪规如"举香赞"一类相关套语已全部删除，明清宝卷中常见的词牌套曲如《莲花落》《哭五更》《浪淘沙》等，也未出现，宝卷完全借用章回小说"回目"形式，不再用"分""品"分节，正文以十字句为主，间以七字句韵文，故事情节偶用散文说白形式推进。十字句中多见介休方言，如"倒运、扑闹、管交、壁厢、越发、光油油、欲待要"等。

此卷形式似须特别注意，宝卷发展后期，传统宝卷为适应时代需求，已大体向章回小说方向转变，唯一不变的宝卷叙述方式，即十字句。1957年，李世瑜先生在《宝卷新研》中曾指出，一般宝卷都以十字句形式为主体，每品之中别的形式都可以没有，但不能没有十字句韵文（《文学遗产》增刊第四辑，第170页，作家出版社，1957年）。也就是说，有十字句形式的文本即可视为宝卷，无十字句形式的文本，则不能再视为宝卷了。上海惜阴书局石印本《绘图蜜蜂计宝卷》，虽保留传统宝卷开卷及结卷形式，但却以七字韵文为主要叙述方式，全卷已不见十字句。

陈寅恪在《论再生缘》中认为："然观吾国佛经翻译，其偈颂在六朝时，大抵用五言之体，唐以后则多改用七言。盖吾国语言文字逐渐由短简而趋于长烦，宗教宣传，自以符合当时情状为便，此不待详论也。"（《陈寅恪集·寒柳堂集》，第71页）陈寅恪同时指出，白居易《新乐府》则改用七言，且间以三言："蕲求适应于当时民间历史歌咏，其用心可以推见也。"陈寅恪又说："至乐天之作，则多以重叠两三字句，后接以七字句，或三字句后接以七字句。此实深可注意。考三三七之体，虽古乐府中已不乏其例，即如杜工部《兵车行》，亦复如是。但乐天《新乐府》多用此体，必别有其故。盖乐天之作，虽于微之原作有所改造，然于此似不致特异其体也。寅恪初时颇疑其与当时民间流行歌谣之体有关，然苦无确据，不敢妄说。后见敦煌发现之变文俗曲殊多三三七句之体，始得其解。"（《陈寅恪集·元白诗笺证稿》，第125页）

结合陈寅恪的论述，可知宝卷主体的三三四韵文句式，"重叠两三字句"后接四言，已是古老体式的稳定形式，是古老的"民间流行歌谣之体"。七言对韵的要求更高，也稍繁复，远不如四言简洁上口，易于写作，易于口头表达，易于记诵。宝卷多出民间艺人之手，十字句形式的凝固，应是创作实践的经验总结。

《蜜蜂计宝卷》前有一则《告白喧卷序》，虽有残破和多处字迹漫漶，但大体意思尚可理解，可视为宝卷传

播过程中难得的一则史料,抄出如下:

告白喧卷序云

盖闻世俗之态,莫过散心之事,一乐也。夫物生于中央,配合三才而得山川之秀,称为万灵之首者,人也。清浊贤愚不等,喜恶爱欲,种子亦不一。但我辈所好者,卷也。卷亦即戏乎?戏即卷乎?然亦必须待其期,临时咏读,须当心门户,提防无端不仁之人而已矣。又当借人之典欲讴者,正在我辈所好,既好必生爱,爱必知借者,真称吾友人也。唯鲁莽灭裂之人,颇能诵之,视之而不知借之爱之意,以致火燎、揉搓、卷角摆此(掰扯)等弊,往往置内字句有此无彼,实不思个中□□□□□□笔之甚艰,非是哉,更兼乱转胡传,久之日深,存落何处,以致纸废撕裂,合门自为衲手,□□□□□□□,必果有斯人否?亦未必竟无斯人,凡君子观之裕之赠之,以备主人应手,遇倘有友转借,交还原主,令其再取,有何不可治矣,有始有终,不亦快哉乎!

2.《佛说书囊记破镜重圆贤良宝卷》

张目第二十《白玉楼讨饭宝卷》,目前,介休宝卷还未发现实物,《中国宝卷总目》只著录段平藏本一种,此卷河西宝卷中常见,有多种别名,如《玉楼宝卷》《苦节宝卷》《苦节图宝卷》《张彦休妻宝卷》等(尚丽新、车锡伦《北方民间宝卷研究》,第438页)。

我搜集的介休宝卷中有一册《佛说书囊记破镜重圆贤良宝卷》抄本,细读内容,发现此即《白玉楼讨饭宝卷》,宝卷中常见同卷异名现象,今评剧有《书囊记》,鼓词和说唱本也常见《书囊记》故事。

此宝卷长二十四厘米,宽二十九厘米,四十六个筒子页,前后完整,全名《佛说书囊记破镜重圆贤良宝卷》,全卷保留传统宝卷形式,十字句为主,说白加七言韵文,偶用曲牌"莲花落"。宝卷流传中,卷名有"佛说"二字抄本,相对较早,初步判断应为清抄本。宝卷流传,卷名越往后越简,此本"开卷"有"诵心经、举贤赞"及"贤良宝卷,法界来临,诸佛菩萨下天宫,因为度众生,费尽心情,脱苦离凡笼"等语,依然是传统宝卷完整形式。早期宝卷常用开卷套语保存完好,如:

香云盖菩萨摩诃萨　　合三声
贤良宝卷才展开,诸佛菩萨降临来
天龙八部生欢喜,保佑大众永无灾
各人诚意用心听,一口齐声念世尊
现在父母增福寿,过去先亡早超生
保佑各人无灾难,合家大小保平安

卷中白玉楼被赶出门前唱"哭五更",诗曰:

玉楼离家苦伤情,夫妻何日再相逢
不明奇冤何日报,土地堂内哭五更
一更里,好孤凄,想起丈夫泪双垂,你怎忍心把我离,一时糊涂休我去,休我去,我得天呀,未知你也气不气

二更里,好伤情,赶我出门狠了心,奴家饿死还罢了,你有好歹谁问你,谁问你,我得天呀,玉楼苦命投奔谁

三更里,睡朦胧,梦见丈夫秀才人,他说你妻冤枉

事,一时不明该悔心,该悔心,我得天呀,你既后悔不来寻

四更里,好悲伤,这场奇冤有青天,想是前生造下罪,今生受这苦贫寒,苦贫寒,我得天呀,误中他说有奸情

五更里,天明亮,想起丈夫泪不干,恩爱夫妻活拆散,有朝一日把仇报,把仇报,我得天呀,割你的舌根挖你的心

白玉楼讨饭,打"莲花落"前,有诗:"万般出在无机奈,含羞去打女莲花。"曰:哄动街前男共女,舍些饭菜舍残茶",结卷语:

  闲无事,将卷宣,念上几本
  不赌小,不惹气,看看古人
  念卷人,要小心,茶水油灯
  谨提防,小孩们,撕坏经文
  用心机,抄这卷,交人供念
  念完了,即送与,原方收存

依据这些特点,可知张目《白玉楼讨饭宝卷》前,尚有《佛说书囊记破镜重圆贤良宝卷》抄本流传,此卷结语中多出现"宣卷、念卷"等介休宝卷中常见用语,再结合卷中方言判断,《佛说书囊记破镜重圆贤良宝卷》应是同类宝卷的早期抄本。

宝卷故事发生在明朝万历年间苏州府昆山县,有张忠娶妻白氏,生子名张彦,舅舅白有智生女白玉楼,自小许配张彦,亲上加亲。白氏和玉楼每天讨饭供张彦读书。不幸家里长辈先后去世,张彦无心读书,受到玉楼

责备，后玉楼每天讨饭供他读书，还为他绣了书囊，一边绣的是状元三及第，一边绣的是鲤鱼跳龙门，张彦爱如珍宝。

张彦寡婶李氏与邻居周三通奸，被玉楼无意撞见，李氏怀恨和周三合计陷害玉楼。周三过玉楼门前，故意大声说亲热话，让张彦听到，以为玉楼和周三有奸情，当晚即将玉楼赶出家门。玉楼沿街讨饭，对张彦一片真情，感动了观音，托梦给张彦。张彦寻到观音庙中，不但不认错，还打了玉楼。周三知玉楼在观音庙中，怕张彦念夫妇之情回心转意，又生一计，谎说玉楼是自己妻子，家中无用度，将玉楼卖给他住店结识的朋友江夏。江夏将冻饿几死的玉楼用车推走，玉楼醒来不从，被江夏打得疼痛难忍，惊动了山神爷，放出猛虎将江夏叼走。

张彦回到家中，恰好撞见李氏和周三私通，但周三躲避及时，张彦无证。后想接玉楼回家，却发现玉楼已不在庙中，张彦寻玉楼到刘公船上，遇刘公女儿刘蕊莲，蕊莲见张彦，心生爱意，张彦应允，将书囊留下作证。蕊莲一心嫁张彦，几日不见张彦，以为张彦投江而死，大哭一场。

玉楼逃出深山来到宜制镇，恰遇总兵金老爷为女儿绣云抛绣球招婿，玉楼中彩却借口逃去，路上遇贼人赌博输钱，逼妻子为娼，玉楼心软，取一锭银子给他们，不料贼人见财起意，反劫了玉楼财物，玉楼感叹自己命苦，欲在林中自尽，被何九成救下，收为义女，给她一个丫鬟宜香。

贼寇飞天豹与金总兵对阵，张彦得了神传兵法，拿下飞天豹，他见飞天豹是个英雄，想结为兄弟，金总兵让张彦和妹妹结为夫妻。玉楼在何九成家，从何夫人王氏学画，一日梦见张彦生病，便接连去昆山县打听消息，玉楼思念丈夫，将自己遭遇画成画，玉楼临终前，将画托付宜香，玉楼下葬修真庵后院，王姑子将玉楼的画挂在房间。

张彦和金小姐结亲，因思念玉楼，离金家往江南寻妻，来到修真庵，王姑子让他借住。张彦在房中看见玉楼的画，又看见玉楼绣的书囊，知玉楼已死。观音老母念玉楼贤良，还她阳寿，玉楼回到观音庵，想起自己的画，忽听到张彦要到阴间寻玉楼，现了前生，讲了前因后果，两人破镜重圆。在金总兵指挥下，将周三、李氏打死，好人得报，皆大欢喜。

此卷较后来同类故事繁复，河西宝卷中的同类故事大多简略，许多细节已在传抄中改变，故事人物姓氏变化随意，唯主要人物白玉楼、张彦没有变化，此卷"书囊"是重要细节，但在河西宝卷中已非重要细节。早期宝卷在推进故事情节中，如遇情节障碍，多借神力完成，这个特点在宝卷流传中是一个慢慢消失的过程，越往后的宝卷，为增强现实感和真实性，借助神力的细节越少，也可以说，宝卷故事此类细节越多越是早期抄本，《佛说书囊记破镜重圆贤良宝卷》符合这个特点。

此卷介休方言痕迹明显，如"流平、落得、门庭、姑子、独自家、每日家、实指望、怒冲冲、竹篦则"，等等，尤其"流平"一词，原意"倒在地下"，一般只在山西方言中出现，此卷出现频率很高，如"无情大棍往上举，打的白氏地流平""银枪架开钢鞭去，一鞭打在地流平""悔不该，一脚儿，跌倒流平""跌一脚，把玉楼，踢倒流平""二人跪到地流平，拜谢空中众神灵"等，也可大体说明此卷的流传区域。

3.《莲花盏宝卷》

张目最后一种《莲花盏宝卷》，前述宝卷文献中未见提及，傅惜华先生所藏宝卷中也没有（吴瑞卿《傅惜华藏宝卷手抄本》，第 73 页，学苑出版社，2018 年）。我购得过此册宝卷，虽卷首缺 12 页，但大体完整，现略作介绍：

《莲花盏宝卷》为介休宝卷中常见方册本，长宽均为二十厘米，八十个筒子页，抄本文字粗率，应是流传于社会下层的普通抄本，时间约在清末。此卷在已知介休宝卷中算比较长的宝卷，体例已基本脱离传统宝卷形式，全卷以散白加十字句为主，偶出七字韵文，但已不是主要叙述方式，结卷为介休宝卷常见的十报恩格式。

《莲花盏宝卷》故事在清代流传很广，常见为《绣像莲花盏唱本》或名《说唱莲花盏》（铸记书局石印本，民国五年；上海昌文书局石印本，民国十九年），基本是传统小说样式，但未分章回；《新刊莲花盏四部》（清刊本）已分回目，散韵句式结合，宝卷经典句式十字句只偶然出现，今天推剧仍有《莲花宝盏》剧目上演，我还藏有一个民国抄本《莲花盏》，故事已大为简略，只保留基本情节，故事人名多同音重写，结构只是宣（十字句）、讲（散白）两种方式交换出现，应是根据"莲花盏"流传故事改编的一个宝卷变体本。

《莲花盏宝卷》故事曲折，引人入胜，故事虽不出中国传统小说、戏剧常见的才子佳人模式，但故事叙事生动流畅，虽由说唱故事改编而来，但宝卷主要叙述形式十字句运用自如，表现力很强。张颔先生曾在文章中赞赏，以为"轻松流利"。

故事发生在明朝万历年间，湖广襄阳府均州城，有一人姓柳名璜，娶妻李氏，生有一子一女，子名柳逢春，女柳孟雪，李氏早逝，续娶屠氏。柳逢春幼时与李员外之女李凤英结亲。柳公子上京赶考，在丹霞寺遇辽阳总兵之子薛琚，薛琚有二弟，一名薛琨，一名薛珩。时逢丹霞寺庙会，葛家滩葛甫臣之子葛虎是个好色之徒，仗势欺人，在丹霞寺见李凤英美貌，便想调戏。薛琚上前主持公道，打死葛家家丁，闯下大祸，要吃官司。柳公子束手无策，薛琚和他分手时，取一对祖传莲花盏交与公子。

柳公子往京师应试，路遇白云山狐狸洞仙女，缠住柳公子，公子不从，争执时仙女留下一条白绫汗巾。柳公子赶路借住一位老伯家中，此人陈玢，恰是他父亲当年结拜兄弟，曾见过小时候的柳公子。此时正为李员外照看宅院。狐仙女和柳公子别后，发现千年炼成的白绫汗巾丢失，想到柳公子一表人才，暗生爱意，便去追寻，一心要嫁公子，柳公子用白绫汗巾包那一对莲花宝盏，它的神力让狐仙女不能近前。

柳公子在李员外宅中读书，被李凤英和丫鬟春香听见，柳公子人才好，春香愿给凤英说合，凤英在后园窥见公子读书模样，也心生爱意。

葛虎在丹霞寺见过李凤英，知她是凤仙庄李员外之女，打听得家中只有凤英在绣楼上安歇，便来抢人，误将春香当凤英抢走，葛虎见不是凤英，十分生气。此时葛虎家丁精能出主意，伪造李员外当年借据，逼陈玢许亲还债，凤英无奈要寻死，情急之下，柳公子心生妙计，要陈玢家人暂避，留下莲花宝盏一对，说如有不测，交你女儿，以后对证。柳公子男扮女装顶替凤英到葛虎家。葛虎让妹妹葛瑞莲扶凤英上绣楼，春香认出柳公子，知是计谋。拜堂前，柳公子咬破舌尖，口吐鲜血，又打又闹，春香大叫小姐又犯病了，吓得葛瑞莲忙去告知他哥哥。葛虎知这是旧病，让春香和瑞莲先照顾小姐。春香看出瑞莲对柳公子有意，设计喝酒时将她灌醉成亲同居。

葛甫臣镇守函关玉峰山，刘金造反，葛虎弟弟葛龙战死，要葛虎前来帮助料理军务，葛虎行前想要成亲，问妹妹凤英病情，瑞莲说病还没好，葛虎不快，和妹妹翻脸，老夫人大骂葛虎不孝，催他赶快去函关见他父亲。老夫人良心发现，对瑞莲说，李家小姐不愿，你放他们走吧，瑞莲不敢，老夫人问柳公子，公子给瑞莲留下白绫汗巾，并当面以姐妹相称。

柳公子和春香往登丰县，路上遇险，春香被薛珩救下，薛珩、薛琨此时正占山为王。

柳公子来到兰家庄观音寺，遇到兰员外女儿翠娥、翠姣，回家见母亲龙氏。翠娥发现柳公子男扮女装，吟诗试探，私订终身。翠娥和柳公子在绣楼饮酒，龙氏发现，柳公子情急之下躲进一口描金箱里，恰有贼人下山抢劫，将箱子抢去。贼人恰是薛琨手下，分赃后欲把柳公子杀掉。春香被薛珩救上山来，薛珩妹妹素鸾，见春香红光满面，日后必贵，于是结为姐妹，见抢回的箱子里有人，好生奇怪，春香见是柳公子，忙去松绑，柳公子怀中掉下白绫汗巾包裹的莲花宝盏，素鸾发现，想此乃我传家之宝，一直在大哥身边，何以落入旁人之手？素鸾将莲花宝盏给哥哥，薛珩说，一对宝盏在大哥身边，如何在此？素鸾细说缘由，薛珩知情，劫法场救出柳公子，后让素鸾、春香与柳公子结为夫妻。

柳父柳璜外出做生意，家中屠氏不贤，虐待女儿柳孟雪，孟雪想寻短见，到刁家湾求救于姑姑，姑父刁七赌钱欠债，见孟雪来到，想卖她抵债，孟雪听到，连夜逃出去寻大哥。柳父生意失败，回家路上又被强盗打劫，连行李也被拐去，无奈困在一座庙中。葛瑞莲与公子别后，身怀有孕，母亲逼她寻死，瑞莲逃出家门，在庙中产下一子。柳父在庙中被瑞莲认出，父女相认。孟雪逃离姑姑家，也来到庙中，听到有人提哥哥名字，便去打听，见是瑞莲，叙过前因后果，一起见了父亲，父女三人哭作一团。炸油糕的王鸾来庙中寻驴，王妻善良，收他们在家居住月余，然后上京寻柳公子。

柳公子、春香和素鸾一起赴京赶考。柳公子灯下读书，一阵阴风吹来，有个女子站在面前，柳公子发问，知是白云山狐仙女，她说因与相公有百日夫妻之分，愿指引相公好运。原来朝中国母中风，午朝内外发榜文，如有人治好娘娘的病，高官任做，骏马任骑。狐仙女说白绫汗巾已炼成无价之宝，用无根之水一杯将汗巾浸入，拧下汁水灌下，无病不治。相公如法揭榜，后果中状元，父子相认，瑞莲、孟雪，全家团圆。

薛家兄弟三人投了刘金大王，葛虎父子前去搬兵，搬来王玉林、王桂荣父女，王家本和薛家有旧，王桂荣原是谢康之女，后谢康遇害，在王家长大，谢康生前已将其许配薛琚，后薛家蒙难，又许了葛虎。葛虎闯入桂荣帐中欲行非礼，桂荣用计将葛虎杀死。

薛家兄弟和桂荣交手后，想去劫寨，趁夜色入王桂荣帐中行刺，被桂荣拿下，桂荣将自己心思说与薛琚，两人一拍即合，后将葛甫臣杀掉，归顺朝廷。

新科状元柳公子来函关见到薛琚，叙了别后经历，薛琚用计杀了刘金，朝廷大喜，赏他们衣锦还乡。翠娥自柳公子走后，茶饭不思。母亲龙氏急于让她嫁人，许下一富户隗不全，此人前锅后锅，还只有一条胳膊一条腿，龙氏后悔不及，翠娥也一病不起。隗家来抢亲，翠娥在轿里装死，被陈玢看见，收为义女。隗不全强娶翠娥不成，气死龙氏，又打翠姣的主意，翠姣表兄动手将隗不全打死，隗家告官，新状元柳公子接了状子，柳公子与翠娥相认。李凤英让翠娥取出莲花宝盏，讲了前后经历，柳公子与李凤英团聚，后将妹妹孟雪许给薛珩，将翠娥许给薛琨，薛琚和王桂荣合好，一起拜堂，又报了当年王鸾的恩，薛柳二家历经多次劫难，最后阖家团圆。

《莲花盏宝卷》由说唱故事改编而来，但结构紧凑，环环相扣，跌宕起伏，除白云山狐狸洞仙女及白绫汗巾借用神力外，其他故事情节都源于真实生活，虽多巧合，但合情合理，故事主题虽不脱积德行善、除暴安良等旧小说模式，但故事推进和人物描写都生动活泼，有一定的艺术感染力。

故事结构复杂，人物众多且关系错综交集，但叙述得丝毫不乱，这种故事头绪纷乱的处理，表现了较强的结构故事能力，这种结构的驾驭能力，说明宝卷编者对中国传统章回小说的叙述结构非常熟悉，从中借鉴了很多表现手法。

《莲花盏宝卷》中女性人物众多，但每人出场描写都不雷同，如李凤英出场，用十字句描写衣着：

> 身穿的，红绣袄，绣边打围
> 油绿袖，裤子儿，边胯销金
> 红裙袖，鸳鸯带，闪得好看
> 下罩的，三寸儿，小小金莲
> 大红缎，绣鞋儿，上绣蝴蝶
> 头包的，冰纱帕，罩定乌云
> 又带的，苏州吊，英雄宝簪
> 金镶玉，耳坠子，八宝妆成

写柳公子男扮女装，借旁人眼光观察，同样用十字句表现：

> 陈夫人，看见了，公子打扮
> 打扮起，比凤英，更强几分
> 头挽的，乌云妆，如同墨染
> 插两朵，金系花，罩定乌云
> 南京的，好官粉，搽在脸上
> 樱桃口，点胭脂，一点朱唇
> 身穿的，大红纱，衫子一件
> 天青氅，苫肩云，一色俱新
> 鹅黄纱，绣花鞋，下拖住地
> 只恐怕，脚步大，露出形容
> 小公子，自幼的，戴过偏坠
> 带一只，耳环子，上有微金

另外，《莲花盏宝卷》语言生动活泼，多山西方言，如"旱船、背棍、独自己、歇心、事法、流平"等，因宝卷多在社会下层流传，方言保存最为丰富，同时因为讲故事，方言使用也最为生动活泼，有人、有物、有场景，最接近真实语言环境，研究同一时期方言状态，宝卷是最好的方言语源。

4.《佛说八宝珠环宝卷》

《佛说八宝珠环宝卷》，小方册本，首尾略残，筒子页中缝间（因册未设边框线，也无书口）标有卷数，共为八卷。说白加七言韵文，十字句为宝卷主体。开卷为四句七言韵语：

> 青烟杳杳紫云现，永乐皇帝登金殿。

> 君明臣良清世界，天下百姓享荣光。

因卷尾缺损，不好判断结卷形式。宝卷凡托为明朝故事者，多为清朝宝卷，凡出"佛说"二字者，创作时间也相对较早。

故事出在明永乐年间，河南彰德府临彰县有个员外，本名张松，家富资财，年近半百而膝下无子。夫人陶秀英，通情达理，为保张家传宗接代，不与张员外商量，将王银匠寡媳平美容娶为二房，并让美容掌管家业，自己吃斋念佛。张员外开始不接受平美容，后在秀英劝说下，才与二房成亲。陶秀英贤良温顺，感动了观音老母，梦中让她吃下红莲一枚，坐胎怀孕，生子红莲保。

平美容为图张家财富，胡说陶秀英不守妇道，员外要向秀英下毒手，秀英道出梦中之事，员外才怒气消失。平美容在王银匠家生有一子，见秀英得子后，心生嫉妒，借孩子来家玩耍时，在包子里下毒，但苍天有眼，毒死的恰是她的孩子。为免官司，张员外用钱了结此事。平美容一心要害红莲保，和她弟弟赌徒平大中串通，在正月十五观灯时，骗走红莲保，将他推入河中，幸有水母娘娘出手，让洪朝奉救下红莲保，改名洪应龙。平大中系狱，在狱中给强盗银钱，诬陷张松和陶秀英弟弟陶龙两家窝赃，四人被关狱中。

平美容逃到表弟于老虎家，二人勾搭成奸，平美容在酒中下毒，害死于妻。平美容让于老虎拿钱打点衙役，救她弟弟平大中。彰德府新到巡按得城隍爷暗助，刀下留人，将四人死罪改判，流放云南三年，释放后沿街乞讨，无家可归，寄身卑田院。南海观音化身白鹦鹉到洪朝奉家中，将张员外遭遇告洪应龙，并说洪应龙和范阁老千金范金定有前世姻缘。后洪应龙男扮女装，被范阁老收养，化名兰花与金定私会，"手拉手，入罗帐，才把亲成"。二人分手后，洪应龙再赴汴梁城参加科考。范金定思念洪应龙，又女扮男装到洪家探访，知应龙已去应举。因发现自己身怀有孕，怕父母看破，范金定与丫鬟上京城寻夫，路遇劫匪雷同，要范金定做压寨夫人，金定在山寨生下小郎君。雷同妹妹雷秀贞是骊山老母徒弟，金定向她说出实情，秀贞劝弟弟放过范小姐。

洪应龙在京中了状元，得罪皇后充军云南，豆总兵见新科状元，将自己女儿许给应龙做第二夫人。洪应龙返家路上，又遇土匪铁角豹，要挖心剥皮，幸得土地爷来到，铁大王将女儿凤英，嫁与应龙当了第三房夫人。

洪应龙回到京城，永乐爷知云南有铁角豹霸占山林，要寻人领兵消平，贴出皇榜招选。雷秀贞女扮男装，改名雷保前去应考，被永乐爷点为头名状元并要招为驸马，秀贞无奈，对公主说出真相，公主与她结为姐妹，依然挂印出征。秀贞在阵前拿住铁凤英，后被范金定救下，范小姐在阵前遇洪应龙，应龙一时没有认出，小姐取八宝珠环对证，夫妻相认，金定道出别后实情。

雷秀贞回京城向永乐爷汇报，永乐爷将三公主许配应龙，洪应龙前后共有五房夫人。故事结尾，洪应龙得旨返乡祭祖，将昔日仇人平美容、平大中和于老虎一一惩罚，请旨皇上封赏父母及各位恩人。皇恩浩荡，好人好报，皆大欢喜，因果报应，善恶分明。

卷名《佛说八宝珠环宝卷》，源于洪应龙与范金定信物"八宝珠环"。宝卷有"八宝珠环，穿戴在身"，"我为你，曾发下，宏誓大愿，现有这，八宝环，穿戴在身"及描写范金定"我耳上，戴珠环，与你一只，回家去，领你父，央媒说亲"，"红莲保，接珠环，躬身使礼；范金定，拜两拜，关出门中"和"耳戴的，八宝环，万事如意"等语反复出现。

宝卷中张员外和陶龙系狱时，有"哭五更"唱段，乞讨时打"莲花落"，但这两种曲牌在卷中没有特别标出，只是在叙述中提及运用。

此卷故事结构类似于《莲花盏宝卷》，均是状元遇难得神力相助，遇土匪劫难，总有妹妹或女儿来嫁俗套。情节设置虽模式化，但神力在故事中只是故事转机的过渡逻辑，已较少具体描写假托天意神话的细节，宝卷中神话色彩的弱化是文学写实习惯抬头的表现，符合灵界神仙为现世人物取代的一般文学进化规律。

宝卷是进入印刷时代后特有的建立在宗教信仰上的写本文学现象，它在一定程度上保留了原始创作的特殊习惯，如稳定的故事结构、押韵的文词和带有戏剧元素的曲牌等。为吸引读者，广泛流传，故事必须环环相扣，将人生理想如荣华富贵、妻妾成群、连中三元等集中在一个人身上，文词要顺应地方习惯和抄写者爱好，必须大量使用口语和方言。

宝卷的一个持续创作主题是选择读者愿意接受的故事结构和认同的价值追求，在章回小说成为普通民众阅读主流前，至少在一定区域内，宝卷是影响民众思想和价值的主要艺术形式，它比戏剧来得更便捷，粗通文字即可自觉完成。

宝卷是中国正统文学在社会下层传播的主要形式，在长期的发展中，宝卷形成了自己发展的一个内在逻辑即繁复的结构，总是借神灵怪诞来推进，虽不无荒唐，但借此逻辑，有些较长的宝卷故事结构非常复杂，却能繁而不乱，此卷及《莲花盏宝卷》均有这些特点。陈寅恪研究弹词《再生缘》时曾注意到，中国文学作品"一篇之文，一首之诗，其间结构组织，出于名家之手者，则甚精密，且有系统。然若为集合多篇之文多首之诗而成之巨制，即使出自名家之手，亦不过取多数无系统或各自独立之单篇诗文，汇为一书耳"，至于中国小说，"则其结构远不如西洋小说之精密。在欧洲小说未经翻译为中文以前，凡吾国著名之小说，如《水浒传》《石头记》与《儒林外史》等书，其结构皆甚可议……不支蔓有系统，在吾国作品中，如为短篇，其作者精力尚能顾及，文字剪裁，亦可整齐。若是长篇巨制，文字逾数十百万言，如弹词之体者，求一叙述有重点中心，结构无夹杂骈枝等病之作，以寅恪所知，要以《再生缘》为弹词中第一部书也"（《陈寅恪集·寒柳堂集》，第67页）。陈寅恪一向认为，中国文学与其他世界诸国文学最大不同是"为骈词俪语与音韵平仄之配合"，因为"对偶之文，往往隔为两截，中间思想脉络不能贯通。若为长篇，或非长篇，而一篇之中事理复杂者，其缺点最易显著，骈文之不及散文，最大原因即在于是"。宝卷融合散文、韵文（十字句、七言）再加曲牌，集中国文学主要表现形式于一体，很能见出作者各方面的修养，最能体现作者叙事、议论和文词能力。

宝卷对中国女性多正面颂扬，除特定故事如后母、恶婆或少数嫌贫爱富之类外，对女性的态度多数平和，侠义女性或女扮男装的英雄形象时有出现。女扮男装应举或私会情人是宝卷中习见情节，暗含对女性不能科举或在情爱方面不能主动的反抗。对男女之情，宝卷叙事恪守中国传统，绝不涉淫亵，恰如陈寅恪评《浮生六记》时指出："吾国文学，自来以礼法顾忌之故，不敢多言男女间关系，而于正式男女关系夫妇者，尤少涉及。

盖闺房燕昵之情意，家庭米盐之琐屑，大抵不列载于篇章，唯以笼统之词，概括言之而已。"（《陈寅恪集·元白诗笺证稿》，第103页）公子小姐相会，一夜成亲有身孕是宝卷常见情节，但宝卷作者描写多以"手拉手，入罗帐，才把亲成"一句了结，如不细察，感觉情节难合情理。

5.《翠花宝卷》

此卷山西大学鼓词宝卷中心存清抄本，据尚丽新《北方民间宝卷研究》介绍，此卷上下两册，基本还是传统宝卷形式，结卷有偈及十报恩套语，还有插唱"莲花落"曲牌的内容。

我藏的《翠花宝卷》是一个小方册本，线装一册，卷首略残，其余完整。此卷车锡伦《中国宝卷总目》未著录，想是流传不广，但南方鼓词和弹词中有这个故事，民国上海槐荫山房书庄有石印本《新六美图男女状元张香保翠花宝卷》，还有一册《改良双状元张香保翠花宝卷》，应是同一个故事的不同流传形式。

我藏此卷封面有"道光十一年十一月"字样，封底有"念完早送，不可迟误"两句介休宝卷常见留言。此卷已是改造后的宝卷形式，只有长段叙述文字和十字句，其他传统宝卷中常见的程式都消失了，这证明宝卷在流传过程中，创作者或传抄者，并非一定要严格遵守传统宝卷格式，而是依自己习惯或顺应阅读者的喜好，自由改变宝卷形式，这并非宝卷尊严的完全丧失，而是宝卷脱离宗教宣传目的后一种自然演变，比如，结局部分已完全不用习惯套语，而是用说白叙述故事的最后结局，试看这个部分：

> 张香保见这光景，心中过意不去，将丈人请到后

堂，夫妻二人拜见。到了此日，将岳母请到衙门，母女相会，又悲又喜，香保又交人把王知县提到衙门，当面羞辱他一场，看在翠云面上，也饶了他，只把恶奴李旺问了边外充军，只有禁子阴有功恩情未报，在江南各处查问，原来阴有功削发为僧，在花山出家。张香保夫妻在花山拜谢阴有功当年救命之恩，就在本庙施了三千两银子，又打几日斋供，做了三天道场，次日起身，回衙门住了一年，差满进京交旨，在天子驾前求苦饶了李翰林、王知县，天子准奏，赦了二人死罪。过了几日，将孙尚书入阁，王知县、李翰林官发原职，封了班虎总兵，张香保封了吏部天官。后来李秀真、孙瑞珠各生三子，王翠云、乖巧、班眉各生一子，联登科甲，这是张香保母子妻妾家门良善之吉庆也。

长段十字句运用自如且有明显介休方言特点，如下面一段：

> 李翰林，听的说，香保巡按
> 只吓的，魂魄散，又把心惊
> 口里边，只把那，黄天所叫
> 到今日，我怎敢，去见他人
> 早知道，有当初，必有今日
> 才不敢，安歹心，爱富嫌贫
> 使心机，就把那，香保暗害
> 到如今，反害了，我的自身
> 把一个，亲生女，不知下落
> 每日里，花费我，许多金银
> 不住的，心胆战，又惊又怕
> 这都是，自己过，惹火烧身

他今日，在此地，做了巡按
一定要，雪了恨，把仇报明
势又大，权又高，把脸翻了
看我这，残生命，定活不成
到如今，早早的，寻了自尽
也免的，众街坊，说我不仁
有翰林，越思想，越发着急
不由的，泪珠儿，往正真倾
惊动了，一家人，奴才李旺
叫老爷，也不必，忧愁在心
状元来，接他去，不要害怕
你认真，也是他，结发丈人
见女婿，你就说，送了小姐
在京中，陪送了，两箱金银
把此言，就对他，细说一遍
大料着，王小姐，不肯言明
宽且是，老爷又，将他重托
未心肯，将机关，泄露于人
过一月，还有余，不见动静
一定是，张状元，信以为真
李翰林，说道是，这话有理
免不的，丑媳妇，要见公公
边忙的，带了些，金银盘费
同李旺，就起身，去接他人
在路上，打听的，巡按到了
就住在，扬州府，察院衙门
有文武，众官员，都递手本
李翰林，他也就，随了众人
夫妻俩，正然瞧，各官手本

内有付，院上写，李某眷生
翰林院，名李凤，顿首百拜
李秀真，一见了，是他父亲
叫状元，这件事，且让奴去
会一会，我父亲，体面之人
说罢话，穿戴起，传出话去
文武官，俱免见，单留翰林
就在那，二堂上，交去相会
有李凤，闻听唤，又喜又惊
跟着那，门上人，心虚胆战
到二堂，滴水珠，深打一躬
叫状元，我是你，岳父李凤
特来到，恭喜你，拜见自亲
李秀真，一见了，心中大恼
微微的，笑一声，就罢话云
你自称，是岳父，来此拜贺
你认的，你女婿，却是何人
你竟敢，无羞耻，言说此话
有何等，颜面目，来见我身
想当初，行万恶，心毒太狠
爱着富，嫌着贫，丧尽良心
你一心，要把我，谋害性命
谁知道，有青天，不肯伤人
早已知，当初时，有了今日
再不肯，安歹心，越礼而行
空读了，圣人书，不知礼义
害了礼，伤着天，败坏人伦
我已曾，奏过了，当今万岁
圣旨上，就传宣，交问典刑

忙吩咐，交传与，刽手知道
要斩这，无情的，缺义之人
门上人，闻此言，连忙传令
把一个，李翰林，走了真魂
连忙地，又膝跪，将头就叩
把状元，连忙地，叫了几声
悔恨我，当初日，自己行错
不住地，叫状元，把我宽容
免了我，李凤的，一力之苦
我自己，自死去，赴着幽冥
言把话，不住地，又将头叩
忽听得，堂后边，有人声音

宝卷发展后期，传统宝卷程式基本不再是必须保留的，尤其是开卷和结卷的老套程式，慢慢消失了。多数宝卷稳定的格式即是说白加十字句，七字句和五字句韵文也存在，比如，长篇弹词多以七字韵文加说白为主，长段五字句韵文已不常见，较多的是说白加十字句或只有十字句形式的宝卷。李世瑜先生将十字句视为宝卷最明显的特点，就是注意到了宝卷句式的独特性，其他句式借鉴中国传统诗歌而来，唯有十字句式，在其他中国传统文体中较少出现，尤其是长段的十字句。

十字句接近口语，有节奏又可自由押韵，特别适于汉语口语的表达。十字句有散文的叙事功能，也有韵文的凝练表现力，具备白话文的基本优点。陈寅恪先生论述韩愈和唐代古文运动起源时曾指出过，便于宣传是文体变革的动力。早期佛经翻译的十字句式即为便于信众接受和容易流传的选择，这个特点到宝卷繁荣的时代，几乎凝固成了一种经典句式。

6.《慈云宝卷》

车锡伦《中国宝卷总目》专门讲过这部宝卷,存世抄本、刻本及印本似并不稀见。此卷还有个别名《佛说刘吉祥放主逃生走国慈云宝卷》,此卷的明显特点是篇幅长,内中曲牌较多,有三十余种,张颔先生宝卷存目中也有此卷。车先生特别强调"吴方言区民间宣卷中未见演唱这个宝卷"(该书第246页,广西师大出版社,2009年)。尚丽新《北方民间宝卷研究》一书,介绍了现存中国社科院文学所的嘉庆八年积德堂抄本。

昔年我曾先得此卷第一册,大方册本,线装,封面有"嘉庆贰拾叁年新正立"字样,保存完好,可惜只有一册,仅见第一品到第三十三品,后又在同一家旧书店得两册,虽有缺损且非同一抄本,但两种抄本并在一处,可观此卷基本面目,卷前有题为《劝》的一段话:

劝

世曰:"可见人不可行奸恶,如行奸狡者,观天无眼地无耳,不能见闻,天须无目用智慧,地须无耳听的明,如人有恶不出做,老天自然知。须有善一念,何能躲过天瞎地聋。夫子曰:天作孽,还可违,自作孽,不可活,儿孙自有儿孙福,莫与儿孙争地屋,若是子孙无福禄,就是争下不能得。诗曰:善有善报,恶有恶报,若还不报,时辰未到,如若时候到,高飞不能逃。可见人害人,天不肯,天害人,自作文,诚然乎?画龙画虎难画骨,知人知面何知心。诗曰:天生圣人下天坤,则为众生不明性;人生天地间大事,孝亲敬长百行根;看经念佛皆虚事,根本则在身上寻;孝顺父母天加福,忤逆儿孙有祸升。"

慈雲寶卷全集

舉香讚

慈雲寶卷初展開　諸佛菩薩降臨來
天龍八部常擁護　保佑大地永無災
卻說須彌山邊有一金地國國王姓金名
八號曰元宗土后李氏與君同年並無太
子只有御弟各七裏王夫人劉氏年方二
十六歲也無子息單生一女名喚慈雲道
遙無窮勝如天堂朝朝酒筵夜夜笙歌思

《慈云宝卷》书影

这一段劝世文，或为宝卷溢出文字，或为抄卷人读卷感想，提前将宝卷功能用说理方式讲出，然后进入宝卷正文：

《慈云宝卷》中部重宣。诸佛圣祖降临凡，离合与悲欢，经卷总一般。南无香云盖，菩萨摩诃萨众和三声。长富者奸狡，资财必耗；贫者奸狡，一世淹寒；贱者奸狡，终身下流；老若奸狡，定无结果；少者奸狡，短寿夭亡；男人奸狡，诸人恨怨；女若奸狡，诸人骂不良；奉劝大众，常存克己之心，勿怀一偏之见，一心向善，早念弥陀，慈愍故，慈愍故，大慈愍故，信礼常驻三宝，皈命一切立佛僧，法轮常转度众生。

此部宝卷出在大宋天朝，祥宗驾下有一位亲王，信宠西宫，屈害正室贤妃，幸亏这位娘娘自幼敬礼三宝，身遭大难，观音菩萨寻声救苦，后又重生永寿庵内，隐姓修行，住持是他国母婆，二婆媳对而不能相认，因为背诵法华，便以待。遗下失母婴儿，受尽偏妃多少折挫，后来长至七岁，父亲征南，奸狡偏妃又要将他谋害，亏了位忠义内臣，杀侄放走储君，远奔他乡，又受尽无限苦楚，遇着一位年少走国，撮合妆官，隐姓埋名，私进汴梁，挂印南征扫荡反叛，半朝母子重逢，骨肉完聚。先祥宗宴驾，即位登基，忠义之人一封赏，奸妃死于乱棒之下，连母父兄一家俱正典刑。可见恶有恶报，善有善报，天理昭彰，一毫不错，奉劝善男信女，静听佛三宝，休使六贼惑乱，早证无上菩萨提。

此段文字后接一长段七字偈语，正式进入故事前，预告将宝卷梗概全部叙述出来。首句用"重宣"一词，此是佛教语，意谓说法告一段落后，用偈颂形式重复概括精义。

过了两年，我又在浙江衢州一家旧书店得到一册《慈云宝卷》，线装一册，常见古籍开本，完全不同于介休宝卷那样的方册，虽前后略有残损，但大体可看出整体面貌。我比较了两个抄本，大体判断应是清早期宝卷。

此卷完全是早期教派宝卷格式，故事只是叙述引子，全卷多是阐发佛教教义。此卷较介休《慈云宝卷》的长篇结构，已大为减缩，开卷为四句诗，可惜只残留一句"无上甚深微妙法"，后面是一段佛教仪式常见说辞，全卷七字句韵文，说白再加十字句，但十字句部分明显减少，全卷以二句七言韵文分节，每节后加一句"阿弥陀佛"，全卷回目如下：

文能安邦民安秦，武能护国□□□
人间富贵荣枯事，万般快乐我期缘
海宝千般未为贵，须献琼花酬母恩
为亲圣诞到琼林，花死根枯再得生
若改遇疾生智慧，多年枯花自放开
孝敬虔诚天赐福，上苍玉帝以知闻
不是这番亲蹈着，怎得琼花喷鼻香
得了琼花心中喜，花开需念仁孝君
莫道眼前无报应，阴司业镜不差分
世人戒杀持斋戒，方才报答母娘恩
朝中富贵实轩昂，母寿酬恩礼法王
斋戒勿少幽闲超，何必罔杀众生灵
湘王不信慈云女，打开花箱见分明
无弦琴上知音少，水上生水首者知
长空云散天一色，大地春回万象新

此时皇宫如胜会，逍遥自在合□□
踏得故乡天地稳，做个逍遥自在人
琼香得意回宫去，七湘王家□□□
石花电光难定限，速及修行早是迟
善恶到头总有报，只争来早未来迟
好个绝学无为子，弃舍皇宫入寺门
静思古往今来事，后天声价总成空
虚名万事水波雪，百年幻影雾成□
任君名扬于四海，难免轮回生死□
不贪皇宫多富贵，愿向空门作道人
世上万般皆下品，唯独禅门学道真
茅庵胜住黄金殿，麻衣胜挂锦袍□
从他四大都零落，其中另有一乾坤
天堂有路终需得，无心贪恋在宫门
锦绣罗衣都不愿，麻衣素服便登程
不知生死轮回事，梦中花哄过光□
此番声价不依稀，普化功同海岳齐
金星奉劝下凡人，护送仙童到帝京
千后易讨寻经纶，一将难求教外传
一片白云黄谷□，只怕琼香道短长
只因一笑生恶念，说出无天祸到临
在生用尽千般计，死后断断不饶人
伏望我王生愁悯，宽恩赦放女儿身
湘王心肠如铁石，不思骨肉痛伤情
只因琼香生毒计，可怜群主受魔煎
三寸气断咽喉上，一旦无常万事休
忽地无常难可测，痛哉群主已归阴
半夜岭头风月静，满山高树老猿啼
一超真人如来地，天堂地狱总无干

死中得活事非常，一轮浩月照千光
凡情脱不修真道，如今山旷月离明
既学空门赵释子，为法何曾惜自身
海宝千般未为贵，先求如意无价真
明去明来风月静，始终不断地狱门
有子万事都心足，更无余事贺太平
个中不劳愚寂竟，到头天晓自然明
未明有月皆成谤，明了无言亦不容
百年光景弹指过，人崩花谢一场空
从他世事分分乱，堂上家尊镇自安
曾见古人行大孝，何不今人依样行
玩月楼前观帝皇，太过辞位愿修行
太宗皇帝登金殿，推位让国愿修行
玉藏楚石谁人识，剖出方能见宝珍
太君身上搭袈裟，僧尼左右接储君
天上有星皆供佛，人间无水不朝东
有日云开红日现，清光明亮镜和明
旨信接来便生花，多少聪明□□□
人去双亡万事休，百川四海会源流
依然不会空调帐，说尽山云海自□
有药难医冤孽病，般般病症有原根
有方无药难再治，有药无方可评论
水向石边流出冷，风从花里过来春
弹指教屈方懊悔，这场惶恐好差人
自恨当初无先见，有眼何曾识好人
我若早知灯似火，回光返照出轮回
当年作下诸般业，今朝难见活阎罗
太宗见女孝心诚，正是修行办道人
普愿回心行正道，无常哪怕少年人

结卷诗最后四句为:"琼华宝卷宣已毕,劝君及早念弥陀,听卷之人回心转,各时归家同修行。"以下"众罪皆忏悔,诸佛尽随喜,及请功德。愿成无上智来去,眼前仙于众生,最胜无量功德,诲我今皈命礼。宣卷功德胜殊行,无边胜皆福回向。普愿沉溺诸众生,速往无量广佛刹,以满上缘三世佛,文殊普贤观世在,诸尊菩萨摩诃萨,圆满般若波罗蜜。愿以此功德,普及于一切,宣卷保现生,消灾增福寿"。

此卷故事与常见《慈云宝卷》故事结构基本相同,均是虚拟的宋代故事,但故事人物姓名已完全不同。慈云改为女儿,襄王改为湘王,张月英易为琼华,故事中永寿庵易为太阴寺,地点也改为安徽亳州,卷中有公主梦中得神助"吃仙桃怀孕"后将孩子托付周全夫妇收养情节,其他故事逻辑大致相同,但全卷以讲理为主,叙述故事为辅。此卷与常见《慈云宝卷》先后关系不好判断,按故事演变规则由简向繁习惯推测,简的宝卷在前的可能性较大,此卷两次插唱曲牌,一次"哭五更",一次未标具体曲牌名称,卷中有些段落另标有此处"和佛"字样,与介休宝卷中"搭佛"说法类似,卷中有琼华为皇帝唱曲,抄出如下:

好一朵琼华,好一朵琼华,生在扬州,落在你家,奴本是,扬州人,陪送只琼华,陪送只琼华。

琼华天上宝,此花世间少,花枝花叶,尽行枯焦了,你若是,要此花,除非求佛到,除非求佛到。

处心苦哀告,处心苦哀告,宝香焚起,天上知道了,差雷电,驾祥云,降下放花人,降下放花人。

琼花渐渐长,枝叶片片明,不过七日,花□□□明,花开时,祥云起,万鸟尽齐鸣,万鸟尽齐鸣。

八月桂花香,九月菊花黄,琼花开放,桂花不□□,你若是,见此花,永免祸灾殃,永免祸灾殃。

五色心,尽鲜明,香闻百里人,忙备人夫,送到北京城,朝万岁,坐龙廷,欢喜十来分,欢喜十来分。

太后出来了,娘娘来观花,国母前来,赞道琼花好,若非是,天赐我,怎得几人瞧,怎得几人瞧。

文武都来朝,公侯尽贺花,满朝文武,都道琼花好,称万岁,仁德君,天下定安邦,天下定安邦。

弹唱琵琶调,丝竹用管箫,天子重英,状元自探榜,挂名标,必须要,文章教尔曹,文章教尔曹。

万般皆下品,唯有修行高,士农工商,来听琵琶调,少年人,须勤学,文章可立身,文章可立身。

满朝朱紫贵,尽是修行人,善男信女,一心念佛诚,唤你们,还需要,真心修行好,真心修行好。

唱也唱得好,弹也弹得妙,拜谢皇恩,胜如龙门跳,我本是,献琼花,得近龙眼照,得近龙眼照。

此卷多叙南方风物,结合上面唱词,特别是第一段,推测此卷应是吴方言区域宝卷,宝卷十字句减少而七字句增多,或也是宝卷向弹词转化的趋向,另外,此卷唱词内容与流行的南方经典名歌《茉莉花》歌词极为相近,似可为考证此曲来源,添一旁涉资料。车锡伦《中国宝卷研究》已列介休《慈云宝卷》详细品目,我藏《慈云宝卷》品目与此稍有文字差异,应是同出一源,如以后确证为吴方言区教派宝卷,或对研究中国宝卷演变不无意义。

7.《佛说高仲举破镜重圆宝卷》

《佛说高仲举破镜重圆宝卷》,车锡伦《中国宝卷总目》中标示,此卷和《丁郎寻父宝卷》《菱花镜宝卷》

为同卷异名，北京图书馆存旧抄本一册（该书第53页，北京燕山出版社，2000年）。尚丽新《北方民间宝卷研究》介绍说，山西大学藏有道光元年修德堂曹柱廷抄本，可惜只存第二、第三册，正文以"品"分节（该书第461页，商务印书馆，2015年），查吴瑞卿《傅惜华藏宝卷手抄本研究》、郭腊梅主编《苏州戏曲博物馆藏宝卷提要》，均未见著录，大体可以判断此宝卷较为稀见。

寒斋藏一册《佛说高仲举破镜重圆宝卷》抄本，前后完整，大方册本。抄本后有"嘉庆　年新正月抄完"字样（嘉庆二字后残破），还有两句"糊言骂人是骂天，自己存心心不廉"，卷末有"原以此功德，普及于一切，我等念佛人，皆共成佛道。小心灯火，毁坏难修"等宝卷抄本常见留言，依此日期判断，此卷早于山西大学藏本，但此卷用章回体分节。宝卷流传过程中，凡以"品""分"分节的，一般年代较远，山西大学藏本因是残本，断为"道光"似不准确，应该比这个时间为早。

《佛说高仲举破镜重圆宝卷》故事并不复杂，话说明嘉靖年间，山东秀才高仲举娶妻于氏，赴京赶考，夫妻二人在东岳庙进香，恰遇严嵩家丁年七也来上香。于氏美貌，年七见色起意，图谋陷害高仲举，先让家丁刘保探明高仲举家住址，年七约高仲举来家吃酒并送财物，高仲举不明企图，但于氏识破年七诡计，劝夫避开，高仲举听不进去。年七设计，让李虎将死人放在高仲举家后门，诬高杀人，仲举下狱。衙役王英受贿，解高仲举往顺天府，王妻刘氏劝他不听，勒死两个孩子后上吊，此举触动王英，在押解高仲举路上将他放走。高仲举在湖广武昌府胡老爷家安身，于氏在家中生下一子名丁郎。于氏思夫，剜下一只眼来。转眼九年过去，神灵托梦要丁郎寻父，于氏将高仲举遇害事细讲，丁郎决意寻父，于氏哭唱"哭五更"为他送行。年七知丁郎寻父，派两贼人欲将丁郎勒死，幸遇太白星救下送到武昌府，丁郎大街上遇高仲举，仲举不敢认子。仲举因曾告知胡老爷家中无妻，才娶了吏部张老爷家小姐并生一子。丁郎庙中关老爷托梦，要他明天去胡老爷家中做工，丁郎年小，不会打夯，但会唱"杵歌"，丁郎将自己身世用"杵歌"唱出，张小姐在绣楼听到，便寻丁郎问情由，丁郎将半边镜子半边汗衫拿出，张小姐问高仲举，劝他认子，父子相认抱头痛哭，胡老爷也认了两个孩子，改名胡世来、胡世去。高仲举上京接于氏，夫妻相见，年七用计又将高仲举收监，于氏讨饭三年并为狱中高仲举送饭。高仲举二子上京会试，二子高中榜首，高仲举冤案昭雪，全家人团聚。

此卷已无早期宝卷基本程式，开卷即是"重圆宝卷，法界来临，诸佛菩萨下天宫，因为度众生，受尽心勤托苦离，凡笼香云盖，若菩萨摩诃萨"。传统宝卷分章节法，已为章回目体代替，但未标序号，大体规则是：四句七字回目后，用白文叙述故事情节，两句七字回目后，用十字句叙述故事，简短提纲，进入故事，为便于理解，抄出回目如下：

因果宝卷不错移，举笔贤圣在心推
世上造恶人无智，地狱天堂放过谁

达摩西来一卷经，大众不醒内外寻

古镜落尘碎纷休，灾来不觉暗埋头
从妻上庙分离散，惟永自急上小楼

夫妻二人来上庙，惹起非灾祸临身

前生冤业未得还，今世相逢冤报冤
夫妻进香莫模桃，二人拆散锦鸳鸯

于氏不由心内惊，高叫丈夫往家行

小姐烧香就安乐，不想撞见严七老
忍辱回家躲是非，平安就是寄生草

刘保就是勾死鬼，仲举犹如网内鱼

年七嫉妒奸狡心，定计朴媒拜兄弟
暗里图谋于小姐，仲举请到转州城

小姐休一你放心，听我从头说原因

于氏再三苦言劝，仲举只当耳边风
贪财不休山坡羊，那时受苦自当行

年七坐在驻马所，定计图谋害儒人
嫉妒惹得寄生草，冤业不错半毫分

小姐告诉梦中事，依我不去免灾星

于氏叮咛苦口劝，做得噩梦浑身战
雁儿落共山坡羊，仲举灾星齐今现

老爷打披当堂坐，审问违条犯法人

人不动心难为死,苏醒半向又还魂

小姐离了傍妆台,与夫送饭监里来
年七使人暗打点,仲举终日把饿挨

仲举在监怒气嗔,毁骂佳人太无情

夫妻二人重相见,抱头相哭泪纷纷

小姐送夫顺城外,快刀难割红绒线

王英拦住高仲举,听我从头说分明

小姐独坐绣房中,想起夫主泪纷纷

仲举无奈打莲花,凄凄惨惨面通红

仲举得了安身处,想起吾妻泪如麻

小姐看透其中意,来至房中降明香

丁郎有找生身父,为母不放撞尘埃

夫遭人害充远方,妻因强要把眼挖
降生一字寻父去,得中魁元冤报冤

二贼勒死丁郎身,奔走如飞报事因

非是仲举不认字,恐惹非灾祸临身

丁郎寻父不见踪，胡父盖房要兴工
叫号内藏真实意，惊动描鸾绣凤人

高叫奶奶休耳烦，容我从头诉衷肠

仲举说到伤心处，铁石人闻也心酸

于氏看见亲夫主，手扯衣襟大放声

小姐即便问二人，为何这等大惊慌

夫妻二人号啕哭，铁石人见也伤心

只为夫主遭刑限，月英讨饭过时光

相公在上听原因，说起丈夫痛伤心
仲举见了亲生子，父子三人放悲声

高叫老爷在上听，听我从头说冤情

老爷听我说原因，提起好交人伤心

陆爷旧衙不消停，要斩违条犯法人

菩萨听得夫人问，才垂法语度众生

卷末有结卷偈语，最后结卷用"十报恩"句式。
从时间上判断，河西宝卷《丁郎寻父宝卷》似由《佛说高仲举破镜重圆宝卷》改编而来，主要故事情节均保留，但具体文词和故事结构发生了变化。如宝卷中高仲举打唱"莲花落"、于小姐唱"哭五更"、丁郎唱"杵歌"等插唱小曲，均大体相同。

1957年，李世瑜先生在《宝卷新研》中曾指出，一般宝卷都以十字句形式为主体，每品之中别的形式都可以没有，但不能没有十字句韵文（《文学遗产》增刊第四辑，第170页，作家出版社，1957年）。宝卷演变过程中，其他形式基本慢慢消失，到后来仅保留十字句形式的"回文""坛训"文体等出现，宝卷的形式特征主要即是十字句了。也可以说，有十字句形式的文本即可视为宝卷，无十字句形式的文本，则不能再视为宝卷了。

8.《佛说朱春登牧羊宝卷》

《佛说朱春登牧羊宝卷》，别称《佛说牧羊宝卷》《牧羊宝卷》《春登和番》《朱春登征西》《放饭宝卷》等，车锡伦《中国宝卷总目》有两处记载此宝卷，均为清抄本。河西宝卷介休宝卷中也有此卷，全国各地方剧种也多有依朱春登故事改编的剧本，是流传较广的一个传统故事。

中国宝卷研究有一个明显的特点，即宝卷文本不同于其他类型的文学文本。无定本，大体是宝卷的基本文献状态，所以必须接触原始文本，包括印本和抄本。近年虽有多部大型影印宝卷集成类文献出版，改善了研究条件，如有可能，还是要依赖原始文本。因宝卷有传抄特点，所以各地抄本不可能完全相同，在传抄过程中发生的变化，有时恰恰就是宝卷研究的重点；另外，宝卷著录文献，只是著者个人所见版本，很难说明某一宝卷的完整情况，中国宝卷研究中，强调使用原始文本，应成为基本的学术要求。

本人所见《佛说朱春登牧羊宝卷》为大方册本（此为介休宝卷常见形式），用蓝格"广聚账"账簿抄写，页前有留言"曹璨记抄"，随后有"借去念完卷，即速送本家，不可撕破"几句话。开卷语："贤良宝卷，法界来临，诸佛显化度众生，脱婴儿得上天宫，南无香云盖，菩萨摩诃萨。"然后用一段散文加韵文概括宝卷的故事提纲。

正文主体以十字句为主，偶用散文过渡，散文叙事小结后，以两句七言诗结束。十字句叙事完结，多以"诗曰"概括，以四句五言诗总结，偶用七字句。宝卷中无插唱小曲，故事叙述中多佛教劝诫内容，应是早期佛教宝卷向民间故事宝卷过渡的一个文本，时间应在清后期，山西大学鼓词研究中心藏有同治版《牧羊宝卷》抄本，没有亲见比较，不知是否同一版本。

宝卷抄本，通常在正文前后，均有抄者留言，多数是嘱咐读卷人爱护抄本的意思，内容大体相同。此卷后留言是"宝卷完成，念佛三声，大家有功，善男信女，侧耳诚听，劝人行善好，恶事自作自受，果报不容情，劝你们早回心，四圣归天有原因，悲欢离合总关心，一朝该集成心典，万古千秋劝化人"，最后是一般宝卷常见的十报恩说词。抄本最后留言"愿以此功德，普及于一切，皆共成仙道，宣卷保平安"，"念卷修好，不可撕破，借去宣完，速送本家"。

《佛说朱春登牧羊宝卷》故事简单，说教味颇浓，朱春登代叔父从军，家中婶母宋氏和内侄宋成想霸占家产，并逼朱妻赵锦堂改嫁，赵锦堂不从，宋氏放火烧屋，婆媳受尽苦难，后朱春登立功还乡，惩罚了宋氏和宋成，全家团圆。虽开卷前已减去教派宝卷"开经偈""举香赞"等程式，但加入大段概括故事及主题的说词，

并将宝卷常见的"开经偈"化入其中,抄引如下:

盖闻世尊登坛说法,忽然观见南关大地迷人,一切男女自从离失,各自逃生,望景漂流,尽在四生大道转,嫉妒狗肺狼心,不知起落,迷失根源。我佛在灵山会上,遥观人叹曰:善哉善哉!众生迷沉厚,我若不开拔,若出世之因,善恶两分明,作恶有难,只可入佛门,学好大业,悲恨之心,广设明言之教,悲慈故悲慈故,住礼常三宝,皈命十方,一切法轮,常转度众生:

　　无上甚深微妙法,百千百劫难遭遇
　　我闻见今受得持,愿解如来真宝意
　　牧羊宝卷才展开,诸佛菩萨摩诃萨
　　龙天八卦部生喜,保佑众生无灾人
　　佛在空中驾法盘,婴儿匹配在人间
　　一家分开生万物,四象五色八卦安
　　佛法大道非轻传,三教之人用意谈
　　开闭再收难分辨,贤良有分早归源
　　十字街上几人知,世人难侧好消息
　　有人识破其中意,目下登云上天梯
　　金莲小小裳红裙,唐王因梦斩来使

结卷语:

　　常念无,边众生,各进善心
　　念声仙,阿弥陀,每日不断
　　念声仙,无上主,菩萨之华
　　念声仙,彻云苍,道省地府
　　念声仙,头先光,南北西东
　　念声仙,报答了,皇王水土

念声仙，渡日魂，脱离苦海
念声仙，保一家，记不离分
念声仙，请诸神，都来赴会
念声仙，愿诸佛，共德圆满
从空里，放毫光，来接春登
一家儿，金龙车，乘着风起
到上房，还本位，各照星君
这才是，牧羊卷，收缘结果
早晚间，焚香火，劝化世人

故事里依然保留了主人遇难、神仙下凡救助的传统叙事手段，如朱春登自尽，金星下凡来救，结卷时出现观音脱化老僧人来说因果报应，设盂兰盆会，讽诵经咒等，均是早期教派宝卷向民间故事宝卷转化的痕迹。

9.《房四姐还魂宝卷》

《房四姐还魂宝卷》，各地方剧种及鼓词中多有相同剧目，故事发生地点及剧中主人名姓多有改变，但大体情节类似。宝卷主题不脱中国传统文学"小姑挑拨，恶婆婆欺负儿媳"母题，借神力表达天意，惩罚恶人，好人好报，后代读书中举。

早期宝卷故事因受佛教思想影响，故事主题基本不离因果报应思维，现实生活真相，因借神力表达，故事的真实性受到一定影响，在非信众中较难得到认同。宝卷越往后发展，故事借神力的情节越弱，直到完全消失。借神力叙述故事是早期文学常见手法，类似于神话，可充分展开想象而不必顾及真实，但宝卷发展到后期，文学故事脱离宗教宣传，自然要追求故事的真实性，向真实生活靠近。到了清晚期，有些时事宝卷，如介休《新刻烈女宝卷》则完全是真实生活，借神力演义故事的表现方法已完全不见踪迹。

我所得《房四姐还魂宝卷》，虽保留"还魂"的情节，但具体叙述过程，已非处处借神力推进故事发展，而是依赖真实生活，可以判断此卷是宝卷发展后期的一个变体。全卷故事单一，头绪清晰，主题突出。小方册本，在介休旧书店得之。车锡伦《中国宝卷总目》仅录河西宝卷新抄本两种，傅惜华和苏州戏曲博物馆宝卷藏本中，均无此卷。

尚丽新《北方民间宝卷研究》中对此卷介绍甚详，他用的是董大中先生清末藏本。我早年在董先生身边工作多年，后来曾粗粗见过他的宝卷收藏，对此卷没有留下什么印象。我藏《房四姐还魂宝卷》，已失传统宝卷的基本形式，直接用白文叙事进入故事，辅以七字句表达，但全卷以十字句为主。宝卷是散韵结合文体，一般以韵文为主，说比例相对较少，但宝卷白文叙事，多借鉴章回小说笔法，对讲述故事和描写人物多有帮助。《房四姐还魂宝卷》，除七字句及十字句颇富文采，叙述语言也很有特色，特别是其中对人物心理的描述，很有特色。如房四姐上吊前的一段：

却说四姐受不行这磨难，要往后园中寻死，又想起恩爱丈夫，不忍心割舍，二来又恐落个不贤之名，千思万想，想到伤心之处，也顾不得许多了。两眼垂泪，便叫恩爱丈夫，若要夫妻重相会，鬼门关上得团圆，于郎也不料她要死，竟往床上睡去。四姐等到三更时分，手拿麻绳一条，竟往后花园中去了。月光明亮，进了园门，看见花开满园，有心折花无心带，痛哭一场泪满腮。对面有个垂杨大柳树，走到跟前，将麻绳搭在树上，站在旁边，号啕痛哭。叫一声好心丈夫休怨我，公婆折受无奈何，说罢将绳套在脖子上，登时气绝。

此卷虽已无曲牌，但在故事推进中，仍用"哭五更"曲牌，但已转变为一般叙述方法，没有再突出标注曲牌，格式也有变化，如于可久在房中想念妻子一段：

一更里，好伤情，想起贤妻泪珠倾，灯下懒把书来看，好似张生想莺莺。二更里，落泪痕，想起贤妻泪涌涌，红绫被儿泪湿透，好似双生想苏卿，心思起来满腹疼，祷告虚空众神灵，保佑妻子来托梦，书房相会到三更。三更里，半夜天，于郎正在昏梦间，枕边梦见贤妻子，醒来依旧不团圆，独自一个好伤怀，架上金鸡晓唱开，忽听醮楼四更鼓，好比山伯想英台。四更里，泪汪汪，独伴银灯好恓惶，翻来覆去流痛泪，也似必正想妙常，无奈何，告老天，青春年少不成双，心思一会儿没情趣，纱窗望月恨夜长。五更里，天渐明，东方送出太阳星，日上三竿还未起，不见贤妻泪珠倾。

尚丽新主编的《宝卷丛抄》（三晋出版社，2018年）用董大中先生清末抄本，我对比了两本宝卷，发现此卷较董本简化，在保留故事大体情节不变情况下，删除了一些枝节，初步判断应是由董本而来的一个变体本。

10.《佛说刘全进瓜李翠莲借尸还魂贤良宝卷》

《佛说刘全进瓜李翠莲借尸还魂贤良宝卷》故事，早期源头是敦煌遗书中的《唐太宗入冥记》，因《西游记》借用而产生广泛影响，各地方剧种常见由此改编的剧目，也有石印绘图宝卷在民国间流行。从题名可知这是较早的宝卷，虽开始用故事宣讲教义，但故事的合理逻辑还没有成熟，借灵界因缘，宣讲惩恶扬善，因果报应道理，在中国宝卷中是习见的表现手法。

车锡伦《中国宝卷总目》著录类似题名宝卷四种，分别是《唐王游地狱李翠莲上吊宝卷》《李翠莲舍金钗大转皇宫》《唐王宝卷》《唐王游地府李翠莲还魂宝卷》，同卷异名更多，此不俱列。山西大学藏清光绪十七年抄本《新抄唐王游地狱李翠莲上吊宝卷》，尚丽新《北方民间宝卷研究》主要介绍的即这个版本。

我藏《佛说刘全进瓜李翠莲借尸还魂贤良宝卷》为大方册本，线装一册，前后残破，介休方言明显，具体年限不好判断，但由宝卷形式及内容推知，应为清抄本。

此卷在已知同类宝卷中，题名最长，或可判断为时间也相对较早，因首尾残损，看不出开卷、结卷具体形式，但中心内容保存完好，似可略作介绍。

此卷开始部分，叙唐王游地狱的主要情节，基本是说白为主，显系《西游记》故事的转化，此节结束时说，"话说唐王在镇阳郡与阳和盖楼一座，这话不提又说李翠莲吃斋好善"，接下来才进入正文，单列标题：《佛说刘全进瓜李翠莲借尸还魂贤良宝卷》。随后是《开经偈》："翠莲宝卷才展开，诸佛菩萨降临来，天龙八部来拥护，保佑众生永无灾，富贵荣华不可求，看来皆因前世修，芦林村中出一女，年方七岁便回头，斋僧斋道多施舍，吃斋好善逐日修，未知善人家居住，听我从头说根由。"这几句七言韵文是一般宝卷开始套语，但此卷在《开经偈》后，直接用《耍孩儿》进入正题，这样的表现方法，在宝卷中极少见。

此卷共出曲牌四种，依次是《耍孩儿》《哭五更》《清江引》和《皂罗袍》，很少用七言韵文，常是在"有诗为证"后出四句,也未出现长段七言韵文,这是早期宝卷常见特点。长段七字句韵文出现,可能是受弹词影响的结果。十字句多出,但长段的亦少。此卷突出特点是曲牌比重较大,特别是《耍孩儿》调,前后共出二十余次,并且有连用《耍孩儿》调的现象,这在宝卷中似较少见到,说明此卷还是早期说唱为主的形式,尚未朝阅读方向转变。曲牌的使用越丰富,说明演唱特点越突出;曲牌种类越多样,说明演唱形式越复杂。

此卷另一特点是叙述故事时,脱离情节,直接插入讲说教义的长篇文字,如这一段:"话说李翠莲在望乡台上,看见家中儿女,披麻戴孝,哭哭啼啼,怎不教我心中烦恼,烦恼伤心。此语,恐世间人不信,不信此语,现有阎王宝卷为证,大众虔心宣念,善男信女仔细听闻。"随后是十字句教义:

> 十王卷,展放开,奥妙无穷
> 宣宝卷,各用意,顶礼虚空
> 外说凡,内说圣,答查对号
> 都是我,伴道人,一步工程
> 起为头,上蒲团,关门闭户
> 咬钢牙,卷竹帘,采取清风
> 搅饱满,晃一晃,翻江搅海
> 提一提,摇一摇,体透玲珑
> 里不出,外不入,无形无相
> 穿过山,透过海,洒乐纵横
> 一段光,才超出,三劫以外
> 撇凡胎,丢假相,性等虚空
> 往上观,尽都是,诸佛诸祖
> 往下观,才观透,地府幽冥

诸佛祖，在灵山，洒洒乐乐
地狱里，鬼打鬼，乱乱哄哄
见善恶，两般事，心中不忍
因此间，游地狱，查看分明
正走只，抬起头，睁眼观看
鬼乱庄，恶狗村，鬼乱神惊
破钱山，鬼打鬼，狼嚎鬼叫
鬼门关，在目前，杳杳冥冥
鬼门关，且不看，定了一定
见善恶，分两下，走西走东

十王教义是佛教在中国传播后的变种，佛教原义与中国本土风俗杂糅，以适合中国民间信仰接受基础，此为传统宝卷中常见内容，世间与灵界交互的叙事描写，在早期宝卷中几乎是必备内容，《佛说刘全进瓜李翠莲借尸还魂贤良宝卷》特点突出，值得进一步研究。

11.《红灯宝卷》

这部宝卷并不罕见，尚丽新《北方民间宝卷研究》中有专章分析，所见极广。

宝卷是写本文学，每种均存在变异可能，尤其社会下层流传中，常常可见抄者因自身条件限制，改变原抄本产生的变异现象，比如，抄者文化水平有限，不识难写生字，可能会依自己读音以简体或异体字抄写，这种依原抄本过录产生的错写情况，今天相对容易辨别，但在宝卷研究中，这种现象相对也有它的意义，即错写事实本身，常常会保留真实方言读音，如《红灯宝卷》里多出现"第明清早"，此处"第明"即平遥方言第二天的意思，有时写作"地谜"等，属文字记音。四十年前，我在晋中师专念书，班上有平遥人，有介休人，我记忆中"第明"似更近原声。另外，如"一缕"之"缕"，多写作"柳"，看似错字，实亦更近原声。宝卷有一段："说罢将头发递与小姐，小姐接过一看，又黑又明，有三尺余长。""明"是"亮"之意，是平遥方言。其他如"作官一常"，"常"是"场"意，但"常"更近方言，此册宝卷凡"场"意，均用"常"，凡"和"字均用"合"，不合规定，但实近方言，如"灵前焚化钱合纸"。有些方言用词如"手中无钱打急恍"，"急恍"是"饥荒"意，但"急恍"近原声。如果留意此种现象，对研究方言很有帮助。录音机未出现前，方言读音的保存多依赖反切、拼音、同音文字记音等手段，而宝卷流传中抄写情况的复杂性，客观上使它成为保存方言的一个原生态文本，有时候"错"反而获得了方言研究上的价值。在这个意义上，宝卷研究者似可建立一个共识，即宝卷具化石属性，抄本本身所具有的时代信息很丰富，多有说唱艺术本身之外的价值。

此册《红灯宝卷》是介休宝卷，大方账册本，内文标为"新抄红灯宝卷"，抄本前空白页处写"杨鸿奎记借卷念完即送，不可迟误"，为一般宝卷抄本常见习惯，由宝卷形制判断，应是清代抄本，具体时间不好判断，从介休一家旧书店得来。

宝卷格式大体是章回小说结构，先叙述主要故事情节，用四句七言结尾，即章回小说常见的"诗曰"，但抄手将四句"诗曰"分行抄写，为保持原貌，格式照早。宝卷正文七言或十字句互用，七字句多于十字句，为一般宝卷常见形式。也就是说，每节后面这四句七言，可视为此段内容的总结，类似回目，以承上启下。为见全貌，全文依次标序抄出，序号为我所加。

1. 诗曰：梦月诉说这些话，兰英听了心内恨
   口中不言长叹气，小姐一阵泪纷纷
2. 诗曰：梦月开言道姑娘，你莫要在楼上坐
   跟我速速到前厅，押下恶气换好气
3. 诗曰：继高一阵痛伤心，心如刀搅腿又疼
   不由两眼落下泪，高堂老母叫几声
4. 诗曰：继成书馆泪洇洇，想起家中放悲声
   好难见的生身母，龙氏子妻不相逢
5. 诗曰：小姐开言笑嘻嘻，尊声状元你听知
   二十多岁大小伙，还相恁娘要乳吃
6. 诗曰：高来奔上阳关路，驾鞭催动马能行
   把高记在中途路，再把龙氏明一明
7. 诗曰：小姐两眼泪又滴，叫声爱姐你听知
   你那心中不用怕，我是叔叔结发人
8. 诗曰：爱姐监门诉苦情，禁卒大爷你是听
   监门不敢来开放，你那意思我也明
9. 诗曰：小姐庭前巧计生，要瞒他父老赵朋
   扯起罗裙蒙了面，坐到下面假悲声
10. 诗曰：玉梅小姐自沉思，命运怎该这样低
    我父亡故方埋殡，母亲临床爬不起
11. 诗曰：月姐双眼泪双倾，难见妹妹赵兰英
    青峰山前遇响马，只恐怕你命归阴
12. 诗曰：老爷不必把心作，凡事计较再斟酌
    错了还打错处走，世上没卖后悔药
13. 诗曰：埋怨妹妹太心急，说话为吓振冒失
    只顾诉说冤枉事，把恁大哥活气死
14. 诗曰：红梅调泪把嘴咧，哭声早死俺姑爹
    多活几天也好看，才有月余道要别
15. 诗曰：继成使礼拜躬身，谢过妹妹天大恩

　　　　　　母死全得你礼祭，比我弟兄强万分
16. 诗曰：兰英梦月喜气生，双膝跪在二堂庭
　　　　　　盈人头来拜两拜，谢过爹娘好恩情
17. 诗曰：玉屏小姐拜躬身，谢过姐姐龙素贞
　　　　　　俺在京中享荣华，你在家中受苦贫

　　宝卷开始没有一般宝卷所有的那段套语，直接进入故事，如果不是漏抄（或过录本所无），应当理解为是宝卷流传过程中，程式套语为抄者所烦，主动选择放弃。因宝卷由佛经而来，早期程式化的套语，如"举香赞，开经偈"一类，越到后来越简单，直到慢慢消失，这对宝卷文体的严格性是一种挑战，也是宝卷发展过程中，适应读者和唱卷人需要的一种选择，符合一般文体由繁向简变化的规则，仪式感的弱化，是宝卷演化中的典型现象，它预示着宝卷开始脱离原有程式，以为更多人接受。中国宝卷的最后形式，到清代后期，主要保留下来的是十字句格式，其他前后套语、诗文互相结合程式，基本都不见了。

　　我据尚丽新的研究，比对了此本与山西大学所藏的本子，初步判断同出一源，人物名姓、宝卷故事发生地及故事情节完全相同，结卷部分有十报恩程式，虽具体语词稍有差别，但此类结卷程式，多是因果报应的劝说文字，所有介休宝卷大体如此。

　　宝卷的叙事部分，完全套用章回小说格式，多以"话说"起头，故事转折处也时有"放下不表""且听下回再说"等语，明显具有说书人叙事特点。如写赵兰英深夜吊孝，头撞棺材，宝卷写道："望材头，猛一蹿，只听咯噔；一声响，头撞掉，滚在一边。"接着叙述："这就该打你这说书的嘴才好。为一人若是把头撞掉了，焉

能再得活？明公有所不知，这小姐原是女扮男装，头上掉的是儒巾，身上穿的是蓝衫，他哭了一会儿，照着材头一撞，把儒巾撞掉一旁，头依然尚在，这咯噔响了一声，是月姐见兰英撞头，慌忙去拦住，把个牢盆踏碎，因此响了一声。闲言少叙。"

由此段叙述可知，宝卷流传到后期，有些已成一种说书形式，原有的宗教功能淡化了。宗教功能具严肃性，而说唱艺术，难免轻松诙谐，介休宝卷后期故事性加强，宗教性淡出，应该说，已是一种说书艺术形式，原来唱的部分，那些曲牌也不见踪影。如果说有曲牌的宝卷，一般是说唱结合，但无曲牌的宝卷，更近说书，宝卷底本，也多向章回小说手法靠近，只是七言诗和十字句较叙事成分为重。

宝卷在社会下层流传，虽然故事情节多有源头，但在具体描写生活现实方面，多结合本土真实生活状态描写，所以宝卷在保存民俗现象方面，也具有其他文学形式所不及的一面，无论诗或章回小说，在描写生活情景时，多出于情节推进需要，常常不具完整性，而宝卷不同，它在描写生活现象时，习惯完整呈现，这在客观上为后人留下了丰富的民俗资料，甚至具体社会组织的详细情况，多能从宝卷中看出，比如，宝卷中常出现的监狱、狱卒生存状态，对研究同时期的历史均很有帮助。

中国文学研究中有"以诗证史"习惯，以宝卷证史，较"以诗证史"似更具合理性，因宝卷叙述历史，一般建立在真实前提下，它要面对本土读者或听众，去真实不能太远，否则无人接受，宝卷虽多有演义，但基本史实多有根据，如下面这段赵兰英七月十五观灯的叙述：

兰英马上睁双睛，秋波闪闪看分明
四门上锣鼓喧天，台上边开了戏文
天桥搭在正街中，上去下来人不断
个个说爬爬天桥，又不腿疼不腰疼
烟火架上花炮响，鳌山顶上万盏灯
狮子竹马多热闹，各样故事扮得精
头一张公背张婆，二起张生戏莺莺
三起关公去赴会，四起武松去发配
发配去到孟州城，许多妇女围着看
仰着脸儿似正莺，兰英马上街街笑
这些妇女可也疯，他就不怕扯掉鞋
系系跟着不放松，往常说是男看女
看来俱是女看男，心忙懒把故事看
灯光点得一片明，许多好灯观不尽
见些花杰扎得精，迎春花杰对月菊
红梅杰对木香灯，海棠花灯对玉针
金菊灯对芙蓉灯，许多花灯观不尽
牡丹花灯对芍药，梅花灯对桂花灯
石榴花灯红似火，赛过粉团梨花灯
许多花灯观不尽，那壁厢闪出路灯
咬脐郎灯跨宝雕，独坐一匹马白龙
师旗灯儿随马后，黄莺灯儿在空中
细狗灯儿街上跑，玉兔灯儿带雕翎
琉璃井灯八角样，担着水桶三娘灯
磨房产生脐郎子，豆老送他宾州城
母子离别十六载，今天井边又重逢
看罢内围灯一路，那边又有西游灯
唐僧灯儿骑白马，一路筋斗猴儿灯
沙僧灯儿挑经担，背着铁耙八戒灯

> 师徒奔上雷音寺，古佛面前去求经
> 西天取经回来路，唐王驾前有大功
> 看罢西游灯一路，那厢又有一路灯
> 八仙庆寿灯儿好，各带其宝显神能
> 头洞神仙汉钟离，背着宝剑洞宾灯
> 国舅灯儿拿云板，口吹玉箫彩和灯
> 仙姑灯儿背笊篱，骑着毛驴果老灯
> 拐李灯儿拿葫芦，手提花篮相子灯
> 师徒八人各带宝，中间坐个寿皇灯
> 寿星老儿多古怪，巧手扎就三节停
> 些许灯儿观不尽，望着东门去如风
> 催马来到东关内，四下无灯黑古咚
> 莫非爱姐年幼小，忘了挑灯这事情
> 正是小姐心中怕，路北闪出红莲灯
> 二人门外下了马，手拍门扇叫一声

虽是宝卷中常见叙事手法，但可以看出乡间灯展情形，同时对古代小说、戏曲传播情况，也有间接反映，凡宝卷中出现的小说戏曲故事，大体可判断为老百姓喜闻乐见，如要证明小说戏曲在民间的影响，宝卷也是极好的材料。宝卷听众或读者，一般文化水平不会太高，要让他们感兴趣，一定要讲他们听得懂、听进去的故事及人物。此段叙述涉及的"张公背张婆"故事，在山西多数地区流传，其他如《西厢记》《三国演义》《水浒》《西游记》，还有"八仙过海"传说，等等，恰好反映早期北方农村文化生活状态，除广为人知的故事外，其中"咬脐郎灯跨宝雕"几句，源于刘知远《白兔记》，也可见出这部戏在当时的影响。我还没有在宝卷故事中见到过有关《金瓶梅》《红楼梦》人物的痕迹，也反证这些作品出现的时间较晚,还没有影响到当时的民间生活。

张颔先生早年所存宝卷目录中,说《红灯记宝卷》的俗名是《爱玉挂红灯》,可知原来宝卷中心人物是爱玉。就现在宝卷内容观察,推动主要情节发展的人物确实是爱玉,如为安葬奶奶,爱玉出主意借钱,爱玉自卖身,爱玉巧计挂红莲灯等,其他情节相对来说,均是依靠爱玉的主意推动的,但这里的问题是爱玉当时只是一个七岁的小女孩,她的所有主意与年龄不符,用真实性眼光判断,应当说这个设置脱离了生活,宝卷后来的许多改编形式中,这个情节似也没有太多改变。因为早期宝卷不脱神话色彩,遇到情节推进有障碍时,总是要借助神灵一类外力,让情节无可怀疑。我猜测《红灯宝卷》中爱玉角色的设定,有可能是原来神人转化人间的遗存,就是说,最初这个人物可能不完全是人,而属"金童玉女"一类,如果宝卷始终有神力推动情节发展,一般读者或听众也能接受,但如果宝卷全部还原成真实生活,则读者或听众在接受这个角色时,不免产生怀疑,在一定程度上影响了宝卷的真实性。

宝卷神话色彩的淡化和最终消失,是宝卷向小说方向演进的结果,早期宝卷多不脱神话,后期宝卷要尽量排除怪力乱神情节,在演化中,或有些角色的真实性还难完全脱离原来的设置,聊备一说,尚乞博雅君子有以教我。

12.《罗衫宝卷》

我十几岁的时候,住在榆次南大街一个院子里,这里原是晋商聚鑫顺茶庄旧址,就在现今榆次老街上,对面是原来的晋中晋剧团。我有个小学同学,他娘娘(祖母)小脚,文盲,但喜欢听山西梆子。有一年他家借来一台手摇唱机,专门放山西梆子给娘娘听。那时候这个东西还很稀罕,我在他家里听过一次,记得还是听娘娘说,这个戏的名字是《双罗衫》。小孩子听不懂戏,但我记住了这个戏名,终生不忘。后来看"三言二拍",才知是《警世通言》里的故事,原名是《苏知县罗衫再合》。

我这册《罗衫宝卷》,也是从介休旧书店得来,中型账册本,薄薄一册,但很完整,后页边角略有磨损,应该是清晚期的抄本。

张颔先生宝卷存目中,未见这个宝卷。山西大学宝卷研究中心多年搜集,所获颇丰,但也没有搜集到这个本子,在介休宝卷中,大概属于较难见到的宝卷。尚丽新《北方民间宝卷研究》中介绍了一种《佛说苏知县白罗衫再合宝卷》。据她说,车锡伦先生《中国宝卷总目》中也无著录,只有中国社科院文学所藏有一个清咸丰时期的抄本。

宝卷名称虽略有出入,但因为是从话本小说改编而来,应当是同一种宝卷,故事结构、人物名姓完全相同。我依尚丽新介绍,比对了咸丰抄本的一些内容,虽同出一源,但有不少文词方面的变化,介绍如下:

开卷是常见套语:

> 罗衫宝卷,法界来临,菩萨显化超度众生,赴命归根,转凡起圣,救苦救难菩萨摩诃萨。
> 劝民为良早修行,保佑男女永无伤
> 改头换面谁人识,怎能认得昔形容
> 罗衫宝卷才展开,保佑男女永无灾
> 天龙八部生欢喜,听我从头仔细开

值得注意的是后期介休宝卷,最先去掉的套语是

羅衫寶卷法界未論菩薩顯化顯度平生起命歸根轉化這堂

救苦救難菩薩摩阿薩

勸民高良早修行
改頭換面誰人識

羅衫寶卷總展開
天龍八部生歡喜

保估男女永無俱
怎能認得吾形容
保估男女永無災
聽我從頭仔細開

蓋聞這一部原故出在大明永樂年間北直隸涿州城内有弟兄二人姓蘇長名蘇雲次名蘇雨其父早年去世只有母親張氏在家二人事母最孝連蘇雲自幼讀書聰明年已二十四歲中了進士傍下即用浙江金華府蘭溪縣知縣這蘇雲回家住了凡月限期已到揀了個好日住去蘇雲與母親商議兒初任做官剛性賣嘔清宜與民分憂將家中財産帶上三分至若不一分家中母親元弟以好度日其母意從悠拾已舉拜別母親又對兄弟听我吩咐你水

作者藏《罗衫宝卷》抄本

"举香赞、开经偈"那些仪式性套语,内容一般还保留,如上面形式。接着用"盖闻"起头程式,引入故事。宝卷行文,散韵结合,但韵文部分,十字句为主,七字句偶用,七字句减少,也是宝卷由繁向简演化中明显特征。宝卷不分单元,叙述一段故事后,用两句七言总结,类似章回小说的回目,开列如下,原无序号,为我所加:

1. 未曾开言先流泪,更叫兄弟两三声
2. 只因此处将船坐,惹下非灾和邻声
3. 今日同在船上坐,明日夫妻两离分
4. 打开玉龙飞彩凤,斩断金锁走蛟龙
5. 夫人肚内疼痛起,十月怀胎要分离
6. 孩儿送在柳树下,未知何日再相逢
7. 苏雨听了知县话,哭得死去又复生
8. 一对玉鸟河边立,棒打鸳鸯两分离
9. 运退黄金无颜色,时来顽石生光辉
10. 睁开两眼观螃蟹,看你横行到几时
11. 少年登第才智广,一时玉石都分明
12. 若问骨肉团圆日,只在今日与明朝
13. 树老枝干重茂盛,云收雾散见光明
14. 时来风送滕王阁,运去雷轰建石碑

《罗衫宝卷》故事广为人知,情节虽多巧合,但大体合乎生活逻辑,因从话本小说改编而来,创造性似嫌不足,但在原小说转化过程中,也能见出民间艺人的艺术修养,特别是长段十字句的运用,简洁流畅,叙事清晰,朗朗上口,很有特色,抄录一段:

老婆婆，便开言，叫声官人
有句话，要问你，且莫生嗔
你姓甚，名甚么，多少年纪
与老身，细细地，说个分明
徐继祖，叫婆婆。听我告诉
我姓徐，名继祖，新科举人
今上京，去会试，由此经过
适遇见，蒙舍茶，实是承情
我今年，经经的，一十五岁
我父亲，叫徐能，就是他身
我母亲，也不知，那年去世
叫婆婆，你问我，有何原因
老婆婆，听说罢，眼中流泪
举起手，算一算，两泪纷纷
叫官人，你听我，从头告诉
说起来，我家事，叹煞人心
老丈夫，遭不幸，早年去世
但与我，留下了，一双儿童
大儿子，名苏云，攻书学字
二儿子，名苏雨，照看家门
大儿子，他也是，进士及第
有吏部，选他为，兰溪县尊
那一年，带媳妇，上任去了
至如今，算起来，一十五春
自去后，有三年，杳无音信
又交我，二小儿，打听实音
他去后，也有了，十年天气
到如今，也没有，一字回音
两个儿，到如今，没有一个

气得我，每夜里，哭到五更
又听得，外人说，俱已死了
闪得我，到如今，依靠何人
我家中，又被那，天火烧了
只留下，三间房，暂且安身
我见你，小官人，有些秀气
到与我，大儿子，面貌相同
你今年，又刚刚，一十五岁
我大儿，也走了，一十五春
天已晚，你在此，暂住一夜
今夜晚，还有话，要问官人
老婆婆，说罢了，放声大哭
到惹得，小官人，两泪纷纷
老婆婆，叫丫头，快些做饭
吃饭罢，又说到，鼓打三更
天明了，徐继祖，起身要走
又看见，老婆婆，两泪纷纷
老婆婆，叫官人，暂且少待
我老身，到有件，东西相送
忙取出，铜钥匙，开了箱子
取出这，白罗衫，叫上官人
这罗衫，是老身，亲手自造
一样的，做两件，男女各分
女衫子，我媳妇，穿得去了
丢下这，男衫子，还在家中
我见你，与我儿，面貌一样
把这件，白罗衫，送与官人
你若是，受朝廷，高官厚禄
伏赖你，与老身，打听踪迹

打听得，两个儿，有了消息
我老身，死黄泉，却也甘心
老婆婆，一边说，一边痛哭
小官人，不由得，也觉伤情
徐继祖，谢婆婆，上了大路
老婆婆，她也就，回转家中
徐继祖，一路上，行得好快
不几日，就到了，北京城中
入了场，做文字，三场得意
朝廷爷，亲点在，二甲之中
特受了，中书阁，中书学士
在朝中，整四年，放他出京
封了他，南京城，监察御使
又交他，访民间，冤枉屈情
且不说，徐御使，南京刷卷
再把那，郑夫人，明上一明。

宝卷喜用成对信物先分后合为主要情节，最后完成故事结局，如《莲花盏宝卷》《双钗宝卷》《八宝珠环宝卷》《雌雄盏宝卷》等，京剧《锁麟囊》也是这样的思维，一般都是家传宝物，《罗衫宝卷》亦如此。这种独特的艺术思维，或与中国早期兵制中"虎符"，外放使节的"符节"，官员上任的"印信"等特殊历史现象有关，它们均是阴阳分离，各处一边，最后在对合中建立信用，产生真实效果。这些分离器物的相合具唯一性、排他性，由分而合，真实无疑。在艺术思维中，暗合，最易出巧，常有引人入胜、意外惊喜之效果，所谓无巧不成书是也，但宝卷后期，受中国传统话本小说影响，过分追求巧合，有时反使故事真实性受到一定影响。

《双罗衫》宝卷延续了原小说的故事情节，故事本来有一个极具深度的情节，即养父是杀死亲生父母的凶手。宝卷主人徐继祖处在养育之恩与杀父之仇的两难困境中，但中国传统的善恶分明两分思维，使困境中人性的复杂性为道德标准取代，很快落入恶有恶报的俗套。徐继祖在这个困境中的选择非常简单，顺应习惯思维，未经心灵煎熬，即选择严惩养父。宝卷写道："又把徐能绑在木柱上，徐能叹口气道，我做了三四年老太爷了，今日一死，也不受屈了。徐继祖吩咐手下开刀，当下把徐能千刀万剐而死。这才是，只说行凶能到老，谁知今日刀下亡。"徐能最后之言，颇见阿 Q 的精神胜利法，是极生动的细节，倒是徐继祖的行为过于公式化，这在很大程度上影响了作品的深度。

13.《佛说张世登大失散宝卷》

这部宝卷相对罕见，山西大学宝卷研究中心没有。车锡伦《中国宝卷总目》著录两种，最早的是康熙刊本。好几种介休宝卷名称里均有"大失散"三字，如《佛说王忠庆大失散手巾宝卷》，大概是突出故事情节中曲折的那一面，尚丽新《北方民间宝卷研究》中有这个宝卷的提要。

我这册《佛说张世登大失散宝卷》，从介休一家网上旧书店得来，大型账册本。这里我要多说一句，介休宝卷抄本的形制，多为账册形，即较中国传统古书比例偏长，多是长过宽，类似于账本，常见的有大中小三种，这种格式的形成，或与介休是晋商故里，账簿常见易得有关，因为宝卷主要流传于社会下层，以"俭"为主要选择，便捷实用为上。介休宝卷形制，未呈中国古书那样讲究的书籍形态，一般以"册"论，不以"书"名之。借账册抄录宝卷的习惯形成后，多数宝卷只保留账册形式，实际多为土麻纸裁制本，账簿多有红色行格，而自制本，多是空白页上抄写，疏密不一。一般来说，字体大小，随抄本形态变化，大本字大，小本字小。

本卷封面有"道光七年新正敦本堂记"字样，钤印"宁远堂"，这些多是宝卷抄本封面常见遗迹，多不可考。在文化不发达的时代，商铺多识文断字的人，在北方农村，应当就是文化传播的中心了，宝卷封面多见商铺名称，可证当时宝卷抄录，多出商铺店伙之手。宝卷封面字迹，无固定格式，比较随意。因此册宝卷最后一页略有残破，有缺损失字情况。我比对了尚丽新的研究结果，结卷部分是"宝卷圆满，回向神灵，人人用心机，宣唱佛圣，□□□□，福寿万岁，万岁万万岁。法界有清，司升极乐国，回面□□，□□□作恶者，累劫堕落，灵光得悟者，诸佛引路，放光照彻十方，□□□照南，比处幸到家乡，证无生漂舟到岸，小孩儿得忍亲娘，不怕赴龙华，八十一亿劫，永远安康"，原书缺损，断句或有错讹处。宝卷最后抄录的一段话，也为介休宝卷常见，这些话可能多出于抄录者，意思大体一致，但语词略有差异。宝卷最后一页是，"佛留宝卷世人，众人不失迷实真；般若念佛作公道，龙天不负好心人，世登宝卷终完了，愿是佛祖下天宫，四圣归上西天去，逍遥自在世间人"，另有一行"借卷早送，小心灯火君子"。

这部宝卷的流传不是很广，也是一个后母害人得恶报的故事，不过故事的后母不是严格意义上的晚娘角色，而是一夫两妻，丈夫去世后，小老婆害大老婆儿子，宝卷结局不出恶人恶报模式，因佛教原因，宝卷故事基本不脱离因果报应结局，全卷韵散结合，十字句为主，有曲牌。

宝卷值得注意处是抄录方式。抄录者开始用早期佛教列题方式，如"第一分、第二分"，但"第五分"后，不再列题，应不是抄写失误所致，或故意省略，或依原本过录，而原本如此。全卷用了三个曲牌，《驻云飞》《驻马听》和《傍妆台》，常见本中的曲牌是《哭五更》，《哭五更》是早期宝卷最常见的曲牌，有此曲牌的宝卷靠前，其他曲牌稍后，这也是判断宝卷版本产生时间的一个特征。

14.《度文公卷》和《伍迎春还魂宝卷》

《度文公卷》在我处，《伍迎春还魂卷》是在网上看到的，没有买到，但见了其中几张图片，这两个均是介休宝卷，格式相同。

《度文公卷》的故事广为人知，坊间其他艺术形式改编极多，以"八仙过海"韩湘子度文公为底本，或称《白鹤图宝卷》《韩湘子宝卷》《韩仙宝卷》《韩祖成仙宝卷》等，车锡伦《中国宝卷总目》，著录同一故事异名卷达几十种，但在介休宝卷中，还不多见。山西大学宝卷研究中心不存，尚丽新《北方民间宝卷研究》中也没有提到。

我这本《度文公卷》，上下两册，上册大本，下册小本，封面题"度文公卷"，另有字迹"原文贵。忠厚堂置。原文福。原爱心"。"忠厚堂"应是商铺名称，其他是抄手名姓。封底记"光绪廿八年二月中旬四日 完吉"字样。全卷韵散结合，七言和十字句并用，十字句为主，结卷有十报恩程式。由抄录时间判断，此卷已到晚清，介休宝卷基本格式已趋稳定：即开卷套语仪式完全消失，正文以白文和韵文结合，白文纯粹白话，韵文以十字句为主，七字句较少，无曲牌。

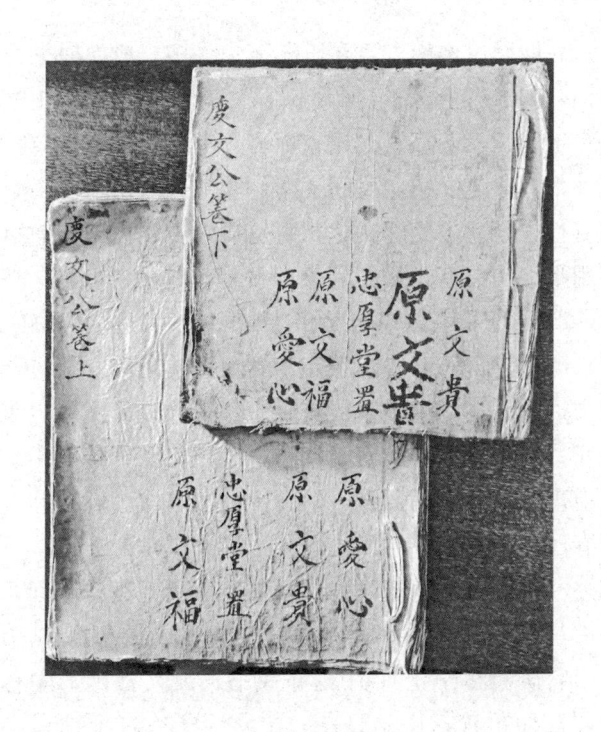

作者藏《度文公卷》抄本

一般而论，南方宝卷以七字句为多，成熟时期即为弹词，如《再生缘》《凤凰山》一类，介休宝卷正文多是十字句三三四格式。比较而言，七字句对声律要求较高，南方文化发达，民间文学修养较高，所以长篇七字句流行，而北方民间文化相对落后，再加民间宗教宣传喜用十字句传道，如红阳教、一贯道的传教文献，《五部六册》的主体文句也是十字句，它对声律要求较宽，只求顺口易记，有些十字句遇到文词贫乏时，还可选择白文拆解形式，道教宣传文献中，最明显的文体也是十字句。简单的形式最便于宣传，一切宗教宣传均不脱这个道理，宝卷也不例外。下面比较《度文公卷》和《伍迎春还魂卷》的开卷形式：

《度文公卷》：却说这段因果出在唐朝宪宗年间，永平府昌黎县有个姓韩名休的进士，夫人吕氏，兄弟韩愈，官居翰林学士加升礼部尚书。夫人杜氏，翰林夫妻，自幼行善，广结良缘，中年无子，有土地报与城隍，城隍奏知玉帝，上帝间奏差太白金星查上方那位星思凡，太白星领玉帝旨查到，终南山李老君驾下白鹤思凡，太白星回奏玉帝，玉帝传旨交太白星到终南山，将白鹤送下凡间韩府投胎。有：

> 太白星君领玉旨，要送白鹤下凡尘
> 腾云驾雾到终南，老君陈丹转回还
> 慢接星君问根原，你今到此有何缘
> 金星闻言慢回答，玉旨前来你当听
> 白鹤他有思凡意，要将白鹤送下凡
> 老君听说不怠慢，就把白鹤叫一声
> 玉帝知你思凡意，贬落凡间去转生

《伍迎春还魂卷》：盖闻此部伍迎春宝卷出在东京宋仁宗天子驾前，天上星宿降临凡世，文武曲星保定朝邦：

> 文曲星是包文政，武曲星是狄青官
> 仁宗天子登龙位，风调雨顺国民安
> 偏邦小国来进宝，山中猎户进麒麟
> 只因洛阳好景致，圣上要做看花人
> 仁宗天子开金口，就宣文武两班官
> 文武官员都来到，跪在金殿问主公
> 万岁宣臣有何事，有甚军情对臣云

《伍迎春还魂卷》罕见，目前所知宝卷著录中均未见，张颔宝卷存目中也没有提到。这部宝卷结卷也是十报恩，与《度文公卷》完全相同，虽然这是介休宝卷的习见格式，但宝卷格式在变化中或有稳定时期，就介休宝卷而言，《度文公卷》这样的格式，当是宝卷稳定期多见的一种，主要特征是删除早期宗教固定仪规，删除曲牌，这样宝卷在"念卷"功能外，也获得了阅读功能，演唱较阅读更受条件限制，"念卷"须专门仪式，而阅读则是个人行为，宝卷后期除演唱外，也具备了阅读功能，这也是为什么后期宝卷多从章回小说中借鉴方法的原因。

宝卷脱离宗教宣传转向民间故事形式，看似弱化了宣传功能，但民间故事宝卷传播，在实际意义上远胜直接教化，因一切宗教宣传均难免概念化、公式化，令人生厌，而民间故事宝卷寓教于乐，无形影响中产生教化作用，达到劝世的目的。

《伍迎春还魂卷》卷尾"十报恩"后，有一段抄手增加的文字,从中可以看出宝卷流传过程中的一些习惯,甚至可以帮助我们判断早期宝卷流传的时间、规则、"念卷"声调特点及范围等,应是关于宝卷传播的宝贵史料,抄出如下:

> 此本宝卷才宣完,主家侧耳听我言
> 大年新正无事转,请人念卷解心烦
> 念卷诚谓真习好,又费茶来又烦烟
> 富豪之家用洋烛,平常之家油也煎
> 若此念卷还罢了,低言低语说不然
> 高声念出甚耳乱,低声念出均嫌烦
> 中和声音念得好,大街小巷审细详
> 谁叫你家来唤我,并非寻在你家念
> 明年再要宣念卷,不必求人又唤俺
> 念罢伍迎春的卷,三五拜拜能转仙

15.《牡丹点药宝卷》和《老鼠告狸猫》

介休宝卷多清抄本,但也偶见民国抄本。宝卷研究中,抄本产生时间并不是绝对重要,即时间越远越珍贵,而是罕见为上。宝卷是化石性多于文物性史料,因在社会下层流传,其形制本身及书法水平一般不具观赏性,只具研究价值,所以它的珍贵性很容易消失,即一种宝卷,如有完整影印本面世,它的史料价值基本就完成了。在这个意义上,它和敦煌卷子还不是一个概念,因为它产生的时间还太短。宝卷研究重要的是有无,而非早晚。当然如果专门收藏宝卷,则另当别论。

这册《牡丹点药宝卷》和《老鼠告狸猫》,是两个宝卷抄在一册中,我分别介绍。

《牡丹点药宝卷》常见,一般宝卷著录中,均不止

牡丹點藥寶卷

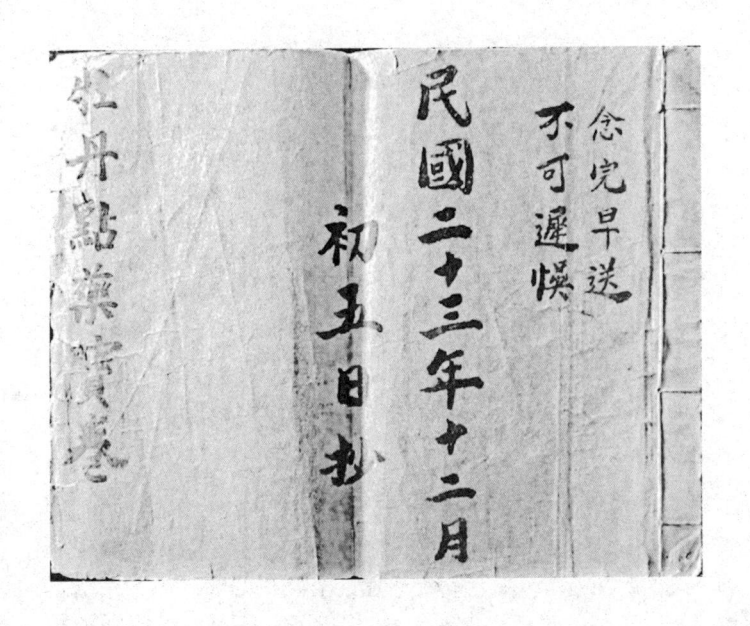

民國二十三年十二月初五日抄

念完早送 不可遲悞

作者藏《牡丹点药宝卷》抄本

牛足青山绿水说话之间早到十字街西一瞧看只见对门一生药铺珍是白员外一坐药铺招牌丸药俱全白员外正在柜上打坐上前买药一回

老祖一心要访贤　　生药铺内问根由
吕老祖　　老掌柜　前来买药　听我一陈

白员外师梦中听的一人　站起来说了声得罪客人
忙缘的一位师坐的客位　好两盅好香茶递与客人
问一声二师付到此何故　老祖说因买药来到贵门
我买药本等样四味药材　凭你买甚么药我都在承
白员外听的说速特样花　你何说四味药不敢应承
我连领周长父亲连特样花　叫二师你不晓药铺缘故
招牌上写药全谁卜不晓　一来买受一味永不往往
老祖说院内乘收成泥本　二来买受一味七宝甘见
四来买受一味不犀吧浩　三来买受一味数父之子
药柴上味述了不见一你　把药包郎朝起不见一味

回头来叫二徒啊我分明　账日里来了们般药客人
吕老祖听了個個發空　师此院听此急大笑一场
便開言曾老者且听我说　请二位去对那只处我说

一种，只是名称不同，多称《洞宾买药宝卷》等，故事也基本相同，就是民间流传的"洞宾戏牡丹"。我另藏有一个光绪五年的《洞宾买药宝卷》，比对后发现虽有不同，但无疑是同一版本抄传中的增减问题。

介休宝卷中，这个本子还不常见，张颔宝卷存目中未列，山西大学宝卷中心没有收藏，尚丽新研究中提到了一种，但不是介休宝卷，这个本子虽是民国抄本，但较为罕见，有研究价值。

宝卷抄本极少完全相同的，为何抄录者有改动原过录本的冲动？这是一个值得探讨的问题。

中国传统书籍的抄本，一般都是依原稿本过录，以保持与原稿完全一致为原则，但宝卷不同，除了抄手技术性差错外，完全相同的宝卷抄本少见，可能与宝卷严肃性减弱有关。宗教宝卷抄本相同的多，因为不能轻易改动，但民间故事宝卷抄本相同的少，说明宝卷在流传过程中，或有一种共同创作、自由创作的观念在其中，抄手在过录宝卷时，有自由改动的习惯，这种习惯建立在宝卷规范消失前提下，说明宝卷到了后期，在一般人的观念中，它有游戏性、娱乐性，早期正规的尊严感消失了。

这册宝卷开始即是：半是青山绿水，说话之间，早到十字街上，四下观看，只见对门一座药铺，该是白员外一座药铺，招牌万药俱全，白员外正在柜上打睡，上前买药一回：

> 老祖一心要访贤，生药铺内问根由，
> 吕老祖，师徒们，前来买药，
> 开言叫，"老掌柜，听我一声"。

然后是长篇十字句进入故事，全卷韵散结合，白文只在故事推进和转换时出现，一般以"却说"二字起头，七言少，十字句为主，结卷存"十报恩"格式。宝卷到了民国时期，已近式微，因为其他艺术形式兴起对乡村文化有相当冲击，比如，廉价印刷物的出现，就在很大程度上对抄本有影响。宝卷抄本到了这一时期，明显特点是以简洁为上，传统宝卷格式被完全打破。

此册宝卷最后也有抄手留言："愿以此功德，普施于一切。我等于众共成佛，宣卷保平安，灾除病又退。此卷之名洞宾戏牡丹。"

接着抄录的《老鼠告狸猫》，在形式上更为简单，除前后稍有传统宝卷套语外，从头到尾是十字句，而且完全口语。这个宝卷的意义在于编者文化水平很浅，词汇量明显不够，但全卷完全口语化，在一定程度上保存了方言语气和叙事习惯，不仅是方言词汇，更是方言文化，由其表达方式中，后人大体可以体会当时人讲话的现场感觉及语气，此卷用介休方言，我早年听过此地方言，能够判断出叙事的口吻，很有真实生活感。

尚丽新的《宝卷丛抄》收了一个《老鼠告狸猫卷》，我比对后，感觉差异较大。这个宝卷故事很古老，各种地方艺术形式中常见，有些称为《无影传》，多是借老鼠告猫故事，寓意人间世情，寄托善恶感情。故事有时放在唐朝，有时搁在宋朝，大体不出阳世与人间对话，借冥府阎王审判结构故事的思路基本一致。此册宝卷的特点是完全口语化，生动鲜活，除故事本身外，是保存地方语言及文化的宝贵材料，特全文抄出，以存史料：

《老鼠告狸猫》（全本）

花鼓轻敲震地，金撞钟惊天，殿下三声神威严，鬼判一起上殿，有事启奏，无事各自归班，佰奉玉帝，敕旨专在阴间，判断：

湛湛青天不可欺，未曾举意吾先知
善恶到头终有报，只等来早与来迟

话说阎罗天子，登殿，忽听外边有一冤鬼，喊冤，口口声声，告状，阎王叫到判官，接状，铺在寡人面前，待我看来：

上写的，有老鼠，年方七岁
家住在，墙角下，土洞安身
头辈爷，是洪鼠，神通广身
在宋朝，俺闹过，汴梁东京
至如今，俺改邪，归了正道
低头来，低头去，不敢多言
有时吃，无时饿，半饥半饱
得一日，过一日，且过光阴
白日里，在洞中，忍饥受饿
夜晚间，出洞来，吊胆心惊
遇见时，吃上些，回往洞中
遇不见，忍上饿，眼泪纷纷
有狸猫，他生得，十分厉害
眼是铃，爪是刀，快走如风
他是虎，俺是羊，怎不惊人
听见他，吼一声，骨软三分
他不来，俺出洞，闲游闲般
听见他，来到了，不敢动当
他出来，拿住俺，抱在怀中

俺使力，抖精神，与他相争
张开口，是血盆，当腰啣住
摔两摔，摆两摆，口咬牙嚼
口咬住，不放下，由他摆布
咬得俺，浑身上，血水淋淋
先吃头，后吃身，咬烂刚咽
不去毛，不去骨，一齐都用
俺和他，又无仇，又无怨恨
平白地，等信俺，就下无情
自古道，杀一命，该还一命
我死了，他在世，谁肯甘心
望爷爷，可怜见，与我作主
死就在，九泉下，我也甘心
阎王爷，听他说，十分伤感
叫老鼠，你下去，听我一声
我差鬼，拿他去，顶你性命
阎王爷，拿火签，去拿凶犯
将狸猫，即拿来，台前听审
有判官，听见说，不敢怠慢
叫牛头，和马面，快去提人
到阎间，将狸猫，即刻勾取
拿他来，与老鼠，争辩分明
有牛头，和马面，领文到手
忙走去，忙如风，去拿犯人
进村来，先寻他，当方土地
然后来，又寻他，护驾相亲
到门首，有门神，将他拦住
取票牌，递与他，细看分明
才知道，是阎王，差来鬼使

叫灶王，你把他，引入房中
领上他，进房中，勾取猫魂
有灶王，迎接他，细问根由
小狸猫，在炕上，正然洗脸
脖子里，忙套上，一条铁绳
不容分，不容说，扯上就走
离阳间，到阴司，细问分明
这狸猫，前世里，原是人转
阴司里，有库房，广有金银
宛死城，该班的，都来打点
三班人，来到了，一齐打点
班里头，班外头，都要金银
大门上，二门上，非钱不行
判官说，我在这，也要一份
巡风的，把门的，都把钱分
有判官，叫代书，即写诉状
叫狸猫，将状子，装在怀中
行走的，殿西边，有恶有美
里头是，善恶人，两扑分明
进大门，往西廊，抬头观看
有来的，有去的，都是鬼魂
金桥上，行走的，都是好人
到土狱，尽是些，受罪之人
杀人的，放火的，刀山受罪
瞒心的，昧己的，摘胆掏心
抛米的，撒面的，铜蛇铁狗
调三的，祸四的，割了舌根
哄人的，骗人的，碓推磨捣
打爹的，骂娘的，锯解分身

瞅公的，骂婆的，下在油镬
女人们，骂丈夫，万剐千刀
有狸猫，正观看，一声响亮
吓得我，心惊战，跑出二门
又只见，公台上，祥云罩盖
霎时间，酆都城，放出鬼魂
小狸猫，一见了，心中害怕
大堂上，坐下了，王殿阎君
牛头鬼，马面鬼，动手就打
鸡急鬼，无头鬼，拦住大门
有判官，展开了，生死大簿
勾死鬼，跑上来，跪在埃地
叫一声，快拿人，人命罪犯
台下边，跪下了，一干犯人
阎王爷，在案上，开言便问
你为何，吃老鼠，该当何罪
有狸猫，在怀中，就取状申
阎王爷，从头看，便问分明
小狸猫，家住在，西城大国
唐三藏，捎俺来，护守经文
不是他，贼老鼠，倚东挨西
仓库内，盗进去，偷取粮食
钻墙壁，盗窟窿，一味胡行
害得那，近仓官，倍贴粮食
加二三，使斗量，苦害黎民
太祖爷，圣明君，无法可治
南京城，立下了，猫头老人
到书房，将文字，撕得稀烂
佛字的，好经卷，扯得碎烂

供桌上，献上的，供佛东西
他与你，一个个，搬在洞中
一个个，见吃的，成群打伙
供佛的，好贡献，他就先吃
粉白墙，他盗得，都是窟窿
上眼城，扑咚咚，如同打鼓
惊动得，男和女，不得安心
见吃的，一齐来，尽行搬去
叫人家，作当是，猫儿吃了
到处里，先有他，走的脚迹
房子里，盗地洞，翻砖接瓦
厨房中，他吃了，许多东西
搬了盆，打了碗，如走平地
将捧盆，他咬下，两个窟窿
瓷罐里，放茶食，他也吃了
油罐内，吃了油，人也不知
竹篮里，放只饼，乱乱哄哄
碗里边，盛只饭，丢下空碗
篓篓里，放菜蔬，吃个尽空
老婆子，只当是，媳妇吃了
小媳妇，受了气，不敢告人
莫奈何，媳妇儿，打骂儿女
打得那，小孩儿，叫苦连天
是东西，他与你，都要咬烂
咬箱子，咬柜子，尽是窟窿
主人家，气上来，银牙咬碎
买毒药，我定要，剪草除根
那畜生，偏偏地，他就知道
走过来，走过去，鼻子又闻

支砖猫，内放食，不肯进去
伸伸头，缩缩腰，又生好心
在房中，搬登得，家伙乱响
睡梦中，听见了，好不惊人
点起灯，他又往，窝里去了
吹了灯，又出来，咯提腰咚
老头子，听见了，就学猫吼
老婆子，拿笤帚，砍在埃地
老头子，学猫叫，学得咳嗽
老婆子，撩鞋打，闪得腰疼
主人家，着了急，才来寻我
到他家，肉和面，养我家中
将狸猫，喂饱了，抱在怀中
到像他，养下的，新生儿子
一时间，不见我，各处找寻
寻见我，就如那，无价之宝
小姑娘，他见我，抱在怀中
娇养我，为的是，老鼠作怪
受主人，恩养我，敢不用心
有一处，走不到，他就作怪
倒惹得，主人家，骂我猫身
日日家，养活的，交你捉鼠
吃饱了，不在家，要你做甚
骂得我，小狸猫，无言答对
莫奈何，下恨心，才捉鼠情
等住他，不肯饶，吞在腹中
闲了时，卧炕上，口念真经
听得他，出洞来，搬打家伙
由不得，俺起来，要他性命

赶上他，按在地，一口咬住
恨不能，连皮肉，咬得碎粉
我若是，饶了他，他就作怪
因此上，才叫他，一命归阴
他还不，自己悔，又来诬告
那一宗，那一件，委屈他心
望爷爷，细细想，断个分明
阎王爷，看把那，狸猫诉告
不由得，心中恼，大骂一声
骂一声，贼老鼠，欺心胆大
在阳间，搅害人，情理难容
你还敢，在阴间，误告猫罪
叫一声，两边的，牛头马面
快与我，拿下去，重打四十
阎王说，按行法，该问充刑
小老鼠，听见说，即便叩头
叫爷爷，这事儿，屈杀我身
偷偷盗，皆应是，腹中饥饿
他为何，见了我，就下无情
狸猫儿，他本是，能说能道
小老鼠，张只口，不敢作声
叫爷爷，休听他，一片诳语
可量俺，小老鼠，一家伤情
狸猫说，你要吃，就该自挣
别人挣，你要吃，天理难容
老鼠说，你就是，山上老虎
天又高，地又厚，就不容情
狸猫说，有了你，就该有俺
你就是，老强盗，我是价人

难道说，犯了罪，无人捉你
那时节，又怕你，大闹东京
阎王爷，惊堂木，一声响木
狸猫儿，说的话，都是实话
叫夜叉，将老鼠，赶将出来
打入了，奈河中，受罪为生
他把那，小狸猫，送还阳间
传千年，并万世，吃他儿孙
且按下，狸猫儿，暂且不表
再说那，王大娘，看见猫身
正坐着，转回身，见猫几死
卧在了，炕当中，四蹄真伸
伸手儿，揣了把，心口还暖
鼻子上，按了按，冷气胜胜
我方才，看见你，欢天喜地
霎时间，没有气，你命归阴
天不知，甚么病，你就死了
养活你，二三年，我好心疼
你是我，心爱的，就像儿女
你叫我，这心儿，怎不伤情
走一走，跟一跟，恐怕走了
一回家，不见你，我问邻居
王大娘，哭一会，心中伤感
揉腹内，长出气，走出大门
走到了，铺子里，买些纸火
南园里，桃树上，桃枝一根
水瓢里，放些水，抓米一把
香筒里，拿出了，草香三根
厨房里，点上火，就把香焚

五道神，六道神，休要见怪
是山神，是土地，送了猫魂
你今日，保佑得，猫儿活了
请师傅，念堂经，大谢神灵
王大娘，烧了纸，将门关上
扭回头，放水瓢，搁在猫身
使顶指，将水瓢，连敲三下
回头来，放水瓢，看看猫身
有小鬼，将猫儿，送在阳间
小猫儿，扒起来，打了个滚
王大娘，一见了，心中欢喜
朝着那，西北上，就谢神恩
又谢天，又谢地，神灵保佑
念一声，南无佛，救苦天尊
王大娘，见猫活，欢天喜地
急忙忙，抱起来，亲了又亲
那猫儿，还阳了，仔细思想
他把那，阴间事，记得更清
说道是，行好的，终有得好
虽然是，眼前头，不见好歹
往下看，现有那，报应儿孙
森林殿上唤功曹，造罪如山实不饶
昨日耕牛来告状，今日老鼠告狸猫

念卷之人表一表，不可与人转借了
不可与人损坏了，损了坏了自己想
人家抄也不容易，念完早送不可迟误。
中华民国二十三年十二月五日抄

16.《双喜宝卷》

《双喜宝卷》载张颔宝卷存目中，但李豫调查山西介休宝卷时，没有发现实物，车锡伦《中国宝卷总目》也未见记载，尚丽新《北方民间宝卷研究》也无提及，判断应是一个较为稀见的宝卷。

我藏的这个《双喜宝卷》抄本，亦得自介休网上旧书店，绵纸大方册本，为介休宝卷常见的基本形制。卷首失一页，但由"双喜宝卷，法界来临，诸佛显度众生，幸会世间人；折磨众生，千生万死出沉沦，南无祥云盖，菩萨摩诃萨三声"一段套语推测，宝卷缺页所存内容无多，或仅有传统宝卷焚香念咒程式，不涉内容。卷尾稍有残破，缺字不多，基本不影响阅读。卷尾录抄写时间"嘉庆二十年九月初九日抄写吉立"。这个时间在已知介休宝卷中较为靠前，有助于了解当地宝卷流传情况。结卷有"十报恩"程式："一报天地盖载恩，二报日月照临恩，三报皇王水土恩，四报父母养育恩，五报祖师亲传法，六报空门转法轮，七报檀那多供养，八报八方施主恩，九报九祖升天界，十报孤魂早起升。"

"十报恩"为早期介休宝卷结卷固定程式，但内容时有变化，前"四报"内容多数相同，但"五报"以后的内容，更世俗化，如加进"孝顺、恩怨、升官、发财、团圆"一类，一般来说，"十报恩"后"五报"程式越具宗教色彩，宝卷产生时间越靠前。

《双喜宝卷》全卷以十字句为主，间以五字韵文，故事过渡情节，以白文叙述，全卷用介休方言。故事基本脱离神灵怪诞模式，虽故事主旨以因果报应为基本逻辑，但全卷仅王表后花园自尽前有一小段神灵托梦金莲，再就是观音老母为救王表，在城中现地穴，王表前去阴间对话，预知了后来的故事情节发展，应当说早期宗教宣传已基本转化为民间故事了，虽未完全脱离直接说教，但教义多寓故事中，说明宝卷创作者具明确顺应接受者习惯的意识，暗含故事优于说教的判断，这个前提是后来宝卷发展的一般逻辑，因为直接说教难以广收信众，而寓教义于故事中，则信众易于接受。民间文学发展的这一规律，今天也还极富启发意义。

因为是早期宝卷，这部宝卷的文字通俗，但较少文采，故事背景也时有错乱，故事地点也不准确，但这在宝卷中是常见现象，不足为奇。这部宝卷的一个优点是故事情节曲折，引人入胜，虽多是宝卷习见结构故事的方法，但铺陈得较为自然，在早期故事宝卷中，还算是有特点的。

宝卷故事主题是传统宝卷常见的嫌贫爱富。故事发生在唐朝，山东济南府有一位王昔春，妻张氏，在朝为官。生有一子王表，字自府。早年王尚书与本朝豆丞相家指腹为婚，豆丞相生女金莲。可惜王家不幸，王尚书病故，又遭天火，所有家产一无所有。王家无奈，母亲张氏命王表前往山西寻找豆丞相家投亲，王母让家丁张春随王表一同前行。

张春途中起了歹心，在酒里下了蒙汗药，将王表随身携带的财物全部劫去。张春后又心生一计，冒王表之名，前往豆家认亲，豆丞相不辨真伪，留下张春，命其到南庄读书，三年后再娶。

王表醒来发现张春设计害己，无奈之下，也来豆家认亲，但豆家不认，赶出家门。王表在豆家花园意欲自尽，但前一夜，神灵托梦豆家小姐金莲。金莲和丫鬟秋香来到花园，救下王表并赠金二百两，令他前去求取功名。后被豆丞相发现，以偷窃罪名下在狱中。豆丞相怕事多生变，要张春马上来娶亲，金莲知道后，女扮男装，设计逃走。

三报皇王水土恩　四报父母养育恩
五报祖师亲传法　六报空门转法轮
七报接那要供养　八报八方施主恩
九报九祖昇天界　十报孤魂早超昇

愿以此功德　普及於一切
我等眾眾生　皆功成佛道

《双喜宝卷》宣唱之完　一念佛听佛

嘉慶二十年九月初九日抄寫吉立

作者藏《双喜宝卷》抄本（一）

右神灵救了我来到这里
又遭只豆夫人袭了良心
他把我抡在外尽头无路
无奈伤到花园将我救了
豆小姐同我投来事未虚分明
他问我送来雪花银衣服两件
又送我上京城求取功名
他叫我想豆夫人前来此度
全不想他拿住我不容欲松
又将他送官无情打问成死罪
在牢中二年整只想她来
老母听见说刁窝母来心
老母听此事大效悲声趋身齐重祝牢中受苦死
母子牢中相见说苦死这冤枉定难洋刑法案疯白日

作者藏《双喜宝卷》抄本（二）

张春来到豆家,知金莲逃走,以为是豆丞相骗他,要告官府。金莲逃向山西汾州府,在张家庄投宿遇到张员外,员外有一女,年方十六岁,要招金莲为婿,金莲无奈答应,但晚间以为父尽孝未满,不脱衣服,没有暴露女儿身。

王表母亲在家三年,不见儿子归来,前往山西寻找。王母在牢中见到儿子,问明原因,后沿街乞讨,打唱莲花落,感动观音老母,在城中现一地穴,命犯人下去探访,王表以为在何处都是一死,领命下到穴中,见到观音老母,赏了他几件宝物,命他上京求取功名。金莲也上京赶考,恰好与王表相遇,二人一同登第,王表得状元,金莲得探花。二人各自讲述自己的遭遇,认了夫妻,后金莲和张员外之女结为姊妹,王表一妻一妾,是为双喜。

张春告状,恰好投在新科状元王表名下,王表知情,斩了仇人,责骂嫌贫爱富的豆丞相。皇帝下诏,封两位小姐一为贤德夫人,一为贤良夫人,皇恩浩荡,全家团聚。

17.《毛洪保卷》

往年曾在浙江衢州"青简社"旧书店购得一册《毛洪保卷》抄本,约小三十二开本大小,绵纸,毛笔抄写,略有残破,中间有两处缺页,但基本完整,页首题"光绪廿二年岁次丙申清和月中瀚之日谷旦",页尾题识"文彬庄",未知是个人名号还是店铺名称。

此册宝卷全文七字句,只两处有白文简单叙事,体式与南方弹词相同,但细读全卷,由叙事方式及方言判断,全不像南方弹词,而与山西介休宝卷接近,但介休宝卷极少全卷不出十字句的文本,而此卷却是弹词体。卷中不用"和"字,凡"和",均写"合","未曾"均

作者藏《毛洪保卷》抄本

作"未存","不巧,不觉得"一类意思,全写作"不却",此与介休方言相近,另外如"地尘埃""丢下""齐整""提带""依行"等方言词汇,也在介休宝卷中常见。

全卷是一个嫌贫爱富的故事。明朝年间,湖北襄阳府尚书张家,翰林毛家,均膝下无儿女,两家全心拜佛,感动了玉皇大帝。知张毛二家行善事求子,即差金童玉女下凡,送与二家为后。毛家一子,张家一女,日后配为夫妇。后张家得女玉英,毛家得子洪保,两家在宴席上约定日后张毛两家结亲。但不幸的是洪保父母双亡,家道中落,留下毛洪保一人。张尚书偶遇潦倒的毛洪保,遂起意退婚,但夫人和玉英都不同意,张尚书执意退婚,逼毛洪保签了退婚书。张尚书要将女儿嫁与当地巨富萧家,但女儿不愿意,被逼无奈,在迎娶路上,转到毛家,留给毛洪保银钱,劝他好好读书,求取功名,来日再结为夫妇。玉英在到萧家的路上,拔刀自尽,洪保得知,前来收尸,张家夫妇后悔不已。毛洪保立志读书,玉英到阴间,阎王查出阳寿未满,后玉英托梦洪保,她将转世到陕西李善家投生,洪保中举后前去探访,在张员外帮助下,找到李家,李家恰生一女,洪保为李家女儿取名应梦,确认了这一段前世姻缘,十六年后洪保高中进士,转任陕西都堂,娶应梦为妻,斩了张尚书,应梦封为一品夫人,儿女满堂。宝卷结尾说:

> 一品夫人李应梦,都在朝中受皇恩
> 李善封为光禄职,陈氏封为老夫人
> 毛洪前妻贞节女,赐他牌坊永传名
> 内发一万黄金印,发到襄阳府内存
> 襄阳知县忙监造,牌坊务要造得精

> 应梦带了前生女，同到京中受皇恩
> 毛洪本是忠良士，官上加官职不轻
> 应梦生下几个子，都在朝中作公卿
> 本该诉尽毛洪事，话多言长难诉清
> 玉英本是天仙女，怎与凡人结为婚
> 编成一本贞烈卷，留与后人永传名
> 也有颠倒不顺口，大大小小字不匀
> 神不爽来心不定，快笔乱画了事情
> 倘有字儿不够格，休要怨我写字人
> 草字本有草字卷，只怨黑发未习文
> 光绪丙申清和月，中浣抄与谷木林
> 残冬夜长看曲本，闲空日子消饭经

此类故事在清代宝卷中常见，内容不出节妇烈女、因果报应窠臼，说教劝世意味甚浓，故事虽有现实生活基础，细节描述也真实可信，但不脱神灵怪诞结构，借因果报应模式强化劝世效果。所可注意者，这个宝卷为以往所有宝卷目录中未载，如《中国宝卷总目》（车锡伦）、《苏州戏曲博物馆藏宝卷提要》（郭腊梅主编）、《傅惜华藏宝卷手抄本研究》（吴瑞卿）等；另外，它是宝卷转化成弹词的具体文本，在宝卷研究中不无价值。胡适、陈寅恪早年都曾指出过中国文学缺乏幻想力，后出文学作品中的幻想能力，多受印度佛教故事影响，宝卷中常见的冥报叙事，将人间灵界合为一体是典型模式。《毛洪保卷》故事结构也是人间灵界，但全卷用七言齐句表现，故事转换自然。玉英自刎托梦后，洪保前去咸阳寻访李家求证，十六年后陕西得官娶亲情节，前后照应，时间、空间安排合情合理，显示了编者结构故事的能力。宝卷虽语汇稍欠丰富，时有重复句式出现，但也有较为生动的叙事描写，如下面这一段：

> 快叫小姐忙打扮，收拾打扮做新人
> 李善听说忙吩咐，吩咐女儿快妆成
> 小姐听说忙收拾，梳妆打扮不住停
> 双手解开青丝发，象牙梳子手中存
> 左边梳起盘龙顶，左边梳起虎翻身
> 前梳乌龙来戏水，后梳黄龙三转身
> 旁边两股青丝发，梳起韩信去点兵
> 金盆里面来洗脸，胭脂花粉点口唇
> 上穿大红缎子袄，下系湘江水波裙
> 脚下金莲三寸小，双凤花鞋足下蹬
> 行似百花风摆柳，坐似观音少净瓶
> 日里看来天仙女，夜间好似嫦娥身
> 小姐打扮多齐正，轻乘莲步下楼门

宝卷除两段近百字用白文叙事外，从头到尾全为七字句，虽对仗不严，押韵亦宽，但七言齐整，可视为不严格的长段排律，用此形式将曲折故事叙述完整，前后照应，先后次序合理，情节转换自如，夹叙夹议，述事言情，应当说有相当难度，但宝卷作者努力变换句式，尽可能避免重复，还是达到了一定水平，须知在如此长段的七言排律中，语词极易枯窘，难免充斥套语程式，但这部宝卷还是尽可能地避免了这些缺点，面对听众，口语表达，简洁清晰，做到了说得清、听得懂，作为无名的民间创作，应该说在艺术上收到了较好的效果。陈寅恪在《论再生缘》中曾表达过一个意思，六朝时偈颂大抵用五言，唐以后多用七言，由短简转向长烦，以求适合当时接受习惯。宝卷发展过程中，似可为此判断提供实例，宝卷中韵文，整体观察，以七言为多。清代后期，至少北方宝卷，特别是道教宣传中，多选择十字句，前后程式全部略去，当时也称为"回文"，此外就是齐整的长段七言，虽已无严格的格律要求，但在选择这一体式的民间创作中，长段七言，可以集故事（以较少白文叙事）、抒情（以韵文表达）、议论（以劝诫世人）于一体，这几项功能在宝卷中结合起来，体现汉语在演化过程中极强的生命力。民间创作虽少文人的高雅情趣和严格文体规范，但他们借用齐整七言对仗和押韵的优点，有文体，但又不拘泥形式，自由创作，适应接受者的习惯，其改造传统宝卷程式的努力，还是非常值得研究的。

（原载《清代宝卷钞本经眼录》，台湾秀威资讯科技股份公司，2021年3月版）